KB237496

태산을 바라보다 望嶽

태산은 무릇 어떠한가
제나라와 노나라는 푸르름 끝없고
조물주는 신묘한 위풍을 모았고
산의 북쪽과 남쪽은 아침저녁을 갈랐다
층층이 일어나는 구름이 가슴 설레게 하니
눈을 부릅뜨고 돌아드는 새를 바라다본다
반드시 정상에 올라
뭇산이 작은 것을 한번 보리라.

岱宗夫如何, 齊魯靑未了. 造化鍾神秀, 陰陽割昏曉.
蕩胸生層雲, 決眦入歸鳥. 會當凌絶頂, 一覽衆山小.

이동휘 新무협 판타지 소설

창천일성
蒼天一星

창천일성 6

이동휘 新무협 판타지소설

초판 1쇄 찍은 날 § 2006년 4월 14일
초판 1쇄 펴낸 날 § 2006년 4월 24일

지은이 § 이동휘
펴낸이 § 서경석

편집장 § 문혜영
편집책임 § 서지현
편집 § 이재권

펴낸곳 § 도서출판 청어람
등록번호 § 제1081-1-89호
등록일자 § 1999. 5. 31
어람번호 § 제2-0887호

주소 § 경기도 부천시 원미구 심곡1동 350-1 남성B/D 3F (우) 420-011
전화 § 032-656-4452 팩스 § 032-656-4453
http://www.chungeoram.com
E-mail § eoram99@chollian.net

ⓒ 이동휘, 2005

ISBN 89-251-0079-7 04810
ISBN 89-5831-710-8 (세트)

※ 파본은 본사나 구입하신 서점에서 교환하여 드립니다.
※ 저자와 협의하여 인지를 붙이지 않습니다.

蒼天一星

이동휘 新무협 판타지 소설

창천일성

Fantastic
Oriental
Heroes

■완결

6

결전(決戰)

도서출판 청어람

목차

제1장
장건, 심처에 들어서다

장건, 심처에 들어서다

영호선은 가물거리던 의식이 서서히 돌아옴을 느꼈다. 무겁게 눈을 짓누르고 있던 눈꺼풀을 억지로 들어올리자 어슴푸레한 불빛이 눈에 들어왔고, 밀폐된 공간의 퀴퀴한 냄새가 후각을 자극했다.

'그래… 약에 취했었지…….'

의식을 잃기 직전의 상황이 떠올랐다. 그녀를 잡아온 자들은 영호가의 보물에 대해 물었다.

"영호가의 힘, 영호가의 결속, 영호가의 미래를 상징하는 무기는 무엇이냐?"

처음 듣는 얘기였지만 영호선은 그 문제의 의미를 금세 알아챌 수 있었다. 영호가의 힘을 상징하는 무기는 당연히 조상 대대로 내려온 보검, 진룡환인검이다. 영호가의 결속을 상징하는 것은 결코 깨어지지 않는 한 쌍의 팔 보호대, 용완구일 것이다. 그렇다면 영호가의 미래는 무엇일까? 이 대목에 있어서는 잠시 고개를 갸웃거렸다. 금방 답이 나오지 않았지만 미루어 짐작컨대 강호 오대신병 중 하나인 이검이 아니었을까 하는 생각이 들었다.

본래 이검은 진검성의 보물로 만들어진 만도에 비견할 만한 가문의 무기를 만들어달라는 영호세웅의 요청을 받고 담청기가 제작에 착수했던 물건이었다. 그런데 만들고 보니 만도를 뛰어넘는 효용성이 있는 병기가 되었고, 완성된 이검을 본 영호진은 가문의 사유재산으로 삼기에는 지나치게 빼어난 물건이라며 그것을 진검성에 귀속시켜 버렸다. 그래서 결국 진검성의 무기가 되어버렸지만 원래대로라면 이검은 영호가의 미래를 상징하는 새로운 보물이 되었을 것이다.

머릿속에서는 답이 나왔지만 영호선은 아무 대꾸도 하지 않았다. 그들이 무슨 꿍꿍이속으로 묻는 것인지는 몰라도 결코 좋은 의도로 던지는 질문이 아닐 것이기 때문이었다.

그녀가 묵묵부답으로 일관하자 심문자들은 화를 내며 고문을 하려 했다. 위험천만한 상황이었지만 복면을 한 남자가 들어오면서 상황이 돌변했다. 그는 그녀를 위해 하려는 심문자들을 크게 꾸짖고는 그녀 앞으로 다가와서는 손을 휘둘렀다. 영호선은 코에 매캐한 향을 느끼며 서서히 정신이 몽롱해짐을 느꼈다. 의식을 완전히 잃기 전 마지막으로 생각했던 것은 그 복면을 쓴 사람이 왠지 눈에 익다는 것이었다. 얼굴은 볼 수 없었지만 체형이나 목소리 등이 분명 어디선가 한 번 접해본 듯했다.

정신을 잃기 전의 기억을 거기까지였다.

어슴푸레한 불빛이 밝히고 있는 주변 풍경은 밀폐된 공간이라는 점에 있어서는 기절하기 전과 동일했으나 분명 이전과 다른 장소였다.

그때 그녀의 귀에 두런두런 하는 말소리가 들려왔다.

"가주가 많이 늦으시는군."

"글쎄 말일세. 나중에 들어온 놈을 아직 못 찾았나?"

'가주?'

영호선의 귀가 번쩍 뜨이는 느낌을 받았다.

한 집안을 책임지는 사람을 가주라고 부르지만 자신을 붙잡아온 자들 정도의 무인들을 거느릴 만한 지위와 능력을 갖춘 '가주'는 강호에 몇 명 없었다. 가주란 말을 듣자마자 머릿속에서 가장 빨리 연상되는 것이 그녀의 영호세가가 속한 육대세가였다.

그러나 영호선은 이내 고개를 저었다.

'그럴 리야 없겠지…… 본 가를 비롯한 오대세가는 이들과 대척하고 있는 강북무림련에 속해 있잖아. 사천의 당가는 집마부에 와해당해 봉문을 선언했다고 하고…….'

생각이 여기까지 미쳤을 때 그녀는 퍼뜩 떠오르는 한 가지 생각이 있었다. 그녀에게 가루를 뿌렸던 낯익은 복면인, 그의 정체가 순간적으로 연상되었던 것이다.

'그래! 능숙하게 가루를 뿌리는 그 몸짓… 혹시 사천당가의……?'

사천당가의 가주 당소는 세가 연합의 모임이 있을 때 두어 번 마주친 적이 있었다. 노년의 나이에 들어선 다른 세가주들과 비견되게 당소는 갓 중년에 접어든 젊은 나이였고 당가의 신룡이란 칭호답게 신색이 비범하여 모임에서 단연 돋보이는 인물이었다. 영호선도 그를 눈여겨보았던지라 그 강한 인상이 아직껏 뇌리에 남아 있었다. 중키에 떡 벌어진 어깨, 남들보다 손 하나 길이 정도는 길어 보이는 두 팔… 게다가 능숙하게 약물을 다루는 솜씨, 무엇보다도 '가주'라 칭해지는 직함. 복면인을 당소라고 하기에는 근거가 다소 빈약하긴 했지만 영호선은 직감적으로 그가 분명할 것이라는 생각이 들었다.

'내 예감이 맞는다면 당가의 봉문은 당연히 거짓이다. 집마부, 군룡회와 한통속이 되어 세를 펴보려는 것이 분명하다.'

다소 과격한 가정이었지만 일전에 보았던 당소라면 그러고도 남을 인물이라는 생각이 들었다. 어린 그녀의 눈에도 야심만만한 패기가 넘치는 인상이었고, 상황적으로도 지난 수십 년간 진검성에 치여, 또 최근에는 전검문에 밀려 사천의 패자 자리에서 물러나 있던 당가가 아니던가. 강호에서 사천하면 당가를 떠올리게 만들었던 자부심 높은 당가 무인들에게 있어서 지난 수십 년간은 암흑기나 다름없었을 것이다. 잃었던 패자의 직위를 찾기 위해서 집마부 혹은 군룡회와 손을 잡는다는 것은 당가의 현 상황을 고려해 본다면 충분히 있을 법한 가정이다.

영호선은 자신의 가정이 맞는지 확인해 보고 싶었다. 그녀는 일으켜지지 않는 몸을 억지로 꼿꼿이 세우고는 주변 환경을 살폈다. 어슴푸레한 실내는 석실의 내부인 듯 보였다. 그녀는 지금 돌 의자에 결박된 채 앉혀져 있었고, 그 앞에 두 명의 무인이 뒷짐 진 채로 등을 보이고 서 있었다.

영호선은 그들에게 말했다.

"당가주는 어디 간 거죠?"

두 무인은 뒤에서 갑자기 들려온 목소리에 화들짝 놀라 그녀 쪽을 돌아보았다.

"깨어났나?"

"약효가 다 되었나 보군."

영호선은 그들에게 시선을 맞추며 다시 한 번 물었다.

"당가주는 어디 갔냐고 물었어요."

오른쪽의 염소수염이 인상적인 무인이 퉁명스레 말했다.

"알 거 없다. 가주님께 할 말이 있는 거라면, 나에게 먼저 말해라."

영호선은 더 이상 대꾸하지 않았다. 이미 알고 싶은 것을 다 알았기 때문이었다.

왼쪽의 키가 껑충한 무사가 키득거리며 말했다.

"입을 딱 다무는데 그래. 자네 정도에게는 할 말이 없나 본데? 클클클."

염소수염은 꺽다리를 한 번 째려보고는 영호선에게 말했다.

"멍청한 계집, 넌 이미 우리 가주의 자백제에 당해서 너도 모르는 새에 아는 것을 다 털어놨다. 그러니 감히 가주님하고 협상하고 어쩌고 하려는 수작은 집어치우고 널 구하러 온 놈팡이가 잡혀 들어오는 꼴을 볼 준비나 하고 있거라."

염소수염의 말은 뜻밖이었다. 영호선은 눈을 크게 뜨고 다시 입을 열었다.

"누가 날 구하러 왔나요?"

"구하러 왔었지. 영호세가의 끄나풀 몇 놈이 네년이 이실직고한 보물들을 들고 온 모양인데, 조만간 잡혀 여기로 끌려올 것이니 조바심 내지 않아도 곧 보게 될 것이다."

영호선은 초조해졌다. 염소수염의 말은 세가의 누군가가 자신이 자백제에 취한 상태에서 언급했을 진룡환인검, 용완구를 가지고 왔다는 뜻이었다. 과연 누가 그것들을 가져왔을까. 그리고 가져왔다면 교환이 이루어지지 않고 왜 사신들을 잡아올 것이라고 이자들이 말하는 걸까. 영호선이 다시 입을 열어 물어보려고 할 때, 꺽다리가 돌연 황망한 표정으로 염소수염에게 말했다.

"이봐! 이 계집애한테 당한 것 같아!"

"무슨 소리야, 또? 당하긴 뭘 당하나, 이렇게 꽁꽁 묶인 계집한테."

"저 계집은 가주가 당가의 사람인지 알 수가 없는 상황이었어. 근데 아까 당가주가 어디 갔냐고 물었잖아!"

그제야 염소수염도 깨달은 듯 심각한 표정이 되었다.

"그… 그러고 보니 저 계집이 그걸 어떻게 알았지?"

"빌어먹을! 우리가 잡담하는 것을 엿듣고 알아챈 모양이야!"

"이런 우라질……."

염소수염과 꺽다리는 사색이 되었다. 그도 그럴 것이 당가가 군룡회, 집마부와 협력하는 것은 극비 중에 극비였던 것이다. 그렇기에 당소도 복면을 쓰고 영호선을 상대한 것인데, 둘이 무심결에 영호선에게 그걸 가르쳐 준 꼴이 되어버린 것이다.

"이걸 어쩐다? 가주가 알면 우릴 살려두지 않을 텐데."

둘은 얼굴이 파랗게 질려 벌벌 떨기 시작했다. 당소는 상벌이 명확하고 손속이 잔인한 인물이었다. 이토록 큰 사고를 쳤으니 죽어도 곱게 죽지 못할 것이 분명했다.

"젠장! 하는 수 없어. 우리가 살려면 저년의 입을 다물게 하는 수밖에."

염소수염이 이를 악물고 말했다.

"뭘 어쩌려고? 중요한 인질인데 함부로 죽여 버렸다가는 그 역시 기밀 누설 못지않은 큰 죄목이 될 거라고."

"걱정 마. 가주가 쓴 자백제에 대해 내가 익히 알고 있는 게 있다고. 그건 본 가에서 최근에 개발한 미혼분인데, 자백 효과는 탁월한데 비해 간혹 피시전자의 의식이 영영 깨어나지 못하는 부작용이 있어 용량 조절에 만전을 기해야 한다고 하더군. 그걸 이용하는 거야."

"어떻게?"

"멍청하긴! 자네하고 난 지금 수중에 본 가의 칠대극독을 하나씩 지니고 있지 않나? 그런데 자네가 가진 독이 뭔가?"

꺽다리는 그제야 알아챈 듯 고개를 끄덕였다.

"아하, 극락산(極樂酸)을 이용하여 저 계집애를 영영 잠들게 하자 이거로군?"

"그래. 극락산을 적당량 주입하면 뇌를 손상시켜 숨만 쉬는 반 시체로 만들 수 있잖나. 그렇게 한 후 가주한테는 아예 의식이 깨어나지 않았다고 하면 가주도 결국 납득할 거라고."

"그게 가능할까? 가주 정도 되는 독공의 고수가 치사량을 조절 못한다는 게 이상하잖나."

"물론 그렇지만 그 미혼분은 이제 시험 단계에 있는 약물이기 때문에 아직 정확한 용법이 확립되지 않는 상태야. 게다가 사람마다 체질적으로 독에 약한 사람이 있으니 이 계집이 그런 류일 거라고 둘러대면 의심 많은 가주라 해도 먹혀들 걸세."

"그거 절묘하군! 좋아, 그러자고."

결론을 내린 둘은 만족한 표정으로 몸을 돌려 영호선에게로 다가왔다.

영호선은 안색이 딱딱하게 굳어져 있었다. 둘이 목소리를 낮춰 얘기하긴 했으나 좁은 공간에서 그녀의 귀에 들리지 않을 턱이 없었다.

"날… 죽일 셈인가요?"

염소수염이 능글맞은 표정으로 대꾸했다.

"어허, 죽이긴. 의식만 잃게 할 거다. 일단 약에 취하면 극락에 들어선 기분일 것이니 걱정 마라."

꺽다리가 한 발 앞으로 다가오더니 천천히 품속에 손을 집어넣었다. 그는 녹피장갑을 끼고는 조심스레 굵직한 대롱 하나를 꺼내 손에 고정시켰다. 그리고는 염소수염에게 말했다.

"계집을 잡아."

염소수염이 흉소를 흘리며 다가왔다.

영호선은 비명을 지르며 몸부림을 쳤다. 그러나 몸은 결박되어 있었고, 이내 아혈이 점해져 소리도 못 내게 되었다.

염소수염은 그녀의 턱을 잡고 얼굴을 위로 쳐들게 했다. 꺽다리의 녹피장갑을 낀 손이 천천히 쳐들린 그녀의 코로 다가왔다. 영호선의 눈이 공포로 크게 확대되었다.

"아주 조금만 흡입시키라고. 그 정도만 해도 충분히 혼수상태로 만들 수 있어. 너무 많이 넣으면 냄새 때문에 가주에게 들킬 수 있으니 조심해."

염소수염이 중얼거렸다. 꺽다리는 만전을 기하는 듯 대롱을 코 근처에 댄 채로 신중히 움직였다. 그런데 신중에 신중을 기하는 듯 코 앞 한 치까지 와서는 대롱을 뿜을 기회를 살피는 것인지 미동도 하지 않았다.

그가 시간을 너무 끌자 영호선을 붙잡고 있는 염소수염은 짜증을 내며 말했다.

"대충 하라고. 냄새 풍기지 않을 정도로만 뿌리면 되는 거잖나. 죽지 않게 조절하는 것도 아니고 죽이는 건데 뭐가 그리 어려워."

그럼에도 불구하고 영호선의 코앞에 위치한 대롱에서는 아무것도 분사되지 않았다.

"대체 뭐 하는……!"

다시 짜증을 내며 꺽다리 쪽으로 고개를 돌리던 염소수염의 눈이 휘둥그레졌다. 꺽다리의 등 뒤에 시커먼 누군가가 서 있었기 때문이다. 그의 손은 꺽다리의 등에 대어져 있었는데, 그럼에도 꺽다리는 미동도 하지 않고 있었다. 아니, 눈은 열심히 뒤룩뒤룩 굴리고 있었지만 몸을 움직일 수 없는 듯 보였다.

"누구냐!"

괴한이 꺽다리의 마혈을 짚은 것임을 눈치챈 염소수염은 버럭 소리를 지르며 몸을 옆으로 날렸다. 기척도 없이 다가온 고수임을 알아챈 그는 상비하고 있던 극독을 지체 없이 괴한을 향해 발출했다.

괴한은 독이 무섭지도 않은 듯 발출된 독을 향해 정면으로 다가왔다. 염소수염이 속으로 쾌재를 부르는 순간, 괴한의 한 손이 번쩍 치켜올려졌고, 그의 소매에서 희뿌연 연기가 뿜어져 나왔다. 연기가 극독을 덮었고, 염소수염은 시야가 가려지는 것을 느꼈다. 그 순간 머리에 엄청난 통증이 밀려오며 그는 그대로 기절해 버렸다.

염소수염이 쓰러진 직후, 연기로 가득 찬 석실을 누군가가 콜록거리며 들어왔다.

"아우, 이건 뭐야 대체! 콜록콜록! 아무것도 안 보여!"

영호선은 그 목소리가 귀에 익음을 느끼고 반색을 했다. 외쳐서 자신의 위치를 알리고 싶었지만 아혈이 점해진 상태였기 때문에 아무 소리도 나오지 않았다.

그때 누군가의 손길이 의자 뒤에 결박된 그녀의 손목을 건드렸다. 금속의 서늘한 느낌도 이는 것으로 보아 묶인 손목을 풀어내려는 것 같았다.

밧줄이 풀리고, 아혈 또한 풀렸다.

정면의 연기가 갈라지면서 낯익은 목소리의 주인, 조비연이 나타났다.

조비연과 영호선은 반색을 하며 동시에 외쳤다.

"언니!"

"연매!"

영호선은 벌떡 일어서며 조비연과 두 손을 맞잡았다. 조비연은 기뻐서 펄쩍펄쩍 뛰었다.

"얼마나 걱정했는지 몰라요. 다친 데는 없어요?"

"덕분에. 그런데……."

영호선은 자신을 구하고 밧줄을 풀어준 사람을 확인하려고 고개를 돌렸다. 거기에는 혹시 와주지 않았을까 기대했던 바로 그 사람이 서 있었다. 영호선의 얼굴은 더없이 환해졌다.

"그래요. 결국 상관충이 마검혈궁이었군요……."

영호선은 허탈한 표정을 감추지 못했다. 집안의 충직한 가신으로 내내 믿어왔던 상관충이 자신의 오빠를 죽인 마검혈궁이었다는 것은 쉽사리 받아들이기 어려운 사실이었다.

"아직 의뢰가 끝난 것은 아니오. 마검혈궁은 강서성과 복건성에 동시에 출몰했소. 즉 최소 두 명 이상이라는 것이지. 나머지 하나가 잡히기 전까지는……."

영호선은 고개를 저어 장건의 말을 끊었다.

"아니, 이제 됐어요. 마검혈궁이 한 명이든 두 명이든 결국 오빠를 죽인 것은 상관충일 테니까요. 공자의 말을 듣고 당시 정황을 떠올려 보니 명확해지는군요. 가장 충직한 가신으로 인정받던 그가 마검혈궁이었기에 오빠가 그렇게 어처구니없는 죽임을 당했던 것이겠지요. 원한을 갚은 이상 청부는 끝났어요. 장 공자께서 더 이상 그 일에 얽매이실 필요 없어요."

영호선은 물기 어린 눈으로 장건을 바라보며 말했다.

"정말 고마워요, 장 공자. 공자가 아니었다면 오빠의 원한을 갚는 일은 지난했을 거예요. 이 은혜를 어떻게 갚아야 할지 모르겠네요."

영호선은 장건에게 허리를 깊이 조아렸다. 장건은 고개를 저으며 말했다.

"과한 인사는 필요치 않소. 난 어디까지나 의뢰받은 만큼의 일을 한 거니까."

조비연이 혀를 차며 말했다.

"하여간 말하는 것하고는. 이 상황에서 그따위 말밖에 못하겠어? 위로의 말이라도 해주면 좀 좋아."

장건은 그녀의 말은 들은 체도 하지 않고 후방을 살폈다. 독을 중화시키려 뿌린 연기가 서서히 가시고 후면 벽이 모습을 드러냈다.

영호선이 갇혀 있던 곳은 작은 석실이었는데, 이곳은 특이하게도 앞쪽의 입구 외에도 좌우로 문이 하나씩 나 있었다. 두 개의 문은 두께가 두 뼘쯤 되는 통으로 된 돌문이었고, 걸쇠 부분에는 일견하기에도 복잡해 보이는 기관 장치가 설치되어 있었는데 누가 열어놓은 것인지 두 개 다 활짝 열려 있었어서, 문 너머로 장건들이 있는 곳과 비슷한 규모의 석실이 보였다.

조비연은 좌우의 방에 무엇이 있는지 알고 싶어 기웃거려 보았다. 두 개의 방에는 석탁과 항아리 등이 있었지만 석탁에는 먼지만이 날렸고 항아리 속은 텅텅 비어 있었다.

"여긴 별게 없는 것 같은데, 언니 데리고 빨리 나가는 게 좋지 않겠어?"

조비연이 말했지만 장건은 들은 체도 하지 않고 중앙 방의 후면 벽을 유심히 보고 있었다.

조비연은 그가 뭘 그리 유심히 보나 싶어서 그의 시선을 따라가 보았다. 아무런 장식도 없는 벽이었는데 중앙에는 굵은 홈이 몇 군데 파여져 있었다. 그런데 그 모양이 특이했다. 맨 좌측에 일자 모양의 홈이 세로로 파여져 있고, 중앙에는 동그라미 모양의 홈이 두 개 나란히 배열되어 있었으며, 우측에도 역시 일자 모양의 세로로 된 홈이 파여져 있었다.

"이게 뭐야? 기관 장치야?"

조비연의 물음에 장건은 천천히 고개를 끄덕였다.

"그렇겠지."

"그렇겠지? 이때까지는 자기 집 뒷골목처럼 구조를 훤히 꿰던 사람이 왜 갑자기 가정법을 쓰는 거야?"

"이전에 왔었을 때 이곳에서 더 이상 나아가지 못했거든."

영호선이 그 말을 듣고는 눈을 크게 떴다.

"장 공자, 여기 와본 적이 있어요?"

"몇 년 전에 왔었소."

"이곳이 대체 어딘가요?

대답은 조비연이 했다.

"불사동이래요."

영호선의 눈이 휘둥그레졌다.

"삼절서생이 은거했다는 곳?"

"맞아요."

영호선은 놀라움을 감추지 못하며 말했다.

"삼절서생은 성의 중요한 기보들을 다수 가진 채로 잠적했기 때문에 본 가에서도 그의 행적을 수소문하고 있었어요. 특히 불사동을 찾기 위해 지난 수년간 백방으로 애써왔었는데……. 공자가 먼저 들어왔었군요."

영호선은 장건이 많지 않은 나이에도 불구하고 놀라운 무공을 갖추고 있는 까닭을 비로소 짐작할 수 있었다. 불사동의 기연을 얻은 것이라면 충분히 그러고도 남을 만하다는 것을 그녀는 잘 알고 있었다.

그녀는 장건은 보며 말했다.

"삼절서생은 광신의가 소유하고 있던 성의 재보들, 특히 광신의가 제조한 사대신약의 잔여분을 포함한 다수의 약재와 몇 가지 무공비급을 가지고 자취를 감추었다고 본 가는 파악하고 있어요. 이곳이 정녕 불사동이라면 그 재보들을 여기에 보관해 놨겠죠. 장 공자께서는 그것들을 보셨나요?"

장건은 영호선을 물끄러미 보며 말했다.

"내가 이곳에 들어와서 본 것은 미완성된 시약들뿐이었소."

"그랬군요……."

영호선은 눈에 순간적으로 실망의 빛이 비쳤다. 그녀는 삼절서생이 가져간 물건들에 대해 앞서 말한 것보다 좀 더 구체적으로 알고 있었다.

영호세가에서 각별히 불사동에 주의를 기울인 까닭은 사대신약보다도 더욱 중요한 것, 합환의 비술과 알려지지 않은 영호진의 비급 때문이었다.

사대신약을 적절히 배합하여 궁극의 영약을 창출해 낼 수 있다는 합환의 비술은 광신의가 죽을 때까지 시험에 시험을 거듭하다 결국 끝을 맺지 못했다고 알려진 기술이었다. 그런데 광신의는 죽기 직전 상당한 성과를 이루었고, 그 성과를 고스란히 삼절서생이 물려받은 채로 잠적을 했던 것이다. 영호세가에서는 삼절서생이 불사동에 은거한 가장 큰 이유가 이 합환의 비술을 완성하기 위함이라고 보고 있었다.

또한 영호진이 삼절서생에게 특별히 물려준 비급이 있었다.

영호진은 의술뿐 아니라 무공에도 탁월한 소질을 지녔던 삼절서생을 몹시 아꼈고, 빼어난 재능을 지닌 그가 몸이 약해 요절할 운명이라는 것을 안타까워했다. 그러한 마음 때문인지 몰라도 말년에 틈틈이 그를 따로 불러 그에게 맞는 무공을 전수해 주곤 했는데, 영호진이 그를 유별나게 각별히 여긴 탓에 당시 진검성에서는 성주가 만년에 얻은 심득을 정리한 무공비급까지 건네주고 그가 몸이 다 나으면 후계자로 양성하겠다고 말했다는 소문까지 돌았었다. 이러한 소문 때문에 그는 영호진의 아들들에게 질시 어린 눈총을 받았고, 영호진이 사후 잠적한 가장 큰 이유가 그들에게 해코지를 당하지 않기 위함이라는 설도 있었다.

어쨌거나 영호진이 삼절서생에게 특별한 비급을 전해준 것만은 분명하다는 것이 영호가의 견해였다. 영호세가는 합환의 비술과 더불어 그 비급에도 눈독을 들이고 있었다. 성에서 나온 무공이니 당연히 소유권은 자신들에게 있다는 생각이었다.

영호선은 영호가의 생각에 전적으로 동의하지는 않았지만 어쨌거나 불사동에 어떤 물건들이 있는지는 정확히 알고 있었다. 그랬기에 장건에게 이곳에 들어와 무엇을 보았는지를 물어본 것인데 아무것도 보지 못했다는 답이 나온 것이다. 설사 불사동에서 발견한 재보를 그가 취했다고 해도 다시 달라고 할 생각은 없었는데 딱 잡아떼는 그를 보고 있자니 자신을 믿지 못하는 것이 아닌가 싶어 한편으로는 섭섭하고, 한편으로는 실망스러웠다.

그때 장건이 말했다.

"불사동의 진짜 보물은 저 벽 뒤에 있을 거요."

뜻밖의 말에 영호선은 놀라며 물었다.

"저 벽 뒤에 또 다른 통로가 있단 말인가요?"

"그렇소. 몇 년 전 이곳에 와서 모든 구역을 샅샅이 훑고서 내린 결론이오. 내가 알고 있는 이곳의 기관 진식의 구조로 볼 때 이 벽 뒤 공간에는 다른 일곱 군데와 마찬가지로 커다란 석실이 있어야 하오. 그런데 다른 곳과 달리 여기는 이렇게 벽으로 막혀 있소. 아마도 이 뒤의 석실에 지극히 중요한 물건들이 보관되어 있기 때문일 것이오."

"그럼 저 벽에 새겨진 기호들은 벽 뒤로 들어갈 수 있는 기관이겠군요?"

"그럴 거요. 내 짐작으로는 소저에게 놈들이 물어본 질문이 아마도 여기를 여는 열쇠인 듯하오."

"영호세가의 힘, 결속, 미래를 상징하는 무기 말인가요? 그것들로 이 벽을 열 수 있단 건가요? 그자들이 대체 그걸 어떻게 알고⋯⋯."

"아마도 놈들은 이곳 불사동의 설계 지식을 가지고 있는 것 같소."

"그건 진검성에서도 극비 사항이었을 텐데⋯⋯."

"놈들을 진두지휘하고 있는 수검이란 자는 진검성 당시 참모진에 포함되어 있는 인물이었소. 극비 정보에 접근할 수 있는 인물이었다고 볼 수 있겠지."

영호선은 고개를 갸웃거렸다.

"그렇다고는 해도 이해가 가질 않는군요. 불사동에 대한 지식을 익히 가지고 있었다면 왜 삼절서생이 은거한 지 이토록 오랜 세월이 지나서야 여길 파헤치는 걸까요?"

"우선 천관무위진의 시험 장소였다가 폐기된 이곳이 불사동으로 쓰였다는 사실 자체를 몰랐을 거고, 나중에 알게 된 후에도 함부로 접근하기 어려웠을 거요."

"어째서요?"

"이 지역은 국가가 관리하는 광산 지대요. 특히 금맥이 최근에 발견되고 그것을 지역 관리들이 밀반출하기 시작하면서 경비가 철통같아졌지. 제아무리 날고 기는 무림인들이라 해도 관과 충돌하면서까지 이곳에 접근하여 산을 파헤치는 큰 공사를 할 담량은 없었을 거요. 결국 지역 관리들을 포섭하고 이곳에 이런 규모의 공사를 벌이기까지는 상당한 시간과 자본이 필요했을 거요."

영호선은 알겠다는 듯 고개를 끄덕였다. 호광성의 승선포정사가 군룡회주 구태진의 연줄에 닿아 있다는 것은 공공연하게 알려진 사실이었다.

"그나저나 이거 열 수 있겠어? 열쇠가 있다면 후딱 열어보고 여길 뜨자고."

조비연이 조바심을 내며 말했다. 그녀는 사라진 범생들이 걱정되어 안절부절못하고 있었다.

영호선도 장건을 바라보았다. 그녀는 앞서 언급된 영호가의 무기들이 이 벽을 열 수 있는 도구가 어떻게 될 수 있는지 전혀 짐작할 수가 없었다.

장건은 말없이 차고 있던 진룡환인검을 검집에서 천천히 빼내었다. 보검 특유의 번득이는 광채가 드러나고, 뒤이어 승천하는 용이 음각 된 검신이 모습을 드러냈다. 음각에 눈길을 주던 장건은 이윽고 검을 내밀어 좌측 일자 모양의 홈에 천천히 꽂아 넣었다. 검신은 점점 벽 속으로 들어가 검병이 벽에 맞닿았다.

딸깍.

미세한 소리긴 하지만 검병이 벽에 닿는 순간 분명 벽 내부에서 소리가 났다, 마치 열쇠가 자물통에 들어맞는 듯한 소리가.

지켜보던 조비연과 영호선의 눈이 휘둥그레졌고, 장건은 말없이 양 소매를 걷고는 두 개의 용완구를 끌렀다. 그리고는 끌러낸 용완구를 진룡환인검을 꽂아 넣은 옆에 파여진 두 개의 동그라미 홈에 집어넣었다. 용완구와 홈은 마치 맞춘 듯이 딱 들어맞았고, 역시 용완구 두 개가 모두 벽 속으로 들어가자 진룡환인검 때와 같이 딸깍 소리가 들렸다.

"정말 열쇠가 맞나 보네!"

조비연이 감탄한 얼굴로 외쳤다.

영호선도 상기된 표정으로 장건을 바라보았다. 이제 마지막으로 이검만 꽂아 넣으면 불사동의 진면목을 볼 수 있게 될 것이다.

장건은 한결 신중해진 표정으로 마지막 한 개의 홈을 주시하며 허리에 차여진 이검을 조심스레 빼 들었다. 그리고 홈에 끼워 넣었다.

앞선 두 번의 경우와는 달리 이번에는 아무런 반응이 없었다. 문이 열리지도 않았고, 딸깍 소리조차 들리지 않았다.

"어떻게 된 거지? 잘못 끼운 거 아냐?"

조비연이 말했다.

장건은 끼웠던 이검을 다시 빼냈다. 그리고 검신을 들여다보았다. 앞선 두 물건은 모두 표면에 정교한 문양이 음각 되어 있었다. 아마도 홈에 끼워 넣었을 때 기관이 그 문양에 반응하는 구조였을 것이다. 그러나 지금 들고 있는 이검의 검신은 매끈하게 빠져 있었고 어떠한 문양도 새겨져 있지 않았다. 앞선 두 개에 비해 기관의 여는 '열쇠'로는 부적합한 물건인 것이다.

"혹시… 영호가의 미래를 상징하는 무기가 이검이 아닌 것일까요?"

영호선이 조심스레 물었다.

장건은 대답없이 잠시 이검을 물끄러미 보다가 다시 홈에 끼워 넣었다.

'진룡환인검은 진룡환인검의 특징이, 용완구는 용완구의 특징이 있기 때문에 열쇠에 들어맞은 것이다. 그렇다면 이검 역시 이검의 특징을 증명해야 열쇠의 기능을 할 수 있을 것이다.'

외양에 특징이 없는 이검이 자신을 증명할 수 있는 길은 단 하나였다.

장건은 이검에 공력을 불어넣었다. 아지랑이 같은 검기가 검신을 타고 홈의 내부로 흘러들어 갔다. 그러자 철컥하는 소리와 함께 홈으로 들어갔던 용완구와 진룡환인검이 밖으로 튀어나왔다. 그리고 귀를 울리는 기관음과 함께 문이 열리기 시작했다.

*　　　　　*　　　　　*

굳게 닫혀져 있던 돌문이 나직한 비명을 지르며 천천히 열렸다. 문이 열림과 동시에 외부의 빛이 쏟아져 들어와 어두침침하던 갱도의 내부를 밝혔다.

환해지던 내부가 잠시 어두워졌다. 세 개의 인영이 그림자를 길게 드리우며 열린 문 안으로 들어섰기 때문이었다.

동시에 드리워진 그림자였지만 길이는 제각각 달랐다.

가장 긴 그림자의 주인은 그림자 길이에 걸맞는 장신의 사내였다. 칠 척은 됨직한 큰 키에 허리까지 내려오는 치렁치렁한 장발, 비쩍 마른 몸매에 째진 눈, 길쭉한 얼굴이 무척이나 음산한 기운을 풍겼다.

그 옆에 어깨를 나란히 하고 있는 자는 중키에 뚱뚱한 몸매가 인상적인 사내였다. 그는 남루한 갈의 장삼을 입은 장발사내와는 대조적으로 화려한 금의를 걸치고 있었는데, 갱도 내부가 더운지 연신 손수건으로 땀을 훔치면서도 무슨 좋은 일이라도 있는 듯 싱글벙글하고 있었다.

마지막 한 명은 오 척이 간신히 넘을 듯한 땅딸막한 체구의 사내였다. 코끝이 유달리 빨간 그는 갱도 내부로 들어서자마자 들고 있던 호리병을 입에 대고 술을 들이켰다.

외양에서는 공통점을 찾을려야 찾을 수가 없을 정도로 개성이 뚜렷한 세 사람이었지만 한 가지 동일한 점이 있었다. 그것은 소지하고 있는 무기였다. 셋 모두 똑같은 모양의 무기를 등에 차고 있었다. 몸체는 뭉뚝하고 길쭉한 것이 곤봉과 같았지만 어깨 위로 삐쭉 나와 있는 손잡이는 검병과도 같은 모양이라 정면에서만 보면 등에 검을 찬 검수(劍手)처럼 보였다.

단신의 사내가 꺼억 트림을 하며 말했다.

"수검도 변했군. 구태진 같은 놈 밑에서 책사 노릇을 오래하다 보니 간이 작아졌나? 교룡이라 불리던 자가 도둑 나부랭이 한 놈을 처리 못해 우리 셋까지 동원시키다니 말이지."

뚱보가 킬킬거리며 대꾸했다.

"낄낄낄, 나도 주귀(酒鬼) 네놈과 같은 생각이다. 굳이 우릴 쓸 거면 살인에 미친 흑귀(黑鬼) 놈이나 들여보내면 그만인 것을 뭐 하러 너와 나까지 이 더운 갱도 안으로 처넣는 것인지 원……."

말하는 내용은 불평이었지만 그는 계속 웃으면서 얘기하고 있었다.

주귀라 불린 단신사내가 아무 말이 없는 장신사내를 보며 말했다.

"흑귀, 넌 뭘 그리 골똘히 생각하나?"

흑귀라 불린 장신사내는 꾹 다물고 있던 입을 열었다.

"삼 일 전 이곳에 도착했을 때 수겸이 해준 말 있잖나."

"수겸이 한 말? 불사동에 대한 설명 말고 또 들은 게 있었나?"

"그래, 그 설명 말일세. 이곳이 진짜 불사동이고 막혀 있는 심처에 삼절서생의 비학이 숨어 있다고 했었지?"

"그랬지."

"그 비학이란 게… 합환의 비술이 아닐까?"

그 말에 주귀가 막 입가에 대던 호리병을 멈추었다.

"그럴까? 그러고 보니 광신의가 못다 한 연구를 삼절서생이 계승했다고 보면 충분히 그럴 수도……."

뚱보가 끼어들었다.

"낄낄, 하여간 헛기대들은 열심히 해대는구나. 삼절서생은 사십 되기 전에 요절할 상이라고 광신의가 판정한 놈이 아니냐. 제 지병 고치려고 여기 들어박힌 것인데 합환의 비술까지 연구할 여력이 있었겠어?"

흑귀는 완강히 고개를 가로저었다.

"아니, 난 그 비학이 합환의 비술이 확실하다고 본다. 사대신약 정도라면 본전에서 이 전쟁의 외중에 여기에 이토록 많은 인력을 투입해 놓을 이유가 없어."

뚱보가 낄낄대며 다시 면박했다.

"낄낄낄, 합환의 비술이면 어쩔 거고 사대신약이면 어쩔 거냐. 우리 입에 들어갈 것도 아닌데."

"입에 들어갈 수도 있지."

흑귀의 대꾸에 주귀와 뚱보의 눈이 휘둥그레졌다.

"흑귀, 그게 무슨 뜻이냐. 설마 전주(殿主)를 거스르겠단 거냐?"

"안에 있는 것이 합환의 비술이 확실하다면, 그 비술을 얻을 수만 있다면… 천형(天刑)처럼 들러붙어 있는 우리의 병을 치유하고…… 그것을 넘어 전주를 쓰러뜨릴 수 있는 힘을 얻을 수도 있다."

병을 치유한단 말에 주귀와 뚱보의 눈빛이 잠시 번득였다. 그러나 곧 주귀가 고개를 저으며 말했다.

"설사 저 안에 있는 것이 합환의 비술이라 해도 심처를 어떻게 열 수 있겠나? 수겸이 말하길 힘으로 부수고 들어가려 하면 동굴 전체가 붕괴될 거라고 했다."

"그 도둑놈이 심처를 여는 열쇠를 가지고 있다고 하지 않았나?"

"수겸이 그러지 않았느냐, 놈이 가지고 있는 것은 두 개뿐이라고. 게다가 마지막 하나의 열쇠는 다른 사람도 아닌 전주가 가진 '그것'이라 했다. 그러니 심처의 안으로 들어갈 수 있는 기회는 전혀 없다고 봐야 한다."

"으음……."

흑귀는 입술을 깨물었다. 마지막 열쇠를 전주가 가지고 있고, 게다가 하필 '그것'이라면 도저히 얻을 수 있는 방법은 없는 것이다.

셋은 다소 기운이 빠진 모양새로 계속 전진했다. 둘에게 면박을 준 뚱보조차도 전주란 말이 언급된 후에는 말이 없어졌다. 그들이 중앙으로 향하는 복도에 막 접어들었을 때였다. 기관이 울리는 소리가 들리고 바닥이 흔들렸다.

"무슨 일이지?"

"저쪽이야!"

셋은 진동이 울리는 지점으로 화살같이 뛰어갔다. 미로처럼 얽힌 갱도와 함정을 지나쳐 도착한 곳은 커다란 석실이었다. 그곳에는 두 명의 당가 무인이 쓰러져 있었고, 그 뒷벽은 반으로 갈라져 좌우로 벌어져 있었다. 그리고 그 뒤에는 커다란 통로가 검은 입을 쩍 벌리고 있었다.

"낄낄낄, 뭐가 대체 어떻게 된 거야?"

뚱보가 웃으면서 투덜거렸다.

수겸이 준 약도를 펼쳐들고 달려온 길을 복기하던 주귀가 갑자기 소리를 질렀다.

"여, 여기가 심처의 입구야!"

"뭐라고? 정말인가?"

"틀림없어! 우리가 온 길은 심처로 통하는 복도였다고! 이 벽은 원래 막혀 있었던 것이고!"

"그런데 이렇게 통로가 나 있다는 것은… 놈이 심처를 열었다는 것인가?"

"아마도 그렇겠지. 대체 어떻게 그럴 수 있었을까? 놈이 전주가 가진 '그것'을 소유했을 리는 없을 테고."

뚱보가 낄낄거리며 끼어들었다.

"낄낄낄, 이제 와서 그게 뭐 대순가? 중요한 것은 여기가 열렸다는 거지. 안에 들어가서 놈을 때려잡고 나서 문을 어떻게 열었는지, 또 안에 뭐가 있는지 조사해 보면 될 것 아니냐?"

흑귀가 피식 웃으며 말했다.

"좀 전에 우리 기대를 비웃기만 하던 놈이 말하는 품새를 보아하니 마음이 바뀐 모양이로구나, 소귀(笑鬼)."

"킬킬, 속이 좁은 놈이군. 내 별명이 소귀 이전에 도귀(賭鬼)였다는 것을 모르느냐? 전주를 거스르는 위험이 따르긴 하나 합환의 비술을 얻을 수 있다면 배신도 해볼 만한 도박이지."

흑귀와 소귀는 시선을 주귀에게로 향했다.

"너는 어떠냐, 주귀?"

주귀는 호리병 주둥이를 입에 처박고 안의 술을 남김없이 쏟아 부은 후에야 비로소 입을 떼며 말했다.

"끄억! 이제 좀 취기가 오르는군. 전주 얼굴이 생각 안 나는 것을 보니 배신 한 번 때려도 되겠다!"

의견을 조합한 세 명은 회심의 미소를 짓고는 안으로 들어섰다. 벽돌로 된 긴 복도가 어둠에 잠긴 저 끝까지 펼쳐져 있었다.

셋은 화섭자를 켜고 복도의 끝까지 걸어갔다. 한 백 장쯤 들어가자 앞이 막혀 있었다. 천장에서부터 무너져 내린 듯 돌무더기가 복도를 가득 채운 상태였다.

"낄낄낄, 어찌 된 거지? 여긴 외길인데 그럼 문을 열고 들어간 놈들은 대체 어디로 간 거야?"

흑귀가 돌무더기를 살피더니 말했다.

"이건 앞서 들어간 놈들이 한 짓이다. 갓 부서져 내린 돌들이야. 아직도 먼지가 일고 있어. 아마 아까 우리가 느꼈던 진동은 여길 부술 때 났던 것 같다."

"우리가 올 걸 알고 있었나?"

"꺼억! 누구라도 쫓아올 거라는 것은 예상하고 있었겠지. 대담한 건지, 무식한 건지 모를 놈들이군. 여길 이렇게 막아놓으면 나올 때는 어찌하려고 그랬을까?"

주귀가 고개를 갸웃거렸다.

흑귀가 말했다.

"혹시 저 안에 밖으로 통하는 다른 길이 있을지 모르지. 수겸이 말하길 놈이 여기 구조를 알고 있는 것 같다 했으니."

"낄낄, 그럼 놈이 도망치기 전에 빨리 들어가야겠군."

소귀가 웃으며 차고 있던 곤봉 모양의 천왕검을 빼 들었다. 뭉툭한 검신에서 청광이 아른거리기 시작했다.

*　　　　*　　　　*

장건과 조비연, 영호선은 어둡고 긴 복도를 지나―오는 도중에 복도를 무너뜨려 적의 추격을 봉쇄한 후에―커다란 석실에 다다랐다.

"이곳이 바로 심처로군요."

영호선이 석실 벽에 들고 온 횃불을 걸며 말했다.

석실은 당소와 일전을 겨루었던 석실 정도로 큰 규모의 방이었다. 석실 한쪽 벽에는 길쭉한 벽돌들이 들쭉날쭉하게 박혀 있었다. 한눈에 보기에도 기관 장치인 듯했다. 석실의 다른 벽에는 조그마한 문이 나 있었다. 그 안으로 들어서자 작은 방이 하나 나왔고, 짙은 약향이 일었다. 항아리들이 방 안 한 구석에 가득했고 석탁 위에는 약병과 환단, 서책들이 굴러다니고 있었다.

"여기가 삼절서생의 연구실이 아닐까?"

조비연의 말에 영호선도 그렇게 생각하는 듯 고개를 끄덕였다. 척 보기에도 의생이 사용하는 약제실 같은 느낌이 드는 방이었다.

그러나 강호에 떠도는 소문 같은 진검성의 재보나 사대신약 같은 것은 보이지 않았다. 석탁 위에 아무렇게나 굴러다니는 환단들은 곰팡이가 슬어 있었고, 항아리에 담긴 약재들도 방치한 기간이 오래된 탓인지 모두 썩어 있었다. 영호가에서 예상하고 있던 무공비급 같은 것도 전혀 없었다.

"여기 말고 다른 방이 또 있는 게 아닐까?"

조비연의 말에 장건은 고개를 저었다.

"여기가 연구실이 맞는 것 같다. 이게 실험일지로군."

장건은 서책을 하나 들고 있었다. 그 책에는 연월일시 별로 약재 실험을 한 기록이 기재되어 있었다.

"일지에 뭐라고 쓰여 있나요?"

영호선이 물었다.

"삼절서생은 자신의 몸을 회복시키는 약재를 만들고 있던 모양이오. 시약의 복용에 따른 몸의 변화를 매일매일 기록해 놓았군."

장건은 일지의 맨 끝을 넘겨 보았다. 앞부분과 다를 바 없는 내용이었지만 복용하는 약재의 양이 크게 줄어 있었다.

'몸이 점점 회복된 모양이군. 기사(己巳)년 구월이라… 그렇다면 팔 년 전인데…….'

조비연이 두리번거리며 말했다.

"그런데 소문에 떠도는 그 온갖 보물들은 다 어디 있는 거지? 여기 말고 다른 방은 더 없는 것 같은데."

"아마도… 삼절서생이 지병의 치료에 성공한 모양이야. 그가 여기서 죽었다면 시체가 있어야 하는데 아무것도 없잖아."

"그럼 그가 살아서 여길 나갔다는 얘긴가?"

"그렇겠지. 나가면서 소문에 떠도는 진검성의 재보들 역시 남김없이 챙겨 갔을 것이고."

조비연이 어처구니없다는 듯이 말했다.

"그럼 뭐야. 수겸이란 놈과 당가주가 이 전쟁의 와중에도 여기 틀어박혀서 온갖 공을 다들인 결과가 말짱 황이란 얘기네?"

셋은 다소 허탈해진 얼굴로 연구실 밖으로 나왔다.

"이제 어떡하지?"

조비연의 물음에 장건이 답했다.

"나갈 길을 찾아야지."

그는 석실 한쪽 벽에 있는 기관으로 다가갔다. 들쭉날쭉 박혀 있는 벽돌들을 어떻게 조절하느냐에 따라 밖으로 나가는 출로를 열 수 있게 될 것이다. 장건은 혼돈지서상의 '기관의 장'에 기재된 천관무위진의 묘리를 탐독했었기에 불사동의 구조를 어느 정도 파악하고 있었다. 그러나 혼돈지서에 표기된 내용은 묘리를 압축해 놓은 것이기 때문에 그의 지식은 완전하지 않았다. 그렇기에 지금의 지식만 가지고 이같이 복잡한 기관을 만져 출로를 열기에는 다소 벅찼다.

그렇다고 해도 시도해 볼 수밖에 없는 일, 장건은 삐죽이 나와 있는 벽돌을 반쯤 집어넣고, 그 옆의 바싹 들어간 벽돌을 같은 크기로 잡아 뺐다. 계속 여러 가지 시도를 했지만 기관은 요지부동, 전혀 움직이지 않았다.

장건은 포기하지 않고 계속 기관을 만졌다. 그러다가 아래쪽의 벽돌 하나를 빼는 순간 콰앙! 하는 커다란 소리와 함께 석실 바닥이 뒤흔들렸다.

"기관이 작동된 거야?"

조비연의 기대에 찬 소리를 질렀다.

장건은 굳어진 얼굴로 고개를 저었다.

"지금 이 소리는 기관음이 아냐. 밖에서 누군가 통로를 막아놓은 돌무더기를 파괴하고 있는 것 같다."

그는 기관에서 손을 떼고 재빨리 석실 밖으로 나갔다. 두 여인도 이내 그의 뒤를 따랐다.

장건이 천장을 무너뜨린 지점은 석실에서 삼십 장 앞에 있는 곳이었다. 그런데 지금 소음과 함께 튀어나온 돌들이 삼십 장 떨어진 석실 입구까지 날아오고 있었다.

콩! 콰앙!

소음이 한 번 일 때마다 돌무더기에 구멍이 뚫리며 청색 광채가 튀어나왔다. 그 광채가 비칠 적마다 막힌 복도가 조금씩 붕괴되고 있었다.

"저건… 뭐지? 강기 같은데?"

조비연이 놀란 어투로 말했다. 장건이 아까 소형 폭약으로 천장을 무너뜨려 삼 장 가량의 복도를 돌로 꽉 막아놓은 상태였다. 그런데 지금 저 건너편의 적은 강기를 써서 그 막힌 부위를 너무도 수월히 뚫어내고 있는 것이었다.

"저건 단순한 강기가 아니야. 아무래도… 검강지기인 것 같다."

장건의 말에 두 여인은 깜짝 놀라고 말았다.

"저게… 검강지기라고요? 상대가 검강을 쓴단 말인가요?"

영호선의 물음에 장건은 침중한 표정으로 대답했다.

"그렇소. 게다가 한 명이 아닌 듯하오."

그의 말마따나 청광은 한 군데에서 비치는 것이 아니라 동시에 두 세군데에서 나타나고 있었다.

"검강을 쓰는 자가 다수란 말이야? 그런 말도 안 되는……."

조비연은 말문을 잇지 못했다. 현재 강호를 통틀어 구체화된 강기를 쓰는 것으로 공인된 자는 도강을 시전한 적이 있는 철무림주 일도절혼 관천호뿐이었다. 그 외에 검강을 쓰는 고수는 아직 확인된 바가 없었다. 그저 천하삼대 검객으로 꼽히는 전검문주 송천운, 무당의 명송자, 집마부주 정도가 혹시 쓰지 않을까 하는 입소문만 무성할 뿐이었다. 그런데 그런 경지에 다다른 자가, 그것도 두엇 이상이 한꺼번에 나타났다는 것에 아연실색할 수밖에 없는 상황이었다.

"곧 돌무더기가 뚫릴 것 같군."

"어쩌지?"

조비연이 발을 동동 굴렀다. 평상시의 그녀라면 열세라 해도 호기있게 부딪쳐 보겠지만 지금은 그럴 상황이 아니었다. 전투불능인 영호선이 있는 데

다가 그녀 자신도 아까 당소와의 전투에서 오른 다리를 다쳐 신법의 운용이 어려운 상태였다. 고로 이쪽에서 제 능력을 발휘할 수 있는 사람은 장건뿐인데, 아무리 그라 해도 홀로 검강을 쓰는 다수의 고수와 맞서는 것은 무모한 일이었다.

"일단 석실로 들어갑시다."

장건은 두 여인을 데리고 석실로 돌아왔다. 그리고는 이검을 뽑아 석실 입구를 쳤다. 이검에서 뿜어 나온 검기가 입구를 무너뜨렸다. 적이 들이닥칠 시간을 조금이라도 지체시키려는 의도였다. 그런 후 그는 기관 앞으로 가 다시 벽돌을 열심히 조종하기 시작했다.

쾅! 쾅! 쾅!

바위가 터져 나오는 소리가 점점 또렷해졌다. 적이 돌무더기를 거의 다 뚫었다는 의미였다.

그때 장건이 하단부의 벽돌 하나를 집어넣자 끼기긱 소리와 함께 연구실 반대편 벽에 네모난 구멍이 하나 생겨나기 시작했다. 셋은 그곳으로 달려갔다.

구멍 안쪽으로 길게 뻗어나간 공간이 보였다. 밖으로 나가는 출로일 수 있는 공간이었다.

셋은 단박에 들어가고 싶었지만 구멍은 아직 사람이 드나들 만큼 충분히 넓어져 있지 않았다. 간신히 몸이 호리호리한 여자 한 명이 들어갈 만큼 넓어진 순간, 쿠웅! 하는 이제까지와는 다른, 막힌 것이 뻥 뚫리는 듯한 소리가 들려왔다.

"놈들이 벽을 뚫었나 봐요!"

영호선이 외쳤다.

"이제 들어가도 될 것 같소."

장건은 일단 영호선을 밀어 넣었다. 호리호리한 그녀는 문 안으로 쏙 들어갔다. 그 다음 조비연을 밀어 넣으려 했지만 잘 들어가지 않았다.

"이건 왜 이렇게 뚱뚱해?"

장건이 무심코 말하자 조비연은 핏대를 세우며 외쳤다.

"누가 뚱뚱해! 이건 풍만한 거라고!"

장건이 쓴웃음을 짓는 찰나, 석실에 청광이 번득였다.

쾅!

막혀 있던 돌이 사방으로 튀며 입구가 뻥 뚫렸다. 자욱한 먼지를 헤치며 세 인영이 뛰쳐 들어왔다.

"어서 들어가!"

장건은 조비연을 조금 넓어진 구멍으로 억지로 밀어 넣었다. 그녀가 안으로 들어간 순간 가장 먼저 근접한 길쭉한 인영이 장건에게 무기를 휘둘렀다.

매서운 기세로 무기가 장건의 급소로 날아들었다. 장건은 그에 맞서지 않고 기관 장치 쪽으로 몸을 날렸다.

끼릭!

장건은 장치 앞에 착지하자마자 기관을 열 때 밀어 넣었던 벽돌을 잡아 뺐다. 그러자 점점 커지던 구멍이 다시 닫혀 버렸다.

"저놈 무슨 수작을 하는 거지?"

석실 안으로 들어와서는 가만히 서 있던 두 인영 중의 하나가 말했다.

"낄낄, 계집들을 먼저 탈출시켰나 본데? 꼴에 의협 행세를 하고 싶나 보지."

장건은 문이 닫히는 것을 확인하고야 자세를 바로 하고 세 인영을 똑바로 바라보았다.

먼저 그에게 덤벼들어 무기를 휘둘렀던 자는 껑충하게 큰 키에 음산한 눈빛이 인상적인 자였다. 그리고 중앙에 선 둘은 한 명은 뚱뚱하고 한 명은 키가 작았다. 특이한 것은 키다라나, 뚱보나, 작다라나 전부 무기가 동일하다는 것이었다. 모두 검병 비슷한 모양새의 손잡이가 달린 철곤(鐵棍)을 가지고 있었다. 처음에는 키다리만 들고 있었기 때문에 몰랐는데, 뚱보와 작다리가 등에 차고 있던 검을 일제히 빼 들자 그들 역시 검이 아닌 키다리와 동일한 무기를 가지고 있음을 확인할 수 있었다.

'기이하군, 체형은 제각각인데 동일한 무기를 가지고 있다니. 게다가 저 무기로 검강과도 같은 강기를 일으켰단 말인가?'

장건은 그들의 무기를 보자 몹시 의아스러웠다. 강기의 날카로움을 보고 검강으로 예상했던 것인데 철곤이라니… 곤으로 강기를 일으켰다면 곤강(棍罡)이라 칭해야겠지만 아까 막힌 벽을 뚫던 청광의 날카로운 예기와 저 뭉뚝한 철곤과는 어딘가 어울리지가 않는 느낌이었다.

곤법과 검법은 무기의 용도나 사용 방식이 근본부터 다른 무기들이다. 장건은 현 강호에 강기를 일으키는 수준에 다다른 고명한 곤법이 있다는 얘기를 들어본 기억이 없었다. 게다가 세 명은 짧은 길이의 철곤을 검을 잡는 자세로 잡고 있었다. 들고 있는 것만 철곤일 뿐이지 모두 영락없는 검객의 기세를 보이고 있는 것이다.

봉수(棒手)인지 검객인지 모를 셋 중에 장건을 공격했던 키다리가 한 발 앞으로 나오며 물었다.

"꼬마야, 네가 풍파투도냐?"

장건은 물끄러미 그를 바라보기만 했다.

뒤에 있던 뚱보가 낄낄거리며 말했다.

"저기 열려 있는 방에서 약 냄새가 풍겨오는데, 저 안에 우리가 바라는 것이 있나 보군."

그는 성큼성큼 방 쪽으로 다가갔다.

마지막으로 술 냄새를 풍기는 단신의 사내가 입을 열었다.

"풍파투도, 방 안에서 무엇을 보았느냐?"

장건은 가만히 그를 바라보다가 입을 떼었다.

"너흰 누구지?"

"우리가 누구냐고? 우리는 삼귀(三鬼)라 불리는 자들이다."

"들어본 적이 없는데……."

"클클, 그럴 게다. 한창 활동할 적에도 우리 이름을 아는 자들은 몇 명 없었으니까."

단신의 사내, 주귀가 웃음을 흘리며 말했다. 그는 내려뜨리고 있던 철곤을 중단으로 들어올렸다.

"어쨌거나 죽어줘야겠다. 네놈은 본전의 행사를 너무 많이 방해했어."

"본전? 그게 뭐지?"

"곧 죽을 놈이 알아서 뭐 하려고?"

주귀의 말이 끝나기가 무섭게 흑귀가 옆 걸음으로 빠르게 걸어 장건의 퇴로를 막아섰다.

"앞뒤로 덤비겠다는 건가?"

장건의 말에 둘은 동시에 웃음을 터뜨렸다.

"후후후, 걱정 마라. 네놈이 워낙 쥐새끼같이 재빠르다 해서 도망갈 길을 차단한 것뿐이니. 네놈 하나 처리는 나 혼자로 족하다."

위이이잉!

주귀의 쳐든 철곤에서 청광이 출렁이며 솟구쳐 올랐다. 이 장 가까이 치솟은 강기가 선명한 광채를 발하며 구체화되었다.

"일개 도둑놈을 죽이는데 검강지기는 너무 황송하지. 영광으로 알거라."

주귀는 놀랍게도 검강을 뿜어내는 가운데에서도 마치 일상적인 대화를 할 때처럼 여유롭게 말을 하고 있었다.

장건은 침중한 눈빛을 발하면서도 침착하게 입을 열었다.

"네가 들고 있는 것이 검인가? 곤봉이 아니고?"

"훗, 아둔한 네 눈에는 곤봉으로 보이겠지만 이것은 검이다. 이 천왕검은 천하에서 두 번째로 빼어난 검이지."

"두 번째? 그럼 첫 번째는 무언가?"

"그것은……."

주귀가 더 말을 하려 하는데 뒤에 있던 흑귀가 소리쳤다.

"주귀! 너무 말이 많다!"

"후후, 곧 죽을 놈인데 뭐 어떤가. 호기심은 채워줘야 나중에 귀신이 되어서라도 안 괴롭히지."

"계속 쓸데없는 말을 하려면 내가 손을 쓰겠다."

"허허, 그 친구 성질하고는……."

주귀는 툴툴거리면서 들고 있던 철곤, 천왕검을 아무렇게나 내리그었다. 이 장 가까운 길이의 청색 강기가 장건에게로 닥쳐들었다.

"잠깐 기다려!"

강기와 장건이 충돌하려는 순간 작은방 쪽에서 다급한 외침이 들렸고, 주귀가 손목을 까딱임과 동시에 청색 강기는 씻은 듯 사라져 버렸다.

"무슨 일이야, 또?"

소귀가 작은방에서 걸어나오며 욕설을 내뱉었다.

"염병할! 놈을 아직 죽이지 마라! 저 안에는 아무것도 없어."

두 명은 동시에 소리를 질렀다.

"뭐라고?"

"합환의 비술이 없단 말이냐?"

"안에는 다 썩어 문드러진 약재뿐이다. 합환의 비술은 물론 사대신약이고 다른 재보고 눈을 씻고 찾아봐도 없다!"

흑귀가 장건을 노려보며 말했다.

"네놈, 저 안에서 무엇을 챙겼나?"

장건은 고개를 저었다.

"아니, 저 안에 있던 것은 너희들이 본 것들뿐이다."

소귀가 낄낄대며 외쳤다.

"낄낄, 도둑놈이 하는 말을 믿으란 말이냐? 일단 네놈의 배를 가른 다음 몸을 수색해 보면 알 수 있겠지."

"그거야 너희 자유지만 상식적으로 생각을 해보길 바란다. 네놈들이 여기 삼절서생의 재보가 있으리라고 확신하는 이유가 무엇이냐?"

셋은 장건의 질문에 어리둥절해하다가 말했다.

"여기가 진짜 불사동이기 때문이지."

"그래, 여기가 진짜 불사동이 맞다면, 삼절서생이 이곳에 은거를 하며 광신의가 사십 년 전에 죽을 것이라 예언했던 지병을 치료하는 일을 했겠지?"

"그렇지."

"그렇다면 경우의 수는 두 가지다. 하나는 결국 치료를 실패하여 이 안에서 세상을 뜬 경우. 그 경우에는 너희들의 기대대로 성의 재보들이 고스란히 남아 있겠지. 또 한 가지는 치료에 성공을 했을 경우. 그래서 몸이 회복되었다면 여길 뜨면서 성의 재보를 놔뒀을까, 가지고 나갔을까?"

"으음… 가지고 나갔겠지."

주귀가 신음을 토해내며 말했다.

"웃기지 마라! 놈이 여기서 뒈졌고, 네놈이 그 재보를 챙겼을 수도 있지 않느냐?"

흑귀가 외쳤다.

"그렇다면 삼절서생의 시체가 여기 있어야 할 것 아닌가? 거기 방으로 들어갔다 나온 뚱보, 시체를 보았나? 이 석실과 복도에 시체가 있던가?"

뚱보란 말을 들은 소귀의 눈빛이 바뀌었다.

"낄낄, 네놈은 그 한마디로 이미 살 기회를 빼앗겼다. 죽여주마."

그는 천왕검을 번쩍 쳐들더니 장건을 향해 내리찍었다. 장건과 그는 삼 장을 격하고 있었지만 그의 검에서 뿜어져 나온 검강지기가 단숨에 그 거리를 메웠다.

콰앙!

장건은 몸을 날려 아슬아슬하게 검강을 피했다. 대신 장건의 뒷벽이 검강을 맞고 산산조각으로 부서져 버렸다.

"기다려, 소귀! 놈이 뭘 알고 있는지 좀 더 캐낸 다음에……."

흑귀가 만류하려 하자 소귀는 천왕검을 쳐든 채로 살기 어린 눈빛을 번들거리며 말했다.

"낄낄, 멍청한 놈아, 이 도둑놈이 왜 이렇게 쓸데없이 말을 길게 하는지 아직도 모르겠느냐? 아까 빠져나간 계집들이 도망칠 시간을 벌기 위해서다."

그의 말에 흑귀와 주귀는 아차 하는 표정을 지었다. 앞서 달아난 계집들을 까맣게 잊고 있었던 것이다.

소귀는 그의 검강에 맞아 뻥 뚫린 벽을 가리켰다. 벽 뒤에 숨겨져 있던 내부, 좀 전에 조비연과 영호선이 탈출한 통로가 모습을 드러내고 있었다.

"이놈은 내가 맡을 테니 너희 둘은 저 안으로 들어가 그 계집들을 쫓아라. 그것들을 붙잡아 오면 이놈도 딴 말은 못할걸?"

둘은 환해진 얼굴로 고개를 끄덕였다.

"알겠다. 대신 그때까지 놈을 죽이지 마라."

"낄낄, 걱정 마. 죽이진 않아, 너희가 돌아올 때쯤에는 사지가 모두 잘려 나가 있긴 하겠지만."

흑귀와 주귀는 구멍 뚫린 벽으로 다가갔다. 그 순간, 구석에 처박혀 있던 장건이 그들을 향해 움직였다.

"낄낄낄, 어딜 가려고?"

소귀가 웃으며 장건 앞을 가로막았다. 다시 짙푸른 청색 강기가 그의 앞길을 차단하며 닥쳐들었다.

장건은 눈을 번득였다. 그의 허리춤에서 이검이 뽑혀져 나왔다. 은빛 광채가 청광을 꿰뚫었다.

콰앙!

검강과 검강이 충돌했다. 예상치 못한 거센 반격에 소귀는 신음을 흘리며 떠밀려 나갔고, 그 틈을 타 장건은 막 통로로 들어가려는 흑귀와 주귀에게로 달려들었다. 그의 좌수에서 다섯 개의 수리검과 일곱 개의 승표, 한 개의 검은 공이 동시에 튀어나왔다.

"이놈이?"

설마 소귀를 꿰뚫고 들어올 줄 몰랐던 흑귀와 주귀는 다급히 신형을 후퇴하며 다가오는 암기를 일부는 쳐내고 일부는 회피했다. 그들이 지나간 자리에 마지막으로 떨어진 검은 공이 펑 하는 소리와 함께 터져 나가며 거무튀튀한 연기를 뿜어냈다. 연기는 이내 통로로 들어가는 입구를 자욱히 덮었다.

"뭐야? 저놈 무슨 수작을 부린 거지?"

주귀가 인상을 쓰며 말했다.

"낄낄, 독이다. 통로 안으로 들어가는 것을 막겠다는 수작이군."

소귀가 웃으며 툴툴거렸다.

"머저리들! 지금 독이 문제야? 놈은 검강을 쓰고 있단 말이다!"

흑귀가 소리치며 장건에게로 달려들었다.

위이이잉!

청색 강기가 정수리를 쪼갤 듯 지쳐들어왔다. 장건의 이검에서도 은빛 검강이 숫구쳐 나와 강기와 강기가 충돌했다.

빠지지지직!

벼락이 치는 듯한 불꽃이 사방으로 튀었다. 힘에서 다소 밀린 흑귀가 후퇴하며 외쳤다.

"모두 한꺼번에 덤벼라! 쉽게 볼 놈이 아니다!"

그의 말이 끝나기가 무섭게 소귀와 주귀가 동시에 장건의 좌우로 달려들었다. 세 줄기의 청색 강기가 석실 내부를 휘몰아쳤다.

콰콰콰쾅!

선연한 청광은 석실 벽을 으스러뜨리며 장건을 뒤쫓았다. 장건은 경신술을 전개하며 간간이 은빛 검강을 뽑아냈지만 일 대 삼으로는 중과부적이었다. 검강지기의 겨룸으로 느껴본 바로는 이들의 공력은 개개인이 장건에게 약간 못 미치는 정도였다. 그런 세 명이 힘을 합쳐 덤벼드니 정면대결로는 도저히 승산이 없었다. 지니고 있는 다채로운 기병들을 사용하기도 어려운 상태였다.

비좁은 석실에서 이 장 가까이 뻗어 나오는 검강지기를 상대하자니 좌수로 간간이 암기나 뿌릴 수 있을 뿐, 이검을 제외한 다른 무기를 쓸 여력이 없었다.

콰앙!

구석에 몰려 동시에 두 개의 검강과 충돌하자 장건은 속에서 비릿한 액체가 치밀어 오르는 것을 느꼈다. 이대로 전투를 계속하는 것은 무모한 짓이라는 것을 깨달은 그는 상황에 변화를 주기로 작정했다.

장건은 암기를 한 차례 뿌린 후 파고들어 오는 검강을 피해 바닥으로 몸을 굴렸다. 그리고 낮은 자세를 유지한 채 검강지기를 뽑아내 다가오는 셋의 하반신을 향해 휘둘렀다.

스팟!

셋은 동시에 공중으로 몸을 띄우며 장건의 공격을 피했다. 장건은 그들이 떴다 떨어지는 찰나의 틈을 노려 바람처럼 움직여 독연이 뿌려진 통로 입구로 들어갔다.

"놈을 잡아!"

뒤에서 청색 강기가 날아왔지만 장건은 이미 통로 안으로 들어간 상태였다.

제2장
장건, 마지막 용의자와 마주치다

장건, 마지막 용의자와 마주치다

　　　　　　　본래 장건은 도망치다가 적당한 위치에 몸을 숨
긴 다음 쫓아오는 삼귀를 기다리고 있을 참이었다. 정면 대결에서는 밀렸지
만 좁은 석실을 벗어나 추격전이 전개되면 오히려 세 명을 각개격파할 수 있
는 기회가 생기리라 판단했기 때문이었다.

　통로 입구에 독연이 뿌려져 있긴 하지만 삼귀 정도 되는 고수라면, 특히
합환의 비술에 눈이 뒤집힌 그들이라면 반드시 장건을 쫓아올 것이었다.

　반드시 상대를 잡고자 하는 것은 그들뿐 아니라 장건도 마찬가지였다. 그
들이 언급한 '본전'이라는 단체의 정체를 알고 싶었기 때문이다.

　'본전이란 것은 군룡회의 배후, 수겸의 배후에 있는 암중의 단체이며, 음
모의 본산일 것이다. 그 단체의 주인, 전이라니까 전주겠군. 그가 음모의 주
재자일 가능성이 높다.'

　전주란 자의 정체를 알 수 있다면 영호진과 당진량을 죽인 범인에게 바짝
다가갈 수 있을 것 같았다. 그러기 위해서라도 반드시 삼귀를 생포해야 했다.

그러나 장건의 계획은 통로를 막 벗어나는 지점에 도달했을 때 산산이 부서지고 말았다. 통로의 끝에는 장방형의 커다란 석실이 있었다. 장건이 기억하는 천관무위진의 원리에 의하면 이곳에서 시작되는 새로운 통로가 외부로 통하는 생로와 연결된다. 그는 이 석실에서 다가올 삼귀를 기다릴 참이었다. 그러나 석실에는 이미 그를 기다리는 사람들이 있었다.

"장 공자!"

"오셨군요!"

조비연과 영호선의 반가운 외침이 있었다. 그러나 장건은 씁쓸한 표정을 지을 수밖에 없었다. 그 둘이 포박되어 있기 때문이었다.

비록 부상을 입긴 했으나 조비연은 그에 버금가는 강력한 내공을 지닌 고수다. 그런 그녀를 그다지 길지 않은 시간에 생포한 강자는 대체 누구란 말인가?

"오랜만이군, 풍파투도."

조비연의 옆에 선 자가 말했다.

장건도 아는 체를 했다.

"그렇구려, 주붕."

그는 몇 번 마주친 전례가 있는 철무림의 광염객 주붕이었다. 그는 부하 두 명을 대동한 채 서 있었다. 주붕은 철무림의 삼인자로 꼽히는 자였으나 영호선과 조비연을 포박한 무리의 주도자는 아니었다.

장건의 시선은 무리의 맨 앞에 뒷짐을 진 채 우뚝 서 있는 자에게로 옮겨갔다.

덥수룩한 수염 때문에 중년으로 보이지만 얼굴에 주름이 거의 없어, 나이를 짐작키 어려운 사내였다. 칠 척은 될 듯한 큰 키에 떡 벌어진 어깨, 잘 발달된 근육은 흑색무복 밖으로 튀어나올 듯 꿈틀거렸고, 형형한 눈빛에서는 강철 같은 기개가 엿보였다. 태산같이 느껴지는 그의 존재감은 절정에 다다른 고수인 주붕을 압도하고 있었다.

장건은 한번도 본 적이 없었지만 단박에 그가 누군지 알아볼 수 있었다. 철무림의 삼인자를 대동한 채 이런 존재감을 표출할 수 있는 인물은 천하에 단 한 사람 외는 존재하지 않았다.

"당신이 바로 일도절혼이구려."

사내는 가볍게 고개를 끄덕였다.

"그렇다, 내가 관천호다."

일도절혼 관천호!

강호최대의 세력으로 꼽히는 철무림의 주인이자 천하십대고수 중 수위를 다투는 강자. 천하오대기병 중 서열 이위인 만도의 주인이며, 현 강호에서 가장 다채로운 무공을 극상으로 익힌 절대고수였다.

'그리고 가장 강력한 용의자이기도 하지.'

장건은 쓴 입맛을 다셨다. 사건을 파헤치고 있는 한 언젠가 반드시 마주칠 게 될 거라는 것은 알고 있었지만 하필 이렇게 좋지 않은 상황에서 조우할 거라곤 예상치 못했던 것이다.

"네가 요즘 강호를 시끄럽게 만든다는 풍파투도인가?"

"풍파투도인 건 맞지만 지금 강호가 시끄러운 것은 나 때문이 아니지 않소?"

관천호는 피식 웃었다.

"그 말이 맞군. 시끄럽게 만드는 놈들은 따로 있지. 집마부에, 군룡회에……."

그 말이 채 끝나기도 전에 장건이 나온 통로가 소란스러워지더니 삼귀가 나타났다.

"미꾸라지 같은 놈! 여기 있었구나!"

"당장 합환의 비술을 내놓아라!"

석실 안으로 뛰어들어 온 셋은 장건의 주리를 틀듯이 달려들었다. 그러다가 돌연 들려온 한마디에 모든 동작을 멈추었다.

"오랜만이군, 삼귀."

삼귀는 경악한 얼굴로 정면을 쳐다보았다. 그리고 관천호를 보았다.

"저… 전주?"

"어… 어떻게 여길……?"

천하에 무서울 게 없을 듯하던 삼귀의 목소리는 가느다랗게 떨리고 있었다.

'전주?'

장건은 놀라움을 금치 못했다. 관천호가 바로 이들의 전주란 말인가?

관천호는 가소롭다는 듯 말했다.

"전주? 네놈들이 감히 나를 전주라 부를 자격이 있다고 생각하는 게냐? 꼴에 합환의 비술을 노리고 있나 보지?"

관천호의 말에 삼귀는 마치 잘못을 들킨 어린아이처럼 찔끔한 표정을 지었다.

소귀의 입가에는 웃음이 사라진 지 오래였고, 주귀는 새파래진 얼굴로 호리병을 입에 가져갔지만 병은 이미 텅 비어 있는 상태였다.

흑귀가 어렵사리 입을 뗴었다.

"그렇소. 여기 합환의 비술이 숨겨져 있다 하여 욕심을 좀 내었소. 그것만 손에 넣을 수 있다면 천형처럼 눌어붙어 있는 우리의 병을 고칠 수 있소. 그래서 욕심을 좀 냈기로 그게 잘못된 거요? 전주 또한 합환의 비술이 욕심나 이 벽지까지 온 것 아니오?"

관천호는 피식 웃으며 말했다.

"많이 컸구나, 흑귀. 나에게 그따위 태도로 지껄일 배짱이 있다니 말이다. 천왕검도 있겠다, 강호에서 암혼살객이니 뭐니 하고 떠받들고 있으니 천하를

호령하는 강자라도 된 것 같으냐?'

'암혼살객? 이들이 암혼살객이었나?'

장건은 눈을 번득였다. 혈부용과 마검혈궁이 한 명이 아닌 복수의 인물이었으니 암혼살객 또한 여러 명일 수 있다고 짐작했었다. 관천호의 말을 듣고 보니 같은 무기를 쓰고 검강지기를 일으키는 이자들보다 암혼살객에 적합한 인물도 없을 듯했다.

'가만, 그리고 보니……..'

생각해 보니 이들을 암혼살객으로 판단할 수 있는 확실한 정황이 있었다. 아까 석실에서 삼귀와 싸울 때 이들은 강기에 의한 공격 외에 다른 공격 방식을 취한 적이 없었다. 저 천왕검이란 무기로 청색 검강지기를 일으킬 뿐, 초식을 위주로 한 공세를 전혀 쓰지 않았다. 비좁은 공간에서 강기로만 공격을 하다 보니 서로 간의 강기가 상충되어 공격 효과가 떨어지는 일도 잦았지만 끝끝내 접근전을 하지 않고 강기에 의한 공격만을 고집했다. 그러한 점이 다소 기이하다는 느낌을 받았었는데 이제와 생각하니 강기에 의한 살인만을 고집하는 암혼살객의 행태와 정확히 맞아떨어졌다.

삼귀는 공포와 분노가 뒤범벅된 다채로운 표정을 지었다.

흑귀가 다시 나섰다.

"전주, 우리를 어쩔 셈이오?"

관천호는 냉혹한 음성으로 말했다.

"죽어 마땅한 놈들이지만… 좀 번거로운 상황이니 살 기회를 주겠다."

그가 눈짓을 하자 주붕이 나섰다.

"모두 오른팔을 자르고 천왕검을 내놓아라. 그럼 림주께서 자비를 베푸실 것이다."

삼귀는 극도로 혼란스러운 표정을 지었다. 무엇을 해야 할지 갈피를 못잡는 듯했다.

장건은 작금의 상황을 이해할 수 없었다. 관천호가 그토록 두려운 인물이란 말인가? 정면대결에서 그를 궁지에 몰리게 만들었던 삼귀였다. 제각기 검강지기를 발출할 수 있는 이들은 개개인이 능히 천하십대고수와도 일전을 벌일 수 있는 무위를 갖추고 있다. 관천호가 아무리 강하다 해도 세 명이 합심한다면 이기지 못할 것도 없을 듯한데, 저리도 벌벌 떨며 갈등하는 자체가 이상하게 비쳐졌다.

과연 장건이 생각한 것을 삼귀 역시 생각했는지, 세 명은 갈등 끝에 의기투합한 눈빛을 교환하고는 일제히 천왕검을 빼 들었다.

"팔을 자르고 천왕검을 내놓는다면 우리는 존재 가치가 없어지는 자들이오. 그렇게 되느니 차라리 전주의 손에 죽는 게 낫소. 아니, 합환의 비술이 눈앞에 있는 데 죽을 마음 없소. 전주를 쓰러뜨리고 바라는 모든 것을 얻고 말겠소."

관천호는 어이가 없는 듯 실소를 흘리더니 냉기가 뚝뚝 떨어지는 음성으로 말했다.

"쓰고 남은 부스러기들을 움켜쥔 채 발악하는 네놈들이 참으로 우습구나. 천왕검이 얼마나 가소로운 병기인지, 너희의 용기가 얼마나 허망한 것인지 깨닫도록 해주마."

그는 차고 있던 무기를 천천히 빼 들었다. 그것은 매우 잘 정련된 검이었다. 그러나 장건은 그것이 검이 아니라 도임을 알고 있었다. 그는 혼돈지서 상의 한 구절을 떠올렸다.

혼돈지서 제이절
도검의 장
만도(滿刀).

천하오대기병 중 서열 이위의 병기

진검성의 신수 담청기가 칠 년여에 걸쳐 만들어낸 필생의 역작. 그가 만든 수많은 명기 중에서도 가장 독창적이고 탁월한 무기.

이름은 도이지만 모양은 검의 형태를 띠고 있다. 그러나 소유자의 공력이 깃들기 시작하는 순간 이 병기는 검과 도의 특질을 모두 갖추게 된다.

만 번 이상의 특수한 제련을 거치면서 공력을 운용하는데 가장 적절한 형태로 균질화된 도신 내부의 입자들은 공력과 융화되는 순간 공력이 집중되는 방향으로 무게가 편중되는 성질을 띠게 된다. 칼을 휘두르는 방향으로 무게와 예기가 집중됨으로써 양날이면서도 외날의 효과를 구비하게 되는 것이다. 그리하여 검의 형태이되 도의 가장 큰 장점인 공격의 효율성을 겸비하는 기묘한 특질을 갖추게 된다. 또한 공력의 운용에 최적화된 도신은 운용자의 공력을 증폭시키는 효과까지 가지고 되기 때문에 소유자가 고수면 고수일수록 만도는 더욱 강력한 힘을 가지게 된다. 만병지왕을 다투는 도와 검의 경지를 넘어선, 가히 최고의 무기라 할 수 있는 병기이다.

만도가 뽑혀져 나오자 삼귀의 눈에 극도의 불안감이 어렸다. 셋은 세 방향으로 흩어지더니 일제히 천왕검을 관천호에게로 내밀었다. 그러나 그들이 자랑하는 청색 강기가 솟아오르기도 전에 관천호는 이미 있던 자리에 없었다.

파앗!

그는 정면의 주귀에게로 쏘아진 살처럼 나아갔다. 주귀는 강기를 일으킬 새도 없이 천왕검으로 다가오는 그를 후려쳤다.

만도가 번득였다.

쩡!

천왕검이 반 토막으로 갈라졌다. 주귀의 가슴도 갈라졌다. 선혈이 튀고,

단말마의 비명이 그 뒤를 따랐다.

"주귀!"

"이놈!"

절규하는 두 음성과 함께 청색 광채가 일렁였다. 분노한 흑귀의 강기가 관천호의 배후를 덮쳤다.

위이이잉!

관천호는 몸을 돌리며 만도를 내밀었다. 황금빛 강기가 선연한 광채를 내뿜으며 청색 강기와 충돌했다. 귀를 울리는 파열음과 함께 흑귀가 떠밀려 나갔다. 관천호는 끝장을 내려는 듯 밀려나가는 흑귀를 쫓았다. 그때 측면에서 소귀가 뛰어들며 강기를 날렸다. 관천호는 기다렸다는 듯 몸을 뒤틀며 다가오는 소귀를 향해 움직였다. 손에 들린 만도가 마치 검인 양 정면으로 찔러나갔다. 금빛 강기가 햇살처럼 쏘아져 나가 청광과 충돌했다.

과아아아아―

천을 찢는 재단사의 가위처럼 청광을 가르며 쭉쭉 나아간 금빛 강기는 청광의 발원지인 천왕검에 이르러 검을 덮쳤다.

파직!

금빛 강기에 닿은 천왕검은 산산이 부서져 버렸고, 소귀는 피를 토하며 쓰러졌다.

"이놈, 관천호!"

흑귀가 핏발선 눈으로 달려들었다. 관천호는 덤비는 그를 향해 더 빠르게 달려들었다. 흑귀의 천왕검에서 강기가 아른거리는 순간 이미 관천호의 일검이 그의 가슴으로 파고들고 있었다.

"컥!"

흑귀의 끝까지 토해내지 못한 비명이 짧게 석실은 울리고, 싸움이 종결되었다.

믿을 수 없는 광경이었다. 검강지기를 자유자재로 뿜어내던 삼귀, 암혼살객의 본신들이 단 몇 수만에 단신의 관천호에게 도륙된 것이다.

장건은 꽉 쥔 손아귀에 땀이 참을 느꼈다. 오 년 전 반설우와 상대했을 때 이후 처음으로 상대에게 압도되는 느낌이 든 것이다.

삼귀를 도륙한 관천호는 천천히 몸을 돌렸다. 그리고 장건을 바라보았다.

"이제 너만 처리하면 여기 일은 끝나겠군."

"……."

"그전에 두 가지만 묻겠다. 첫 번째로, 본 림에서 훔쳐 간 천우신단을 어쨌나?"

"그걸 훔쳐 가서 어쨌겠소? 죽어가는 환자에게 썼소이다."

관천호는 잠시 아무 말이 없었다. 그러나 장건은 그에게서 전에 없는 살기가 꿈틀거리는 것이 느껴졌다. 관천호의 뜨거운 분노가 피부로 느껴졌다. 천우신단이 소진되었다는 말이 대단한 화를 불러일으키는 듯했다.

이윽고 관천호가 다시 입을 열었다. 분노를 갈무리한 차가운 음성이 들려왔다.

"묻겠다. 저 안의 삼절서생 연구실에서 무얼 발견했나?"

장건은 고개를 저었다.

"당신들이 기대하는 것은 없었소. 삼절서생이 다 가지고 나간 듯하더이다."

어인 일인지 관천호는 삼귀와는 달리 그의 말을 믿는 표정이었다.

"그럴 줄 알았다."

"그럴 줄 알았다고? 그럼 당신과 나는 볼일이 없는 셈 아니오? 당신이 합환의 비술을 얻으러 온 것이라면 말이오."

관천호는 냉랭하게 웃었다.

"그래, 난 네 말마따나 합환의 비술을 얻으러 왔다. 그런데 기껏 여기까지

와서 삼귀한테 헛심만 쓰고 고작 너한테 '그럴 줄 알았네' 소리나 하고 가는 것은 문제가 있지 않겠나?'

그는 예리한 눈빛을 발하며 장건을 응시했다.

"삼절서생이 여기서 비술을 포함한 재보를 챙겨 나간 것까지는 익히 알고 있는 사실이다. 한데 본 림은 최근 그가 다시 이곳에 돌아왔다는 정보를 입수했거든. 그가 귀환했다면 그 흔적을 분명 저 안의 연구실에 남겨놓았을 테지. 그 안에서 나온 것은 너희들과 삼귀뿐인데, 삼귀는 죽었고, 너의 두 동료에게서는 나온 것이 없다. 그러니 이제 너밖에 물을 자가 없는 것이다."

장건은 어깨를 으쓱했다.

"나 역시 뒤져 봐야 나올 것이 없소. 앞서 말했듯이 저 안에서는 아무것도 발견된 게 없소. 아마도 당신네 철무림이 접한 정보가 오류였나 보오."

관천호는 혀를 차며 말했다.

"애석하군. 그게 네 마지막 기회였다."

그의 눈에서는 강력한 살기가 뿜어져 나오고 있었다. 그의 손이 허리에 차인 만도의 도병에로 천천히 다가갔다.

관천호의 기세가 고조되는 찰나, 장건은 한 손을 앞으로 내밀었다.

"아, 잠깐. 본인의 질문만 하고 대화를 끝내는 것은 너무한 처사 아니오? 나에게도 질문할 기회를 좀 주시오."

장건의 말에 관천호는 움직이던 손을 슬쩍 내려뜨렸다.

"뭐가 알고 싶나, 애송이."

"당신들이 말하는 '전'이란 어디를 말하는 거요?"

관천호는 잠시 멈칫한 표정을 짓더니 차갑게 말했다.

"그건 말해줄 수 없다."

장건은 느물느물한 표정으로 말했다.

"허허, 당신이 손을 쓰면 난 어차피 죽게 돼 있는 목숨 아니오? 듣자 하니 당신이 전주라 하던데, 전주면 가장 높은 사람이니 다른 사람 눈치 볼 것도 없지 않소? 죽는 자에게 적선하는 셈치고 궁금한 것 좀 풀어주는 게 어떻소?"

관천호는 아무 말 없이 장건을 응시하기만 했다. 그의 눈빛은 점점 더 냉혹해지고 있었다. 장건의 접근 방식이 몹시 마음에 들지 않는 듯했다.

"애송이, 오지랖이 너무 넓었다."

그 말이 끝남과 동시에 관천호의 신형이 전광석화와 같이 장건에게로 파고들었다.

장건은 익히 관천호의 공격을 대비하고 있었지만 다가오는 그를 보며 전에 없는 긴장감이 온몸에 흘렀다. 상대의 지금까지의 적들과는 비교를 불허하는 최강의 적이었고, 음모의 주재자일 가능성이 농후한 자였다. 과연 삼귀를 저토록 간단히 도륙한 그를 제대로 상대할 수나 있을까?

장건은 눈을 번득였다. 싸우기도 전에 기가 꺾이는 것은 그답지 않은 일이었다. 그 어떤 상황이라 해도 지닌 바 조건 하에서 최선을 다한다면 빠져나갈 수 있는 길을 발견할 수 있다. 설사 실패한다 하더라도 할 수 있는 바를 다했다면 무슨 여한이 있으랴.

장건의 몸이 움직였다. 이검이 뽑혀져 나와 다가오는 만도에 맞섰다.

검과 도, 은빛의 검기와 황금빛 도기가 막 충돌하려는 순간, 누군가가 일장광소와 함께 충돌의 복판으로 날아들었다.

"으하하하하! 이게 누구냐! 관천호!"

관천호의 배후로 날아든 자는 거칠게 쌍장을 휘둘렀다. 공기를 뒤흔드는 소리와 함께 장풍이 뿜어져 나와 관천호의 옆구리를 덮쳤다.

제아무리 관천호라 해도 장건의 검기와 측면에서 닥쳐오는 강력한 장력을 동시에 맞받을 수는 없었다. 그는 전진하던 궤도를 슬쩍 수정하여 장건의 검기를 흘리며 몸을 돌려 다가오는 장력을 도기로 맞받아쳤다.

콰앙!

놀랍게도 장력을 뿜어낸 자는 관천호의 도기와 충돌하고도 힘이 달리지 않는 듯 뒤로 밀리지 않고 제자리로 착지했다. 게다가 착지하자마자 곧바로 관천호에게 다시 달려들었다.

"크하하하! 네놈을 또다시 만나다니 이거야말로 하늘이 준 기회가 아니더냐!"

장건의 눈에 관천호에게 다가드는 봉두난발한 괴인의 모습이 들어왔다. 자세히 보니 관천호의 공격에 무사했던 것이 아니었다. 도기와 충돌한 양손에서는 선혈이 줄줄 흘러내리고 있었고 입가에도 혈흔이 비치고 있었다. 내상을 입은 채로 마치 동귀어진이라도 할 듯이 무턱대고 달려드는 것이었다.

관천호는 덤벼드는 괴인이 누군지 알고 있는 낌새였다. 그는 전에 없이 곤혹스러운 표정을 짓고 있었다. 천하에 무서울 것이 없을 것 같던 관천호를 저런 얼굴로 만들 수 있는 자가 대체 누구일까 장건은 몹시 궁금했다. 그러나 그 궁금증을 풀기 전에 그에게는 미리 해야 할 일이 있었다. 관천호가 다른 곳에 집중하는 사이 주붕에게 잡혀 있는 두 여자를 구해야 하는 것이다.

다행히도 주붕과 두 부하는 갑자기 출현한 뜻밖의 강적에 정신이 팔려 있는 상태였다. 장건은 소리없이 다가가 독을 살포하여 두 부하를 쓰러뜨리고 주붕을 중독시키는 데 성공했다.

"이… 이놈 풍파투도!"

뒤늦게 사태를 파악한 주붕이 소리를 질렀지만 이미 중독으로 인해 다리가 풀린 상태였다. 장건은 그마저 쓰러뜨린 후 두 여인의 포박을 풀었다. 영호선의 결박을 풀고 조비연의 결박을 마저 풀고 있을 때 조비연이 소리를 질렀다.

"뒤를 조심해!"

장건은 재빨리 몸을 돌리며 적을 확인하지도 않고 이검을 휘둘렀다. 관천호가 어느새 괴인을 따돌리고 장건에게로 달려들고 있었다.

위이이잉!

황금빛 강기가 전에 없이 선연하게 빛을 발하며 파고들었다. 이검의 은빛 강기가 솟구쳐 올랐다. 강기와 강기가 충돌했다.

콰지지직!

파열음이 석실을 울렸다. 장건은 손아귀가 찢어질 듯한 통증을 느끼며 이검을 하마터면 놓칠 뻔했다. 그는 손에서 빠져나가는 이검을 왼손으로 잡아챘다. 그 순간 관천호가 다가와 재차 일격을 날렸다. 만도가 장건의 턱밑까지 파고들어 왔다. 장건은 다급히 몸을 빼며 소매 속에 감추고 있던 은형검을 휘둘렀다.

스윽!

만도에 걸린 은형검은 날선 가위에 걸린 종잇장처럼 동강 나버리고 말았다.

만도는 은형검을 동강 낸 기세로 장건의 오른팔을 가를 듯이 다가왔다. 장건은 두 여인을 냅다 밀쳐 내고 나려타곤의 수법으로 땅을 굴러 관천호의 공세를 피했다.

"수치를 모르는 놈!"

관천호가 비웃으며 다가들었다. 장건은 애초부터 무공을 씀에 있어서 체면 같은 것은 고려한 적이 없는지라 그의 말에는 신경도 쓰지 않고 반격을 준비했다. 만도의 기세가 워낙 압도적이라 다른 기병을 쓰기에는 무리가 있었다. 그는 좌수로 잡고 있던 이검을 우수로 옮겨 쥐었다. 다시 공력을 집중하려는 순간, 그의 눈이 커졌다. 이검의 검신에 금이 가 있었던 것이다. 앞서 만도와 충돌한 순간 손상된 듯했다.

'제길……!'

장건의 눈빛이 어두워졌다. 금이 간 검으로는 검강지기를 제대로 쓸 수 없다. 갈등하는 새에 만도가 선연한 금광을 발하며 코앞으로 닥쳐들었다.

장건은 재빨리 이검을 허리에 꽂고는 오른손으로 땅을 짚었다. 그러자 붉은빛의 연기가 솟구쳐 올라오며 전면으로 퍼져 나갔다. 확산 속도가 빠르고 시야를 분산시키는 효과까지 있는 적미분이었다.

"교활한 놈!"

제아무리 관천호라 해도 불현듯 닥쳐오는 독은 피할 도리밖에 없는 모양이었다. 그는 뒤로 한 발 물러서며 검기를 전면으로 발출했지만 연기로 인해 시야가 가린 상황인지라 장건을 정확히 맞출 수가 없었다.

"크하하하!"

관천호가 주춤하는 사이 물리쳤던 괴인이 다시 나타났다. 그는 관천호에게 당한 상처로 온몸에서 피를 줄줄 흘리고 있었지만 고통도 느껴지지 않는 듯 광소를 터뜨리며 그를 덮쳤다.

괴인의 공세가 워낙 거침없는 탓에 관천호는 그를 무시하고 연기 속으로 사라진 장건에 집중할 수 없었다. 관천호는 결국 공격의 방향을 돌려 괴인을 상대해야 했다.

콰쾅! 쾅!

세 차례의 맹렬한 충돌이 있은 후 괴인이 피를 뿌리며 날아가 벽에 처박혔다. 그러나 괴인은 마치 불사신이라도 된 양 벌떡 몸을 일으켰다.

관천호가 그걸 보고 짜증 어린 눈빛을 발했다.

한편 적미분으로 잠시 시간을 번 장건은 퇴로를 찾고 있는 영호선, 조비연과 다시 합류하려 했다. 그때 석실 가운데 통로에서 다수의 인영이 나타나 장건과 조비연들 사이로 끼어들었다. 무리의 선두에 선 자는 한쪽 팔이 없는 듯 옷소매가 나풀거리고 있었는데, 장건이 익히 알고 있는 자였다.

'쌍비수천하 좌산!'

철무림의 이인자인 좌산이 거느린 것은 철무림의 정예 중의 정예인 금룡대(金龍隊)였다.

좌산은 장건을 보자마자 원독에 찬 눈빛을 발하며 외쳤다.

"저놈을 잡아라!"

자신의 한 팔이 없어진 것이 장건 때문이기에 그를 호락호락 놓아줄 좌산이 아니었다.

그때 관천호가 외쳤다.

"놈은 놔둬! 너희는 반우재와 계집들을 맡아! 풍파투도는 내가 직접 처리하겠다!"

철무림 무사들에게 관천호의 말은 곧 법이었다. 그 말이 떨어지기가 무섭게 좌산 이하 금룡대는 관천호에게 다가오는 괴인을 둘러싸고 일부는 영호선과 조비연에게로 달려들었다.

"제길!"

장건은 침음성을 흘리며 영호선들 쪽으로 움직였다.

"어딜 가나?"

괴인에게서 벗어난 관천호가 앞을 가로막았다. 장건의 눈빛이 전에 없이 어두워졌다. 공정한 상황에서 일 대 일로 맞붙어도 승리를 장담하기 어려운 자인데 이렇게 불리한 상황이라니!

관천호는 쏘아진 살과 같은 속도로 장건에게 달려들었다. 독을 쓸 틈을 주지 않으려는 의도의 움직임이었다. 장건은 승천탈영보를 발휘하여 빠르게 뒤로 후퇴하며 양 소매를 번갈아 나풀거렸다. 황미분과 홍미분, 흑미분과 적미분 등 그가 보유한 사대극독이 닥쳐오는 관천호의 상하좌우로 파고들었다.

관천호는 이번에는 장건이 독을 쓸 것을 예상한 듯 당황하지 않았다. 그는 만도를 뽑아 들더니 도기를 발출하며 마치 풍차처럼 휘돌렸다. 그러자 도기가 소용돌이처럼 굽이치며 사방에서 밀려오는 독을 남김없이 빨아들였다. 빨아들인 독기가 칼 앞에 잔뜩 뭉쳐지자 관천호는 만도를 휘두르는 회전 각도를 점점 좁혀 모아진 독기를 더욱 응축시켰다. 그런 다음 도기를 집중시켜 뭉쳐진 독기에 일격을 가했다.

프스스스스—

관천호의 웅혼한 내력이 깃든 도기와 충돌한 독기는 남김없이 증발해 버리고 말았다.

경인할 무공으로 장건의 독공을 무력화시킨 관천호는 다시 장건에게로 달려들었다.

장건의 눈빛이 전에 없이 침중해졌다. 독공이 무력화되고 이검이 망가진 지금 대처할 마땅한 방법이 없었다. 제석천은 앞서의 전투에서 주력 공격기들을 다 소진한 데다가 당소의 분신표에 손상되어 제 구실을 못할 지경에 이르러 있었다. 남은 것은 번천제룡환뿐인데 이것은 좀 더 넓은 공간에서 지닌 바 능력을 극대화하는 무기인지라 이렇게 한정된 공간에서 관천호 같은 고수에게 제 역할을 할 수 있을지 의문이었다.

관천호의 도강이 눈앞에 아른거렸다. 제룡환에 공력을 불어넣는 장건의 오른손에는 잔뜩 땀이 차고 있었다. 일촉즉발의 순간, 갑자기 석실 전체가 뒤흔들리기 시작했다. 석실뿐 아니라 석실과 연결된 모든 통로가 지진이라도 일어난 듯 마구 흔들렸다.

"무, 무슨 일이냐?"

"지진이다!"

금룡대원들의 당황한 외침이 잦아들기도 전에 쩌적 소리와 함께 동작을 멈춘 관천호와 장건 사이의 바닥이 갈라졌다. 천장 또한 쪼개지고 갈라지며 그 틈으로 무너진 바위가 마구잡이로 떨어져 내리기 시작했다.

"으악!"

금룡대원 몇몇이 바위에 깔려 비명횡사하며 석실 내부는 아비규환으로 변했다. 장내에 있는 자 중에 고수 아닌 이가 없었지만 땅이 갈라지고 머리 위에서는 바위가 떨어져 내리는 상황인지라 그 누구라 해도 침착할 수가 없는 형편이었다.

"영호 소저! 비연!"

장건은 머리 위로 떨어지는 바위를 피해 뛰어다니며 두 여인의 이름을 외처 불렀다. 누군가가 그의 옷자락을 잡아챘다. 적인가 싶어 공격을 하려고 보니 조비연이었다.

"영호 소저는?"

"몰라, 나도 찾고 있어."

잠시 후면 천장이 완전히 붕괴될 듯했다. 석실 밖으로 이어진 통로는 앞이고 뒤고 이미 바위로 메워진 상태여서 영호선을 찾는다 해도 빠져나갈 재간이 없었다. 한쪽 통로에서는 금광이 번쩍이고 있었다. 아마도 관천호가 도강으로 막힌 통로를 꿰뚫으려 시도하는 모양이었다.

떨어지는 돌을 피하고 갈라진 바닥을 뛰어넘으며 돌아다니던 둘은 마침내 영호선을 발견했다. 금룡대원으로 보이는 자가 영호선을 업고 뛰어가고 있었다.

장건은 승천탈영보를 발휘해 그를 단숨에 따라잡았다. 영호선을 해할까 두려워 그의 배후로 소리없이 다가가 사혈을 찌르려는 순간, 사내의 뒤통수가 왠지 모르게 낯이 익다는 느낌이 들었다. 장건은 혈을 찌르려던 손가락을 구부렸다가 사내의 뒤통수를 딱 소리나게 튕겼다.

"아얏!"

소리를 지르며 고개를 돌리는 얼굴은 다름 아닌 한숭이었다. 장건은 행방불명되었다는 그와 뜻밖의 상황에서 마주치자 반갑기도 하고 놀랍기도 했다.

"이 자식! 기껏 지 여자를 챙겨주는 데 상은 주지 못할망정 치냐?!"

한숭은 맞은 것이 억울한 듯 고함을 빽 쳤다.

장건은 그의 머리 위로 떨어지는 바위를 장력으로 날려 버리며 말했다.

"지금 그게 중요한 게 아니다. 그리고 넌 어디 있다 나타난 거야, 대체?"

"난 저기 저 미친 사람하고……."

"미친 사람? 저 괴인?"

괴인의 광소는 아비규환의 가운데에서도 여전히 울리고 있었다.

그때 중앙 천장이 완전히 무너져 내렸다. 장건과 조비연, 영호선을 업고 있는 한숭은 구석으로 바싹 붙어 떨어지는 바위를 피했지만 떨어진 바위들이 사방을 메워 일행은 완전히 고립되었다. 게다가 머리 위의 가장자리 천장도 언제 무너질지 모르는 일촉즉발의 상황이었다.

"뭐야, 기껏 탈출해서 여기까지 왔는데 바위에 깔려 죽는 거야?"

한숭이 억울하다는 듯 뇌까렸다. 그의 말마따나 머리 위의 천장도 흔들거리기 시작했다. 이제 저것이 무너져 내리면 일행은 끝장이었다. 그때 누군가의 말소리가 머리 위에서 들려왔다.

"이보게, 빨리 이리 오게."

셋의 시선이 일제히 소리가 난 쪽으로 향했다. 그들이 기대고 있던 벽의 위쪽에 이때까지 없던 구멍이 보였고, 그 안에서 범생의 얼굴이 쑥 나와 있었다.

"여기야, 여기! 빨리 들어와!"

이번에는 석초진이 상반신을 드러내고는 아래로 손을 내밀었다.

"도대체 어디서 나타난 거예요?"

조비연이 그에게 다가가며 물었다.

"지금 그게 중요한 게 아니잖아?"

석초진이 그녀의 손을 잡고 구멍 안으로 끌어당겼다. 조비연에 이어 영호선이 구멍으로 들어갔고, 한숭과 장건이 마저 올라섰다. 구멍은 다른 곳으로 통하는 작은 통로의 입구였다.

"이제 다 온 건가?"

범생의 말에 한숭이 머뭇거리며 말했다.

"저기… 같이 온 사람이 아직……."

"같이 온 사람? 누구?"

그때 멀리서 괴인의 광소가 들려왔다. 천장이 무너지고 바닥이 꺼지는 와중에도 괴인은 길길이 날뛰며 금룡대원들과 싸우고 있었다. 관천호의 모습은 어디 갔는지 보이지 않았다.

"저 사람은……!"

그를 바라보는 범생의 눈이 번득였다.

"빨리 움직입시다. 여기도 곧 무너질 듯한데."

나할라리가 재촉했다. 한숭도 체념한 듯 고개를 젓고 구멍 안쪽으로 움직였다. 그런데 정작 범생은 따라오지 않았다.

"범 선생! 빨리 오시오!"

석초진이 불렀지만 범생은 여전히 통로 입구에 선 채 멀리서 날뛰고 있는 괴인을 바라보고 있었다.

"선생님?"

장건이 무슨 일인가 싶어 그에게로 다가갔다. 범생은 그에게 말했다.

"자네들 먼저 가게. 난 아무래도 저 사람을 놔두고 그냥 갈 수가 없을 것 같군."

"위험합니다. 곧 이 석실 전체가 무너질 것 같은데요. 게다가 실성한 듯 보이는 저자를 통제하여 여기까지 끌고 오기도 난망할 테고요."

범생은 씩 웃으며 말했다.

"걱정 말게나, 나만큼 이곳 환경을 잘 알고 있는 사람도 없으니. 그리고 저 사람은 내가 아는 사람일세. 다른 사람은 몰라도 내 말은 알아들을 걸세."

그때 입구의 벽면 한쪽이 무너지기 시작했다.

"이런이런, 빨리 움직여야겠군. 자네들은 통로 반대편을 향해 쭉 가다 보면 나가는 길이 나올 걸세. 밖으로 나가면 날 기다리지 말고 곧장 이 지역을 탈출하도록 하게."

"선생님은요?"

"난 저 사람을 데리고 알아서 쫓아갈 테니 걱정 말게."

범생은 말을 마치고 구멍 밖으로 몸을 날리려 했다. 그때 장건이 그의 어깨를 잡았다.

"선생님! 잠깐만요."

"왜 그러나?"

장건은 아무 소리를 내지 않고 입을 달싹였다. 뒤에 있는 다른 일행이 듣지 못하게 전음성을 낸 것이었다.

장건의 전음을 들은 범생은 놀란 듯 눈을 크게 뜨고 장건을 바라보았다. 그러다가 곧 웃음을 짓더니 그 또한 입을 달싹였다. 그리고는 구멍 밖으로 몸을 날렸다.

장건은 멍한 표정으로 석실 바닥에 착지한 범생이 무너지는 돌을 피하며 괴인의 웃음소리가 나는 쪽으로 사라지는 것을 바라보고 있었다. 잠시 후 통로 입구가 완전히 무너져 내렸고, 장건은 몸을 돌려 다른 일행이 있는 안쪽으로 움직여야 했다.

석실에서부터 진행된 붕괴는 사방으로 퍼져 나가는 듯했다. 장건 일행이 들어선 통로 역시 석실처럼 무너지기 시작했다. 일행은 부지런히 움직여 통로가 다 무너지기 직전 산등성이로 빠져나올 수 있었다.

산등성 아래쪽을 내려다보니 군룡회의 무사들이 산 주변을 포위하고 있는 것이 보였다. 그런데 무슨 일이 있는지 우왕좌왕하고 있는지라 포위망이 많이 흐트러져 있었다.

"지금이 기회군. 일단 빠져나갑시다."

장건이 말했다.

부상자가 많은 상황인지라 더 이상 추이를 살피고 어쩌고 할 여력이 없었다. 일행은 포위망이 가장 얇아진 쪽을 택해 그곳의 무사들을 소리없이 잠재우고 혼강암 외부까지 탈출할 수 있었다.

제3장
장건, 담청기를 만나다

장건, 담청기를 만나다

장건은 홀로 산을 오르고 있었다.

이른 봄의 대기는 차가웠다. 높은 산의 중턱에는 아직도 쌓인 눈이 녹지 않고 있었다. 장건은 앞을 가로막는 나뭇가지의 눈꽃을 털어내며 깊은 산속으로 들어갔다.

그런데 어느 순간, 발밑에 눈이 아닌 초록빛 잔디가 밟혔다. 숨을 내쉬면 허옇게 일어나던 입김도 어느샌가 없어져 버렸다. 햇살은 몇 걸음 걷는 동안 두어 달쯤 시간이 흐른 듯이 따뜻해졌고, 새가 지저귀는 소리도 들려왔다. 꽁꽁 얼어 침묵하고 있어야 할 시냇물 소리도 들려오고 있었다.

장건은 타고 오르던 능선 위에 올라섰다. 그 너머에는 별천지가 펼쳐져 있었다. 냇물이 흐르는 골짜기에는 계절을 무색하게 만드는 신록이 우거져 있었다. 사슴, 토끼 같은 야생동물들이 한가로이 풀을 뜯고 있었고, 아름다운 꽃밭이 끝없이 펼쳐져 있었다.

감탄사가 절로 발해질 수려한 광경이었지만 장건의 시선은 한곳에 머물러 있었다. 꽃밭의 한편에 위치한 자그마한 오두막이었다.

오두막에서는 연기가 피어오르고 있었고, 땅! 땅! 땅! 하는 소리가 아련하게 흘러나오고 있었다. 장건은 그곳을 향해 천천히 움직였다.

끼이이익—

오두막의 문이 소리를 내며 열렸다. 모루에 망치질을 하고 있는 사람은 뒤를 돌아보지도 않았다. 안으로 들어선 장건은 의아한 생각이 들었다. 문이 열리는 소리를 못 들었다 해도 어두컴컴한 실내에 햇빛이 새어 들어오는 것까지 못 알아채지는 않았을 텐데.

"문을 닫게. 소리가 새어나가면 동물들이 놀란다네."

목소리는 늙수그레한 노인의 그것이었다. 그는 뒤도 돌아보지 않은 채 말했다. 장건은 얼른 열린 문을 닫았다.

그 뒤로도 한참 동안 망치질을 하고서야 작업을 끝낸 노인은 마침내 천천히 몸을 돌려 장건을 보았다.

장건도 그를 보았다. 계피학발에 나이를 짐작할 수 없을 만큼 잔뜩 낀 얼굴의 주름. 그러나 장건을 바라보는 눈빛만큼은 청년의 것처럼 형형히 빛나고 있었다.

장건은 그에게 정중히 포권하며 인사를 했다.

"처음 뵙겠습니다. 장건이라고 합니다."

"놀랍군. 내 진법을 뚫고 들어온 자가 이렇게 젊은 사람이라니."

노인은 탄복한 눈빛을 발하며 말했다.

그의 말대로 이곳 골짜기로 오는 길목에는 진법이 설치되어 있었다. 그러나 그 진법은 장건이 익히 알고 있기에 수월하게 돌파할 수 있었다.

"천관무위진에 대해서는 부족하게나마 지식을 가지고 있습니다."

노인은 더 이상 아무 말도 하지 않고 장건을 찬찬히 뜯어보았다. 그러다가 돌연 날카로운 눈빛을 발했다.

"이제 보니 진검성의 기병을 지니고 있군. 제석천에 번천제룡환, 연혼갑을 입고 있다니. 네놈은 진검성의 분파에서 보낸 자객인가?"

장건은 눈을 크게 떴다. 지니고 있는 기병들은 외부에 노출이 되지 않게 꼭꼭 숨겨놓고 있는 상태인데 노인은 한눈에 알아본 것이다. 게다가 그를 자객으로 의심하고 있었다.

"그렇지 않습니다."

"그렇지 않다고? 노부가 만든 오대기병의 과반수를 가지고 있는 놈이 말이냐? 분파들의 끄나풀이 아니고서야 어떻게 그 물건들을 섭렵할 수가 있을까?"

장건은 노인의 방금 발언에서 내심 짐작하고 있던 그의 정체를 확인할 수 있었다. 오대기병을 만들었다고 하는 사람, 진검성의 최고 장인 신수 담청기임이 분명했다.

신수 담청기.

천하오대기병을 모두 제조한 천재 장인, 제아무리 허접하게 만들어진 무기라 해도 그의 손을 거치게 되면 명기로 탈바꿈된다는 전설적인 인물이다. 진검성이 무너진 직후 사망한 것으로 알려져 있었는데 뜻밖에도 이 깊은 산속에 은거하고 있었던 것이다.

장건은 우선 그의 오해부터 풀어야겠다고 생각했다.

"신수 담청기 장인 맞으시지요. 전 불사동의 주인이 보낸 사람입니다."

불사동의 주인이란 말에 담청기로 짐작되는 노인의 눈이 조금 커졌다.

"감히 뉘에게 거짓을 고하려 하느냐? 조휴는 다시 노부를 찾을 일이 없는 사람이다. 네놈이 노부를 속여 뭔가를 캐내려 하는 모양인데, 어림도 없다!"

"제가 어떻게 해야 그가 보낸 사람이라는 것을 믿으시겠습니까?"

"오, 그래. 말 잘했다. 조휴가 노부와 헤어질 때 새로운 이름을 하나 지어 달라기에 노부가 그의 이름을 지어주었다. 네가 진정 그가 보낸 자라면 그 이름쯤이야 알고 있겠지?"

"물론입니다."

장건은 엷게 웃으며 대답했다.

"범 자, 생 자를 쓰시지요."

장건과 노인, 신수 담청기는 오두막 뒤뜰에 마련되어 있는 다탁에 마주 앉아 있었다.

"기이한 일이군. 나는 그가 이제 진검성에 관련된 모든 일에서 손을 뗀 줄 알았는데. 마지막 헤어질 때 우린 서로 의견을 모았었지. 이 이상 그때 일을 캐낼 필요가 없을 거라고 말일세."

담청기는 찻잔을 들어 차를 한 모금 들이키고는 말을 이었다.

"그래, 자네의 용건을 한번 말해보게. 내게 원하는 것이 무엇인가?"

장건은 눈을 번득이며 말했다.

"검진만리 영호진을 죽인 흉수가 누구인지를 알고 싶습니다."

담청기는 말없이 차를 다시 한 모금 마셨다. 그리고 잠시 뜸을 들이다가 입을 열었다.

"조휴가 그러던가? 나에게 가면 그것을 알 수 있을 거라고?"

장건은 조금 머뭇거리다가 말했다.

"실은 그렇게 말씀하시진 않았습니다. 그저 이리로 가면 노사를 뵐 수 있을 것이라고……."

"그럼 자네는 그에게 자네가 알고 싶어하는 것을 물어보지도 않았단 말인가?"

"그렇습니다."

담청기는 물끄러미 장건을 응시하다가 말했다.

"우선 자네와 조휴의 관계부터 자세히 듣고 싶네. 자네의 질문에 대해서는 그 이후에 논하기로 하지. 조휴를 어떻게 알게 되었나?"

장건은 어디에서부터 얘기해야 하나 고민하다가 생각을 정리하고 입을 열었다.

"그는 제 글선생님이셨습니다."

"글선생?"

"예, 제가 다니던 동네 글방의 훈장님이었지요."

"허허허, 속세를 잊고 조용한 시골에서 훈장 일이나 하고 살고 싶다더니 그 소원을 이뤘던 모양이로군. 한데 설마 글공부 중에 나에 대해 얘길 한 것을 아닐 테고. 그 이후에 또 무슨 일이 있었겠지?"

"그렇습니다. 전 그분 밑에서 일 년쯤 공부를 하고는 다른 길로 나섰지요. 그러다가 우연히 다시 만나 선생님이 제 일을 돕게 되었습니다. 그때까지도 전 그분의 진실한 정체를 몰랐습니다. 막연히 은거 고수일 거라는 짐작만 했었지요. 그분이 삼절서생 조휴란 것을 알게 된 것은 최근의 일입니다."

장건은 혼강암에서 전음으로 나눈 마지막 대화를 떠올렸다.

"선생님, 전 선생님의 진짜 성함을 알았습니다. 삼절서생의 연구실에서 가져온 일지의 필체는 무척 낯이 익더군요. 절 처음 가르친 글선생님의 필체이니 눈에 익을 수밖에 없었지요. 게다가 선생님은 불사동의 지리를 한번 들어왔던 적이 있는 저보다 더 상세히 알고 계시고 천관무위진의 원리와는 상관도 없는 이 비밀 통로까지 파악하셨습니다."

"장 공자, 더 말 안 해도 되네. 자세한 얘기는 나중에 하기로 하지. 여길 나가 북동쪽으로 삼백 리쯤 가면 높은 산이 하나 있네. 그 산의 서쪽 능선을 따라 올라가다 보면 진법이 펼쳐진 숲이 나올 걸세. 그 안으로 들어가면 자네가 알고자 하는 것을 가르쳐 줄 수 있는 사람이 있을 게야. 단, 자네 혼자서 가도록 하게. 그 사람과 함께 기다리고 있으면 내가 나중에 찾아감세."

"그 사람이 대체 누굽니까?"

"담청기."

그 말을 끝으로 범생은 무너지는 동굴 속으로 괴인을 구하러 들어가 종적을 감추었다.

장건은 그가 마련해 준 통로를 통해 불사동을 나온 후, 나머지 일행을 강북 무림련의 진영이 있는 호북으로 보내고 그의 지시대로 홀로 이 산을 찾아왔다. 그리고 천관무위진이 펼쳐진 숲을 헤치고 들어와 담청기와 조우하게 된 것이었다.

"조휴와 나는 진검성이 무너질 무렵부터 비밀리에 공조를 했었지. 그 얘기를 하기에 앞서, 자네가 어째서 오대기병을 가지고 있는지, 또 조휴와는 무슨 일을 벌여왔는지 소상히 알려주게. 그리고 자네가 성주의 죽음에 대해 조사를 벌이는 이유도 말해주고. 그걸 들어야만 내 얘기를 꺼낼 수 있겠네."

장건은 어느 정도는 자기 속을 내 보여야 담청기를 설복할 수 있음을 깨닫고는 얘기를 시작했다.

"저는 도둑입니다."

"도둑?"

"예, 원래 항주의 소매치기였는데, 저를 키워준 도둑 사부가 검진비결의 필사본을 훔쳐오는 바람에 영호 대협과 인연을 맺게 되었습니다."

"허허허, 그것 참 괴이한 인연이로고."

장건은 이 책을 가지고서 고수가 되라는 유언을 남긴 사부의 명을 받들어 강호를 돌아다니며 영약과 기병을 수집하게 된 일, 그러다가 여러 사건에 휘말린 끝에 영호진의 죽음에 대한 음모가 있음을 눈치채고 여기까지 오게 된 경위를 간략히 설명했다. 다만 공공자 당진량에 관련된 내용은 당가의 치부를 드러내는 얘기가 포함되어 있기에 그에 대한 예우 차원에서 언급하지 않았고, '전'에 관해 알아낸 내용들도 아직 담청기를 어디까지 믿어야 할지 판단하기 어려워 생략하고 이야기했다.

장건의 얘기를 다 들은 담청기는 감탄을 금치 못했다.

"참으로 기사로고! 영호 대협의 마지막 유산인 검진비결이 유족들에게 홀대받는다는 말을 듣고 늘 안타까워했거늘… 결국 제대로 된 인연은 엉뚱한 곳에서 이어졌군. 하늘의 뜻이라고밖에 볼 수가 없는 일일세. 그러나 어이할고, 자네가 복수를 해야 할 대상은 이제는 굳이 손을 댈 필요가 없는 자들인 것을……."

"무슨 뜻이신지요?"

"다 설명하려면 이야기가 좀 기네. 우선 오래전 일부터 얘기해야겠군."

담청기는 아스라한 기억을 더듬으며 이야기를 시작했다.

십오 년 전 영호진의 급사 소식이 들려왔을 때, 성에서 멀리 떨어진 작업장에서 일하고 있던 담청기는 자신의 귀를 의심했다. 그는 무기제조 기술뿐 아니라 의술에도 조예가 있어 영호진의 몸 상태를 잘 알고 있었다. 지병이 있긴 했으나 결코 병사할 정도로 쇠약하진 않았다. 병이란 게 갑자기 악화될 수도 있는 것이지만 다른 사람도 아닌 천하제일인이 그렇게 되었다는 것은 뭔가 석연치 않았다. 그는 대체 무슨 일이 벌어진 것인지 알고 싶은 마음에 하던 일을 팽개치고 급히 성으로 귀환했었다.

두 달 만에 돌아온 진검성은 모든 것이 변해 있었다. 영호진의 두 아들은 파벌 싸움에 정신이 없었고, 관천호를 비롯한 거물들은 이미 자기 세력을 이끌고 성을 박차고 나간 상태였다.

"난 사태 파악을 하기 위해 삼절서생 조휴를 남몰래 불렀네. 나는 여러 방면으로 재주가 뛰어난 그를 아껴 이전부터 절친한 관계를 유지하고 있었지. 그는 나와 만난 자리에서 비밀로 부쳐지고 있는 중요한 사실 하나를 털어놓왔네. 그것은 바로 그의 사부이며 사대신약의 제조자인 광신의의 죽음이었네."

광신의는 영호진이 죽기 전날 숙원이던 합환의 비술을 완성하는 것에 성공했다. 그래서 사대신약을 배합하여 잃었던 자신의 무공을 회복했을 뿐더러 상상 못할 정도의 엄청난 내공을 얻을 수 있었다.

그랬던 그가 영호진이 죽은 날 밤 내장이 찌부러진 시체로 돌아왔고, 성에서는 이것을 대외비로 부쳤다는 것이다.

"우리 둘은 그의 죽음과 영호진의 죽음이 커다란 연관이 있을 것이라 확신했지. 노부는 영호진의 무공을 누구 못지않게 소상히 파악하고 있었지만 내장을 흩뜨리지 않고 빈대떡처럼 찌부러뜨리는 내가중수법이 있다는 얘기는 금시초문이었네. 어쨌거나 합환의 비술로 경세적인 내공을 얻은 광신의를 그렇게 죽일 수 있는 인물은 영호진 외에는 있을 수 없다는 게 우리 둘의 공통된 의견이었네."

둘은 사건의 인과관계를 파헤치기 위해 다각도로 조사를 벌였다. 성에서 영호진의 죽음에 대해서 일체 함구령을 내린 상태였기 때문에 조사는 비밀리에 이루어질 수밖에 없었다.

"일단 영호진의 죽음이 타살이라 가정하게 되면 용의선상에 오를 자들은 당연히 그의 죽음으로 이익을 얻는 자들이라고 봐야 했지. 가장 먼저 용의자로 지목된 자들은 당시 아비의 죽음은 까맣게 잊고 세력 다툼에 여념이 없던 두 아들이었네."

담청기와 조휴는 영호세웅과 영호관웅의 진영에 각각 가담하여 사고 당시 아들들의 행적을 추적하기로 했다.

영호관웅 쪽에 합류한 담청기는 열심히 조사를 했지만 별반 소득이 없었다. 무엇보다 영호관웅은 성주의 사망 당시 성에 없었기 때문에 그가 어떤 흉계를 꾸몄을 가능성은 지극히 적었다.

한편 큰 환대를 받으며 영호세웅 쪽에 들어간 조휴는 영호세웅의 움직임을 은밀히 관찰했다. 그러던 중 영호세웅이 유독 칩거하고 있는 부성주 무광 반우재의 집을 자주 찾는다는 것을 알게 되었다. 영호세웅은 동생 영호관웅과의 세력 다툼에서 승리하기 위해 유력 인사들을 무차별 영입하는 과정이었으니 아직 거취를 명확히 표명하고 있지 않은 반우재의 집을 빈번히 드나드는 것은 그리 이상한 일이 아니었다. 그러나 그 빈도수가 지나치게 잦다고 느낀 조휴는 어느 날 몰래 그의 뒤를 밟아 반우재의 집까지 침입하는 데 성공할 수 있었다. 그리고 거기서 폐인이 되다시피 한 반우재와 영호세웅 간의 대화를 엿듣게 되고, 영호세웅의 입에서 흘러나온 충격적인 발언을 듣게 되었다.

그것은 성주 영호진을 죽인 것은 다른 사람이 아닌 그 누구보다 그를 존경하고 충성을 바쳐 마지않던 무광 반우재였다는 것이다.

이 믿기 어려운 이야기에 조휴는 자신의 귀를 의심하지 않을 수 없었다. 그런 가운데에서도 영호세웅과 반우재의 대화는 계속되었다. 영호세웅은 은인이며, 사부라고 할 수 있는 영호진을 죽인 반우재를 질타하며 속죄를 위해서라도 자신의 밑으로 들어오기를 종용했고, 반우재는 아무 말 없이 움켜쥔 술병을 입에 대고 들이부을 따름이었다.

반우재의 집에서 나온 조휴는 즉각 담청기에게 연락을 취해 이 사실을 고했다. 담청기는 사건이 어떻게 된 것인지 명확히 파악하기 위해서는 반우재의 자백을 얻어야 한다는 것을 깨닫고는 그를 직접 만나 담판을 지을 결심을 했다. 그러나 그는 영호관웅의 진영에 몸을 담고 있는 터라 영호세웅의 영역에 있는 반우재의 저택에 다른 사람의 눈에 띄지 않게 접근하기가 힘들었다. 어떻게든 적당한 핑계를 대고 그에게 접근하려 할 찰나, 반우재가 성주의 죽음에 의한 충격에 못 이겨 실성했다는 소문이 돌기 시작했고, 결국 반우재를 찾기도 전에 그가 집을 뛰쳐나가 실종되는 사건이 발생했다.

"우리는 사라진 반우재를 백방으로 수소문했지만 종내 그를 찾을 수 없었네. 모든 것을 설명해 줄 수 있는 유일한 인물이 사라졌으니 어쩔 수 없이 조사의 방향을 바꾸어야만 했지."

담청기와 조휴는 사건 당일 영호진 주변에서 있었던 모든 일을 조사하기로 마음먹었다. 담청기는 우선 영호진의 사망 장소인 성내의 동산에 가보았다. 영호진은 그곳의 즐겨 찾는 정자에서 쉬고 있던 도중 갑자기 출혈을 일으켜 사망했다고 했다.

동산에 가보니 기이하게도 동산의 모든 나무들이 잘려져 있었다. 관리인에게 이유를 물으니 영호세웅의 지시로 그리 했다는 것이었다. 성주가 죽은 장소인지라 다른 사람이 드나들기도 그렇고 하여 아예 싹 갈아엎고 새로 조경을 하라는 명령이 있었다는 설명이다.

영호세웅의 지시가 뭔가 석연치 않다고 느낀 담청기는 나무를 자를 적에 동산에 무슨 이상한 점이 있었느냐고 캐물었다. 그러자 관리인은 잠시 생각하다가 영호진이 즐겨 찾는 정자 주변의 나무들은 일꾼들이 가서 베기 전에 이미 누군가에 의해 다 베여져 있었다는 말을 했다.

"노부는 곧장 그 정자가 있던 곳으로 향했지. 그곳에는 나무는 물론 정자까지 모두 철거된 상태였네. 일꾼들이 오기 전에 그 근처의 나무를 먼저 베어낸 자는 누구이고 또 무슨 목적으로 그랬을까, 의문이 꼬리에 꼬리를 물었지. 한데 나무 그루터기에 앉아 골똘히 생각하던 중 이상한 광경이 눈에 걸리더군. 원래 정자의 바로 옆에는 거북바위라고 이름 붙여진 커다란 바위가 하나 있었거든. 정자는 철거되어 터만 남은 상태였지만 그 바위는 여전히 그 자리에 있었다네. 한데 기이하게도 거북이의 머리 부분이 싹둑 잘려져 있는 거였어. 워낙 깨끗이 잘라진 터라 머리 부분의 흔적이 없어서 언뜻 보기에는 그냥 둥글넓적한 바위처럼 보였다네."

담청기는 바위로 다가가 잘린 머리 부분의 흔적을 관찰했다. 잘린 부분은 망치로 으깨거나 한 것도 아니고 마치 나무 둥치를 검으로 잘라낸 것마냥 단

면이 깨끗했다.

"면밀히 관찰하고 만져 보고 내린 결론은 절정고수의 검기에 의해 잘려진 것이 분명하단 거였네. 좀 더 살펴보니 머리 부분 외의 바위의 다른 부분에도 강기가 스쳐 지난 듯한 흔적이 보이더군. 거북바위가 있는 정자 옆 위치는 장소가 협소하여 연무를 하기에 결코 적합한 장소가 아니었네. 누가 무공을 시험하다가 그랬을 리는 만무하고, 분명 싸움의 흔적일 거라는 판단이 들더군. 노부는 즉시 그 주변을 샅샅이 살펴보았다네."

주변의 풀 한 포기까지 꼼꼼히 살핀 결과 베어진 나무 그루터기에도 미세하나마 싸움의 흔적이 남아 있었다, 그것도 상당히 넓은 지역에 걸쳐.

"일반인의 눈으로 식별 불가능할 정도의 흔적이었지만 평생 동안 병기를 다뤄온 노부는 어느 수준의 고수가 어떤 병기로 그 흔적들을 만들었는지 대략적이나마 예측해 낼 수 있었네. 그날 분명히 정자 근처에서는 전투가 벌어졌고, 참여한 인원은 적어도 육 인 이상이었네."

가만히 듣고 있던 장건이 물었다.

"그럼 영호 대협을 오 인 이상의 자객이 합세하여 공격했을 거란 말씀입니까?"

"그곳 정황만 보자면 그렇네. 성주를 죽인 자들이 치열했던 전투의 흔적을 감추기 위해 먼저 그 근처의 나무를 베어내고, 나중에 일꾼들을 시켜 동산의 다른 나무도 다 갈아엎으라고 하면 나중에 누가 본다 해도 이상할 게 하나도 없었겠지. 그렇게 생각하니 모든 게 설명이 되더군."

"그렇다면 영호세웅과 반우재가 삼 인 이상의 동료를 대동하고 영호 대협을 습격했을 거란 말씀이시군요."

"산을 갈아엎으라고 지시한 것이 영호세웅이니 당연히 그랬을 거라 생각했네."

장건은 다시 물었다.

"조금 마음에 걸리는 것이 있는데, 그렇다면 왜 영호세웅은 반우재가 영호 대협을 죽인 범인이라며 몰아붙였을까요? 노사의 말씀대로라면 습격을 다수가 했으니 죽음의 책임은 모두에게 있는 것이 아닙니까?"

"그에 대한 답은 나중에 얘기해 줌세. 당시에 우리 둘의 생각은 아마도 영호 대협에게 최후의 일격을 가한 것이 반우재가 아닐까 싶었지."

장건은 미간을 찌푸렸다. 쉬이 생각하면 담청기의 말이 그럴듯했지만 암살을 공조한 자가 그중 한 명한테 책임을 미루며 질책한다는 것은 어딘가 모르게 모양새가 이상했다.

그가 철무림의 본거지에서 쌍검난측 고태붕에게 자백을 받은 바에 의하면 반우재는 비무의 도중에 영호진의 초식을 무너뜨리고 그를 죽였다고 했다. 당시 고태붕에게 쓴 염왕취의 약효가 한정되어 있어서 그 이상의 자세한 설명은 듣지 못했었다. 염왕취에 중독된 사람은 절대 거짓말을 하지 못하는 만큼 고태붕의 말이 사실이라고 가정하면 담청기의 결론과 상충될 수밖에 없다.

담청기의 설명이 계속되었다.

"동산에서의 조사를 마친 후 노부와 조휴는 영호세웅과 반우재 등, 성의 최고위층이 작당하여 성주를 암살했다는 것을 확신했네. 우리는 특히 성주에 가장 근접한 무공실력의 소유자, 송천운과 관천호에 주목했네. 적어도 그들 중 하나, 또는 둘 다 암살에 참여했을 가능성이 높다고 느꼈지. 상식적으로 생각할 때 그 둘을 제외한 다른 사람이 성주를 해할 수 있다고는 상상도 할 수 없었어. 그래서 우리는 그 둘과 영호세웅의 관계에 조사의 초점을 맞추게 되었지. 그리고 조사에 조사를 거듭한 끝에 결국 영호세웅이 군룡전과 결탁한 정보를 입수하게 되었다네."

"군룡전? 군룡전이라고 하셨습니까?"

장건이 갑자기 목소리를 높이자 담청기는 의외라는 듯 눈을 동그랗게 떴다.

"왜 그리 놀라나? 들어본 일이 있는 곳인가?"

장건은 군룡이란 단어와 전(殿)이라는 단어를 동시에 듣는 순간 머릿속이 환해짐을 느꼈다. 두 단어가 합쳐진 군룡전이란 말을 듣자마자 철무림의 영역에서 쌍검난측 고태붕이 마지막으로 실토했던 '군룡……' 이란 단어가 군룡회를 뜻하는 것이 아닐 수도 있다는 생각이 들었던 것이다.

"그 군룡전이란 게 어떤 단체를 가리키는 말인지요."

담청기는 잠시 장건을 쳐다본 후 찬찬히 말을 이었다.

"단체라고 규정하기도 조금 애매한 모임이었네. 영호세웅과 접촉하던 시기에는 진검성의 최정예 무인들이 다수 참여한 막강한 파벌이었지만 사실 출범할 당시만 해도 성내 젊은 고수들의 친목 도모를 위한 성격이었으니까."

"친목 도모요?"

"그렇네. 그 모임이 발족한 계기는 금각신붕을 재료로 만들어진 오행신단 때문이었네. 그 당시 성에서는 광신의의 오행신단을 시험해 보기 위해 자질이 뛰어난 젊은 고수들을 다수 선발하여 그 약을 투여했지. 뛰어난 자질에다가 추후 희대의 영약으로 인정받은 약재까지 복용한 그들은 이내 성의 최정예고수들로 급부상하게 되었네. 어쨌든 당시에는 오행신단 복용이 계기가 되어 자기들끼리 죽이 맞았는 듯 소모임을 하나 결성했는데, 그게 바로 군룡전이었네. 당시 모임의 주축이 된 자들이 검룡 송천운, 도룡 관천호, 반룡객 조이천, 운중룡 구태진, 교룡 수겸, 환룡 호설, 은잠룡 상관충……. 우연히도 주축이 되는 인물들의 별호에 모두 용(龍)자가 들어가서 군룡전이라 명명된 것이지. 앞서 말했듯이 모임 결성 당시만 해도 신진 고수들의 친목 도모 성격이었는데, 세월이 흐르면서 이들이 모두 성의 최고수들로 발돋움하게 되었고, 구성원이 모두 힘을 얻고 강력한 지위를 차지하게 되다 보니 자연 모임 또한 강력한 파벌로 인식되게 되었지. 그렇게 되자 성 내부의 다른 계파에서 견제가 들어오기 시작했고, 주변 눈치가 부담스러웠는지 이들은 군룡전을 해체한다고 외부적으로 공표를 했네. 그런데 실상은 지하조직으로 계속 유지를 해왔던 거지. 관천호와 송천운의 경우도 겉으로는 으르렁대지만 군룡전이라는 기밀조직을 통해 몰래 협심하면서 회의 최고위층으로 성장할 수 있었던 걸세."

장건은 새로 알게 된 사실에 놀라움을 금치 못했다.

"그중에 몇 명은 제가 알고 있는 별호와 다르군요. 그리고 구태진, 수겸 등은 오행신단을 복용하지 않은 것으로 알고 있습니다만."

"송천운이나 관천호 같은 경우 오행신단 복용 후 천하에 이름을 떨치면서 별호가 좀 더 그럴듯하게 바뀌었지. 당시 그들과 반룡객 조이천에 이어 사인자 행세를 하던 구태진은 성이 무너지고 독립한 후 수겸과 호설을 끌어들여 방회를 조직하면서 그 이름을 차용했네. 그게 자네가 알고 있는 군룡회일세. 아, 그리고 구태진 등은 오행신단을 복용한 것은 아니지만 금각신붕을 재료로 만든 비슷한 종류의 다른 시약을 경험한 자들이네. 광신의는 금각신붕의 모든 내장을 써서 여러 가지의 시약들을 만들었는데, 그중에 가장 성공한 것이 소위 사대신약으로 일컬어지는 신단들일세."

장건은 배배 꼬여 있는 매듭이 풀리는 것 같기도 하고, 오히려 더 복잡하게 꼬이는 것 같기도 한 느낌이 들었다.

"전 아직도 이해할 수가 없는 것이, 그렇게 성의 고위층이 모두 작당하여 영호 대협을 해할 이유가 뭐가 있었을까요? 영호세웅의 경우 영호 대협이 죽고 나면 후계에 가장 유력한 위치에 있던 사람이 아닙니까?"

"그 얘기를 하려던 참일세. 나를 비롯한 몇몇 최측근만 아는 사실이었네만, 성주 영호 대협은 당시 진검성을 해체하려 하고 있었다네."

"해체를요?"

"그래, 당시 진검성의 강호에서의 지위는 지극히 공고했지. 영호 대협은 인품으로나 무공으로나 강호인들의 절대적인 지지를 받고 있었고, 성의 사업은 어느 지역에서나 활황세를 띠었네. 사파는 말할 것도 없고, 전통의 구파일 방과 오대세가조차 성의 위세에 짓눌려 꼼짝도 못하고 있었다네. 태평성대가 이어졌지만 성의 힘이 워낙 비대해지다 보니 자연 부작용이 일어나기 시작했네. 성주가 힘을 가진 자의 책임 의식에 대해서 그렇게 강조를 해도 절대적인 위치에 있는 본성의 위세를 등에 업은 소속 무인들은 점점 오만해지고 협의를 거스르는 행동을 일삼기 시작했네. 성에서는 나름대로 열심히 단속을 했지만 변방까지 퍼져 나간 분파들을 도덕적 흠, 결없이 관리하는 것은 한계가 있었네. 성에서 멀리 떨어진 분파일수록 부패와 비리가 만연했네, 같은 지역 내에서 그들을 견제할 수 있는 다른 세력은 존재하질 않았고. 이러한 문제가 꼬리에 꼬리를 물고 일어나자, 결국 성주는 환갑잔치를 치르고 얼마 후 중대 결심을 하게 되었네."

그것이 바로 진검성의 해체였다. 힘이 한 곳으로 지나치게 몰리게 되면 자연 균열과 부작용이 일어날 수밖에 없었다. 영호진은 그로 인한 폐해를 고스란히 강호의 동도들이 떠안게 될 것이라는 것을 알고 이를 막기 위해서라도 성을 해체해야겠다는 결심을 한 것이다. 마음을 굳힌 그는 아들들과 최측근들을 불러 이러한 자신의 의도를 설명했다.

그 얘기를 들은 사람들은 당연히 극력 반대했다. 성이 한창 욱일승천하고 그에 따른 권력의 달콤함을 한없이 즐기고 있던 그들에게는 말 그대로 청천벽력 같은 발언이었기 때문이다.

반대에도 불구하고 영호진은 이미 마음의 결정을 내린 상태였다. 오 년 내로 성을 해체할 것이라는 선언을 한 그는 모인 사람들에게 차근차근 성의 사업을 정리할 것을 지시했다. 그리고 그 얼마 후 일이 터진 것이었다.

"그렇다면 범인들이 범행을 저지른 동기는 영호 대협의 그러한 의도를 막기 위함이었습니까?"

"그렇네."

"하나 영호 대협의 죽음 이후 오히려 성의 해체는 더 빨라졌지 않습니까? 오 년은커녕 다섯 달도 채 되지 않아 완전히 붕괴되어 버렸으니까요."

"그게 참 어처구니없는 일이지. 범행을 저지른 자들은 성주의 의도를 막기만 하면 모든 것이 해결되리라 생각했겠지만 막상 저지르고 보니 성주의 빈자리를 채울 자는 그들 중에 아무도 없었던 거야. 진검성이라는 거대 단체는 성주라는 큰 그릇이 있기에 존재할 수 있었다는 기본적인 상식을 망각했던 것이지. 욕심에 눈이 어두워진 자들의 어리석은 선택이었던 걸세."

조사가 윤곽을 잡아가던 상황에서 어려움이 닥쳐왔다. 군룡회의 구성원들이 앞 다투어 자기 세력을 이끌고 성을 떠나기 시작한 것이다.

"그들 중 맨 마지막으로 송천운이 성을 떠날 즈음 우리가 군룡전에 대해 알아낸 것은 딱 한 가지뿐이었다네. 그것은 구성원들이 천하 각지로 뿔뿔이 흩어졌음에도 군룡전의 조직은 어느 정도 유지가 되고 있었다는 것일세."

"그럴 수가… 그럼 전검문이나 철무림, 구태진의 군룡회가 모두 한통속이라는 말씀이십니까?"

"아니, 그건 당연히 아닐세. 독자적 세력을 구축할 정도의 힘이 생긴 자들이 굳이 군룡전에 메일 이유가 없었지. 모두 제 잘난 맛에 사는 작자들이니딱히 구심점이 될 인물도 없었고. 결국 성을 떠나는 시점에서 공식적으로는 군룡전 조직이 해체되었네. 다만 구성원들은 헤어지기 전에 한 가지 협약을 맺었지. 각자가 강호에 완전히 정착하기까지 서로 간에는 상호불가침을 하기로."

장건은 그제야 담청기의 말이 이해가 되었다. 지난 십오 년간 신기하게도 진검성의 분파끼리 전면전을 벌인 적은 한 번도 없었다. 영역이 겹치는 분파끼리 지엽적인 분쟁이 없지는 않았으나 진검성 분파 간의 대규모 전투는 일어난 적이 없었다. 그 이면에는 군룡전 구성원 간의 은밀한 협약이 있었던 모양이다.

담청기의 설명이 이어졌다.

조사에 어려움을 겪고 있던 담청기와 조휴에게 청천벽력 같은 소식이 날아들었다. 영호세웅이 영호관웅이 보낸 자객에 의해 암살된 것이다. 모든 비밀을 움켜쥐고 있는 가장 강력한 용의자가 사라지고 말았으니 자칫 사건이 미궁에 빠질 판국이었다.

설상가상으로 조휴의 지병이 악화되기 시작했다. 그는 선천적으로 몸이 약한 데다가 사대신약을 개발하던 중 실험 단계의 시약을 본인에게 시술하다 부작용을 얻는 바람에 광신의에게서 사십까지밖에 살 수 없다는 진단을 받은 상태였다.

담청기는 조휴의 병환도 그렇고 조사 활동도 한계에 부딪친 것 같아 성주 사망의 원인을 파헤치는 것을 포기하는 것이 어떨까 하는 마음까지 먹었다. 한데 며칠 간 집에서 요양하다가 그를 찾아온 조휴는 뜻밖의 말을 꺼내었다. 자신이 범인을 밝혀낼 수 있는 방법을 떠올렸다는 것이었다.

담청기는 그 방법이 뭐냐고 캐물었다. 조휴는 자신의 방법은 지금 당장 시행할 수 있는 것이 아니고 적어도 칠 년 이상의 시간이 흐른 뒤에야 쓸 수 있는 방법이라고 말했다.

"난 그의 말을 이해할 수 없었네. 칠 년 뒤면 그의 나이가 사십을 넘어버리게 되는데, 죽고 나서 무슨 방법을 강구한단 말인가?"

조휴는 그의 말에 동의하면서도 연구할 시간과 공간만 있다면 지병을 치료할 방도가 있다고 말했다. 치료와 동시에 몇 가지 연구를 더 할 텐데 그것이 범인을 색출할 수 있는 방도를 만들어줄 거라는 것이었다.

담청기는 조휴가 완벽한 설명을 하지 않아 답답했지만 그의 능력과 진정성을 믿었기에 곧 전폭적으로 그를 돕기로 마음을 먹었다.

조휴는 우선 자신의 병환을 치료할 수 있는 공간이 필요하다고 했다. 거기에서 요양하면서 연구를 하겠다는 의도였다.

담청기는 조휴의 의도에 걸맞는 장소를 하나 알고 있었다.

그는 조휴를 예전에 천관무위진을 시험하려 제작한 동굴로 보냈다. 그곳은 영호진의 허가를 받아 비밀리에 건설한 동굴이라 영호진의 두 아들이나 다른 고위층도 정확한 위치를 모르는 장소였다. 조휴는 그곳으로 가면서 담청기에게 자신에 대한 소문을 내달라고 부탁했다, 자신이 영호진과 광신의의 유산을 가지고 칩거했다는 내용으로.

담청기는 조휴가 시키는 대로 했고, 곧 강호에는 삼절서생과 불사동에 대한 소문이 퍼져 나갔다.

"그가 떠난 지 얼마 안 되어 진검성은 완전히 붕괴되었네. 천하의 주요세력들이 너도나도 노부를 끌어들이려 했지만 성주의 죽음이 미궁에 빠져 있는데 다른 곳으로 갈 수는 없었고, 또 조휴가 시킨 일이 있어 그 일을 다른 사람의 방해를 받지 않고 이행해야 했지."

결국 그는 진검성 분파 중의 적대세력에게 자신이 암살된 것처럼 꾸미고 몸을 숨긴 후 조휴가 시킨 작업을 이행했다. 그것은 다수의 고수를 가둬놓을 수 있는 공간을 만드는 것이었다.

건축의 대가이기도 한 그였지만 은밀히 이행해야 하는 작업인지라 삼 년 가까운 시간이 걸려서야 조휴가 원하는 공간을 만들 수 있었다. 그 후 그는 이 산에 들어와 은거하며 때를 기다렸다.

다시 사 년의 시간이 흘렀다. 약속된 때가 이르자 담청기는 은거하고 있던 산을 떠나 불사동으로 향했다.

불사동으로 들어서니 다행히도 조휴는 살아 있었다. 결국 불치병을 스스로 치료해 낸 것이었다. 그런데 불사동에는 그 외에 또 다른 뜻밖의 사람이 담청기를 기다리고 있었다.

"그는 바로 무광 반우재였네."

담청기는 그를 보고는 소스라치게 놀랐다. 범인으로 지목받고 있는 자가 눈앞에 나타나다니!

그러나 반우재는 정신이 반쯤 나가 있는 상태였다. 담청기를 알아보지도 못했고, 자기 자신이 누구인지도 몰랐다.

조휴는 반년 전 병을 완전히 치료한 후 정보도 얻을 겸 강호에 나갔다가 우연히 그와 맞닥뜨렸다고 했다. 반우재는 무광자란 괴인으로 칭해지며 강호의 유수한 고수를 찾아가 대결을 펼치며 자신의 초식을 깰 자를 찾고 있었다. 조휴는 괴인의 행색을 하고 있는 그의 정체가 반우재임을 단박에 알아보고는 그를 어떻게 해서든 포섭하기로 마음먹었다.

무광자의 관심을 끌 수 있는 방법은 무공 대결 외에는 없었다. 조휴는 결국 그와 맞붙었고, 삼십여 초를 버틴 끝에 자신의 거처로 그를 초대할 수 있었다.

거처로 반우재를 끌어들인 조휴는 어떻게 해서든 그의 정신을 정상으로 돌려놓으려 했지만 신묘한 그의 의술로도 번번이 실패하고 말았다. 그 와중에 얻은 몇 가지 사실은 반우재가 영호진을 자기 손으로 죽였다고 믿고 있다는 것과 영호진의 초식 유성도천하에 과도한 집착을 보이고 있다는 것이었다.

처음 보았을 때 얌전하던 반우재는 담청기가 진검성에 관해 몇 마디 묻자마자 곧 눈이 뒤집히더니 발작을 시작했다. 조휴는 다급히 마취약을 써서 그를 가사 상태로 만들었다.

담청기와 조휴는 불사동을 나와 담청기가 만든 함정이 있는 장소로 출발했다. 기절한 반우재도 조휴가 준비한 물품과 함께 운반이 되었다.

함정이 마련된 장소는 중경 북부의 험준한 봉우리였다.

조휴는 그곳에 도착한 뒤 담청기에게 자신의 계획을 설명했다.

"벌써 칠 년이 지난 사건의 범인을 색출할 수 있는 방법은 단 한 가지뿐입니다. 그것은 범인 스스로 자백을 하게 만드는 일입니다."

"그렇게만 할 수 있다면야 더할 나위 없겠지만 그게 가능한 일이어야 말이지. 설마 이 정도 함정에 위협을 느껴 자백할 자들도 아니고 말일세."

만들어진 함정은 담청기의 뛰어난 기술 덕택에 상당히 정교했으나 관천호나 송천운 같은 절대고수를 가둬놓기에는 역부족이었다.

"그들은 여기가 제가 은거한 불사동인 줄 알고 찾아올 겁니다. 노사가 만든 함정은 그들과 대화를 할 동안 우리를 지켜주는 역할만 해주면 충분합니다. 그들은 저와 대화를 나누게 되면 어쩔 수 없이 사건의 모든 정황을 설명할 수밖에 없을 것입니다."

조휴는 자신있게 말했다. 담청기는 그가 대체 무슨 복안이 있는 것인지 궁금해 죽을 지경이었다.

조휴는 이곳으로 출발하기 직전 용의자들에게 보낸 서신이라며 종이 한 장을 담청기에게 건네주었다.

서신에는 함정이 있는 장소로 서신의 수신자 홀로 찾아오라는 것과 왜 그렇게 해야 하는지 알고 싶다면 동봉한 환약을 복용하라는 말이 쓰여 있었다.

"이것뿐인가? 이걸 받으면 용의자가 제 발로 여기 함정 안으로 걸어 들어올 거라고?"

담청기는 어이가 없는 표정으로 말했다.

"그것뿐은 아닙니다. 보내진 편지에는 거기에 언급된 환약과 받는 사람의 인체도가 한 장씩 포함되어 있지요."

"환약? 인체도?"

"인체도에는 받는 사람의 특정 혈도 위치가 찍혀 있습니다. 아마도 편지를 받은 군룡전 소속원 중에 여기 오지 않을 자는 한 명도 없을 겁니다."

"난 아직도 무슨 말인지 이해를 못하겠네."

"설명해 드리겠습니다. 군룡전의 수뇌진은 진검성 당시 모두 오행신단의 실험 대상이 된 자들입니다. 그중에 가장 성공한 경우가 관천호, 송천운이지요."

"그렇지."

"한데 그들에게는 오행신단만이 투약된 것이 아닙니다. 제 사부는 합환의 비술을 시험한답시고 여러 종류의 배합으로 나머지 삼대신약을 그들에게 투여했지요."

"그랬나? 난 금시초문인데."

"그 실험은 사실 성주도 모르는 일이었습니다. 어떻게 해서든 합환의 비술을 완성하고픈 사부의 독단이었지요. 자칫 실험이 잘못되어 애꿎은 실험 대상자들이 큰 피해를 입을 수도 있었지만 합환의 비술에 대한 사부의 집착은 그러한 위험을 무시할 정도로 강했습니다."

"그런 일이… 실험 대상자들에게 실험의 위험성을 고지하지도 않았단 말인가?"

"그렇습니다. 자칫하면 지닌 바 무공이 모두 소실될 수도 있었음에도 사부는 안전을 무시한 채 실험을 강행했습니다. 그렇게 위험한 실험을 거쳐 크게 빛을 본 경우가 송천운과 관천호입니다. 외부에는 오행신단 복용자로만 알려져 있지만 실은 미완성된 합환의 비술이 가장 제대로 적용된 자들이었지요."

"…그랬었던 거로군. 그런데 그렇게 큰 성공이 있었다면 실패도 있었을 텐데? 당시 누가 약을 잘못 먹어 죽었다거나 공력을 잃었다는 얘기를 들어본 일이 없네."

"실패도 있었지요. 그러나 사부는 무척 운이 좋았습니다. 다수의 무사들에게 동시다발적으로 약재 실험을 행한 직후 사파 연합과 대규모의 결전이 있었습니다."

그 전투라면 담청기도 기억하고 있었다. 진검성이 창건된 이후 가장 치열했던 전투였고, 수많은 성의 무사들이 희생되었다. 송천운과 관천호가 신흥 고수로 급부상하며 이름을 날리기 시작한 전투이기도 했다.

"실험에 실패한 무사들은 그 전투에서 모두 죽고 말았습니다. 한창 공력을 일으키는 찰나에 갑자기 몸에 이상이 생기니 전투를 지속할 수가 없었고, 닥쳐오는 적의 칼을 피할 수가 없었지요. 우리는 전투가 끝나고 사부의 명으로 실험 대상자들의 시체를 재빨리 수거해 부작용의 결과를 면밀히 관찰했습니다. 물론 우리 외에 다른 사람들은 그들의 진짜 죽음의 원인을 전혀 눈치채지 못했습니다. 그저 치열한 전투의 희생자로 알았을 따름이지요."

담청기는 충격적인 얘기에 놀라움을 금치 못했다.

조휴는 괴로운 표정으로 말을 이었다.

"저는 그러한 사부의 행태가 무척 괴로웠습니다만 어려서부터 병약했던 저를 그때까지 살게 해준 것이 사부였기에 다른 마음을 품을 수가 없었습니다."

"자네야 일개 제자였고 광신의는 성주의 총애를 받는 자였네. 당시에는 어쩔 수 없는 일이었겠지. 한데 그 일과 자네와 서신이 관계가 있는 것인가?"

"그렇습니다. 그때의 전투에서 살아남은 자들은 모두 합환의 비술이 어느 정도 성공한 경우였고, 부작용도 거의 없었습니다. 한데 사부와 저는 합환의 비술을 계속 연구하면서 실험이 성공했다고 판단했던 인물들 역시 부작용을 피해갈 수 없다는 사실을 발견했습니다."

"그럼 송천운이나 관천호도……."

"예. 시전된 합환의 비술이 미완성이었기에, 그들 역시 부작용이 일어날 수밖에 없는 운명입니다. 다만 앞서 죽은 자들과 시기상의 차이가 있을 뿐이지요."

"그 부작용이란 게 대체 뭔가?"

"시간이 지날수록 공력이 감소하여 마침내 소멸해 버리고 만다는 것입니다."

"······!"

충격적인 얘기였다. 무공의 근간이 되는 공력이 소멸되다니, 무인에게 그보다 끔찍한 증상은 있을 수 없었다. 제삼자인 담청기가 듣기에도 그럴진대 당사자인 복용자들이야 오죽할 것인가.

"다만, 비술로 인해 증진된 공력이 크면 클수록 부작용은 늦게 일어납니다. 사부의 예상으로는 관천호와 송천운은 이십오 년 정도, 그 다음으로 공력 증진이 컸던 반룡객 조이천은 십오 년 내에 부작용이 일어날 것이라고 하셨습니다."

사파 연합과의 전투는 성이 무너지기 칠 년 전에 일어난 일이었다. 그 뒤로 칠 년이 지났으니 이제 십사 년이 흐른 셈이었다.

"조이천은 한 해만 더 있으면 부작용이 시작되겠군."

"이미 몸에 이상 징후를 느끼고 있을 것입니다. 제 서신에 동봉된 인체도에는 그가 고통을 느끼는 부위가 명확히 그려져 있습니다. 그리고 같이 포함된 환약을 먹게 되면 그 고통이 감소할 것입니다. 인체도를 보고 약을 먹고 나면 자신이 왜 이곳에 와야 하는지 깨닫게 되겠지요."

담청기는 그제야 조휴의 계획이 무엇인지 파악했다. 조휴는 지난 칠 년간 자신의 몸을 치료하면서 용의자들의 몸 상태를 예측하여 그 개개이에 맞는 치료약을 개발해 온 것이었다. 그래서 그것을 미끼로 용의자들에게서 자백을 받으려는 것이었다.

"그들 외에 구태진, 상관충 등 군룡전 소속원 중 합환의 비술을 체험하지 않은 자들에게도 서신을 보냈습니다."

"그들은 부작용이 없을 게 아닌가."

"부작용도 없지만 오행신단이나 여타 시약을 복용했음에도 큰 효험을 보지도 못했지요. 그들에게는 아예 합환의 비술을 받게 해주겠다는 말을 써 보냈습니다."

담청기는 고개를 끄덕였다. 관천호와 송천운의 무공 증진을 누구보다 부러워하던 자들이었으니 틀림없이 달려올 것이다.

"조이천이나 다른 자들은 그렇다 쳐도, 송천운과 관천호가 올까? 부작용의 시기까지 아직 십 년이 넘게 남아 있지 않은가. 따지고 보면 그들이 가장 유력한 용의자인데."

"올 겁니다. 아직 이상 징후를 느낄 단계는 아닙니다만 그들에게 보내진 인체도에는 몇 가지 간단한 운기법이 적혀져 있습니다. 그려진 대로 운기를 해보면 특정 부위에 고통이 느껴질 것이고, 그렇게 되면 자신의 몸에 뭔가 문제가 있음을 깨달을 것입니다. 그들은 현재 무공으로 천하의 정점에 올라 있는 자들입니다. 다른 것은 몰라도 자신의 공력에 문제가 생긴다는 말에는 귀를 기울이지 않을 수 없을 것입니다."

조휴의 예상은 정확히 들어맞았다.

서신에 공지한 날짜에 맞추어 용의선상에 있는 군룡전 소속원 전원이 함정이 있는 동굴로 들어온 것이었다.

그들이 모두 깊은 동굴의 바닥으로 들어서자, 기관이 작동되고 높다란 위치에 조휴와 담청기가 모습을 드러냈다. 그들이 있는 난간은 경신술로 뛰어오를 수 없는 높이였다.

"삼절서생! 죽지 않고 살아 있었구먼! 반갑네!"

떠들기를 좋아하여 반룡객이란 별호 외에 구룡객(口龍客)이란 별칭도 따로 있는 조이천이 외쳤다.

"나도 반갑소, 조 대협."

조휴는 찬찬히 말했다.

"그런데 듣자 하니 자네가 좋은 약을 발명했다며? 그걸 우리에게 주겠다고?"

"그렇소이다."

"그것참 듣던 중 반가운 말일세! 그런데 그렇게 높은 곳에 있으니 이 노형이 올려다보기 참 불편하구면. 목도 아프고 목소리도 잘 안 나오네. 그러니 이리 내려와서 허심탄회한 대화를 나눠봄이 어떻겠나?"

"나도 그러고 싶소. 그런데 그전에 여러분께서 들어야 할 말이 있소."

"그게 뭐냐?"

조이천의 목소리보다 크지 않았지만 넓은 동굴을 깊이 울리는 목소리였다. 입을 꾹 다문 채 눈을 번득이고 있던 관천호의 일성이었다. 그가 입을 열자 뭐라 말하려던 조이천은 삐끔거리다가 입을 다물고 말았다.

"관 대협, 당신들 중 일부, 혹은 모두가 성주 시해에 참여했다는 것을 알고 있소. 이 자리에서 이실직고하시오. 성주를 누가 죽였고, 왜 그런 짓을 했는지를."

조휴의 말이 떨어지자 동굴 바닥에 모여 있는 자들의 표정은 각양각색이 되었다. 조이천의 얼굴은 당혹감에 물들었고, 관천호의 눈빛은 더욱 날카로워졌다. 반면 송천운은 고개를 내리깔고 장탄식을 했고, 구태진과 수겸, 상관충은 작은 목소리로 소곤거렸다.

"조, 조 노제! 무슨 농담을 그딴 식으로 하나? 성주를 시해하다니? 그것도 우리가? 우린 성주의 두 아드님이 성을 잘 꾸려가실 수 있게 성주가 돌아가시자마자 모두 분가한 사람들이 아닌가? 이런 우리에게 그게 무슨 천부당만부당한 누명이란 말인가?"

"우린 모든 정황을 파악하고 있소, 조 대협. 손바닥으로 하늘을 가리려 하지 마시오. 진정 당신들의 무공을 소실시키고 싶지 않거든 사실을 말하시오."

'무공의 소실'이란 말이 언급되자 아래 모인 자들의 얼굴이 사색이 되었다.

그때 돌연 구태진이 외쳤다.

"이봐, 내가 사실대로 말하면 편지에 언급된 것을 해주겠나?"

그는 합환의 비술을 체험하지 않은 터라 손해 볼 것도 없다는 듯 자신있는 태도였다.

"구, 구태진 이놈! 네가 감히 전을 배신하려는 게냐?"

조이천이 사색이 되어 외쳤다.

구태진은 코웃음을 쳤다.

"전은 얼어죽을……. 본 회는 성에서 나왔을 때부터 독자 세력임을 선언했다. 상호불가침이고 군룡전이고, 이미 유명무실화된 사안이 아닌가?"

조휴는 구태진에게 외쳤다.

"구 회주, 사실을 말해준다면 원하는 걸 해드리겠소."

구태진은 반색을 하며 입을 열려 했다.

그때 낮은 목소리가 그의 귀로 파고들었다.

"구태진, 죽고 싶다면 입을 나불거려 보거라."

낮았지만 그뿐 아니라 그 자리에 있는 모든 사람이 들을 수 있는 목소리였다. 구태진은 얼굴이 새파래져서 관천호를 바라보았다. 관천호는 이글거리는 눈빛으로 그에게 한 발 다가서 있었다.

구태진은 모인 사람 중에 동료가 가장 많았다. 수겸, 상관충, 호설 등이 같은 편이었고 관천호는 혼자였지만 그저 그를 노려보기만 했을 뿐, 결국 입을 다물고 말았다.

"관 대협, 모두에게 함구를 강요하겠다면 이쪽도 극단적인 방법을 쓸 수밖에 없소!"

조휴가 외쳤다. 그의 수신호를 받은 담청기가 기관을 작동시키자 바닥이 반으로 갈라지기 시작했다. 갈라진 틈의 아래로는 끝이 보이지 않는 무저갱이 펼쳐져 있었다.

모인 자들은 당황하여 벽 쪽으로 몸을 움직였다. 들어온 통로는 어느새 닫혀져 있었고, 벽은 높고 매끄러워 뛰어올라 갈 수 없었다. 그때 갈라지던 바닥이 서서히 정지했다.

"여러분의 대답 여하에 따라 기관의 재작동 유무도 결정될 것이오. 다시 한 번 묻겠소. 성주를 시해한 자가 누구요?"

구태진은 입을 달싹였지만 관천호가 의식되는 듯 소리를 내지 못했다. 관천호는 이글거리는 눈빛으로 조휴를 노려볼 뿐이었다.

그때 이때껏 아무 말 없이 괴로운 표정만 짓고 있던 송천운이 한 발 앞으로 나섰다.

"조 선생, 내가 한마디 해도 되겠나?"

송천운은 조휴가 어린 의생일 때부터 깍듯이 그를 선생으로 부르곤 했다. 조휴는 고개를 끄덕였다.

"말씀하십시오, 송 대협."

"자네의 지금 발언은 어폐가 있네. 이렇게 함정에 몰아넣고 범행을 이실직고하라 하는데, 죄를 자백하면 살려주겠단 말인가? 자네가 우릴 여기에 몰아넣은 것은 죄를 알기 위함이 아니지 않나. 성주의 복수를 하기 위함이지."

"……."

"우리 범행을 확신하고 있다면 당시 사건의 경위를 듣고 안 듣고가 뭐가 그리 중요한가? 함정에 이렇게 몰아넣은 김에 손을 쓰면 그만인 것을."

조휴는 말문이 막혀 잠시 머뭇거리다가 입을 열었다.

"우린 복수보다 먼저 성주가 죽임을 당한 연유를 알고 싶소. 여러분은 모두 성주의 총애를 받던 자들이고 여러분과 결탁한 영호세웅은 성주의 친자가 아니오? 협의지사인 성주에게 대체 왜 그런 짓을 한 거요? 그 사연이나 들어보고 다음 행동을 결정하겠소."

"크하하하하!"

관천호가 광소를 터뜨렸다.

"영호진이 협의지사라… 오랜만에 들어보는 가소로운 말이로구나."

조휴는 눈살을 찌푸렸다.

"무슨 뜻이오, 관 대협?"

관천호는 오만한 미소를 지으며 팔짱을 꼈다.

"말한 그대로다. 네가 그의 실체를 못 알아봤다면 내가 구구절절 말해봐야 소용이 없겠지."

"명확히 말을 하시오!"

조휴가 소리치자 관천호는 눈을 번득였다.

"조휴, 설마 이깟 어린애 장난 같은 함정으로 날 죽일 수 있다고 생각하는 거냐? 넌 내가 거기까지 못 올라갈 걸로 생각하여 그토록 방자하게 구는 게냐?"

조휴와 담청기는 침을 삼켰다. 정교하게 만들어진 함정이지만 관천호와는 칠 년 만의 조우였다. 성에 있을 때도 하루가 다르게 진보하던 그가 어느 경지에 이르렀는지는 짐작을 하기 어려웠다. 그의 말대로 그나 송천운 같은 고수를 함정 정도로 완벽히 봉쇄하는 것은 불가능한 일일지도 몰랐다.

"끝내 말을 하지 않겠다면 극단적인 방법을 쓸 수밖에 없소."

조휴의 신호가 떨어지고 담청기의 손이 움직였다. 멈춰졌던 바닥이 다시 움직이며 구멍을 넓히기 시작했다.

"이봐, 멈춰!"

구태진 등이 소리를 질렀지만 조휴는 꿈쩍도 하지 않았다.

조이천 등 몇몇은 벽호공을 시전하여 벽을 타고 위로 오르려 했다. 그러나 벽을 밟는 순간 벽 속에서 날카로운 창이 마구잡이로 튀어나왔다. 뛰어올랐던 이들은 결국 다시 내려오는 수밖에 없었다.

땅에 떨어진 조이천이 발악적으로 소리쳤다.

"이봐! 여기 송 대협은 암살에 참가하지도 않았다! 죄없는 자들까지 모두 죽일 셈이냐?"

갈라지던 바닥이 멈춰졌다.

"송 대협은 암살에 참여하지 않았소?"

조휴가 물었다.

"그래, 저자도 그렇고 나도 거기 안 꼈다! 무고한 사람은 풀어줘라!"

구태진의 외침이었다.

"입 닥쳐라, 구태진! 네놈은 안 낀 것이 아니라 실력이 모자라 끼지 못한 게 아니냐?"

조이천이 버럭 소리를 질렀다.

"뭐라? 조가야, 죽고 싶으냐?"

조이천과 구태진은 한바탕 벌일 듯 으르렁거렸다.

"닥치시오! 송 대협, 말해보시오. 암살에 참여하지 않았소?"

조휴가 물었다. 송천운은 침울한 얼굴을 한 채 그를 바라보았다.

"아니, 참여한 거나 다름없네. 남들과 똑같다고 보면 될 걸세."

"흥! 가식 떠는 것은 예나 지금이나 똑같구나. 역겨운 놈."

옆에 있던 관천호가 코웃음을 쳤다.

송천운은 매섭게 그를 노려보았으나 그 이상의 행동을 취하지는 않았다.

관천호는 조이천에게 말했다.

"조가야, 귀찮으니 다 말해주거라. 얘길 듣고 저놈이 어떻게 나올지 한번 봐야겠다."

관천호의 허락이 떨어지자 조이천은 기다렸다는 듯 말을 쏟아냈다.

"조 노제! 우형의 말을 잘 듣게. 당시 우리는 어쩔 수가 없었네. 선택의 여지가 없었단 말일세."

"무슨 말인지 못 알아듣겠소. 차근차근 말하시오."

조이천은 침을 꿀떡 삼키고 말을 이었다.

"자네가 믿고 있는 것처럼 성주는 좋은 사람이 아니었네. 그는 오행신단과 합환의 비술로 인해 큰 힘을 얻은 우리의 실력이 나날이 느는 것을 보고 무척 불안해했어. 그래서 광신의와 작당하여 계속 성장하는 우리의 힘을 꺾으려 했네. 합환의 비술을 보강한답시고 엉뚱한 약을 먹여 늘고 있는 공력을 오히려 감소시키는 짓을 벌이더군."

"공력을 감소시키다니, 그게 무슨 헛소리요? 사부를 항상 곁에서 보필하던 나요. 그런 일은 본 적도 없고 들은 적도 없소."

"자넨 옆에서 지켜만 보는 입장이었으니 잘 몰랐을 거야. 그러나 직접 실험을 당해본 우리는 알 수 있었지. 광신의가 준 약을 복용하니 나날이 늘던 내공이 정체되고 점점 소실되는 느낌이 들었네. 난 처음에 나만 뭐가 잘못된 줄 알았는데 알고 보니 합환의 비술 실험 대상자 전원이 그런 증상을 겪고 있었어. 이게 뭘 의미하는 거였겠나?"

듣고 있던 조휴는 괴로운 표정을 지었다. 사건이 어떻게 된 것인지 대충 감이 잡혔기 때문이었다.

이들은 큰 오해를 하고 있었다. 사부가 합환의 비술을 완성하고픈 욕망에 사로잡혀 마구잡이로 시약을 사용한 것을 이들은 자신들의 힘을 두려워한 영호진의 견제로 받아들인 것이다. 그 오해가 큰 비극의 발단이 되고 말았다.

"그러던 차에 영호세웅이 제안을 해왔네. 너희가 견제받고 있다는 것을 알고 있다. 그러니 자기 아비를 죽이는 데 동참해 달라고 말일세. 각자의 세력을 확보해 줄 터이니 성의 지휘권은 자기에게 달라는 조건으로 말이야. 위기에 빠진 우리로서는 선택의 여지가 없었네."

조휴는 잘 떨어지지 않는 입을 열었다.

"그게 꼭 성주의 지시였다고는 볼 수 없지 않소? 가령 내 사부께서 시약을 잘못 배합하여 실수를 했을 수도 있고……."

사부의 치부를 밖으로 드러낼 수는 없기에 돌려서 하는 말이었다.

"그건 아닐세. 우리도 처음에는 광신의가 미쳐서 그런 건지, 성주의 지시가 있었는지 확신할 수가 없었어. 그런데 자네도 알다시피 송 대협이 자네 사부랑 절친했지 않은가. 하루는 자네 사부가 와서 그러더라는 거야. 성주가 오행신단과 합환의 비술 복용자들을 복용 이전으로 돌릴 수 있는 처방을 만들라는 지시를 내렸다고. 그러면서 친분이 있는 송 대협에게는 그 약을 쓰는 시늉만 할 터이니 걱정 말라고 넌지시 얘기했다는군, 입단속 하라는 주의와 함께."

"……!"

충격적인 얘기에 담청기와 조휴는 자신의 귀를 의심했다. 그럼 성주가 정말 저들의 힘을 말살시키려 했단 말인가?

"죽기 얼마 전에 성주는 진검성을 해체시키겠다는 선언을 했지 않나? 성주가 그런 결심을 한 것은 성의 힘이 지나치게 커짐을 두려워했기 때문일세. 신약을 얻은 우리는 특히 그 힘의 상징적 존재였기 때문에 우리의 힘을 거두면 자연히 성도 힘을 잃고 해체될 것이라고 판단을 한 거겠지. 그러나 조 노제, 우리 입장에서는 그게 말이 될 법한 얘기인가. 당장 성이 해체되고 홀로 강호에 나서면 우리에게 원한을 진 사파 연합 등 온갖 적도들이 죽이겠다며 달려들 걸세. 가진 공력을 다 빼앗기고 평범한 무사로 전락한 우리가 어떻게 그들을 감당할 수 있겠나? 정신 나간 성주의 개똥철학 때문에 우리는 가진 힘도 빼앗기고 죽어야 한단 말인가?"

"……."

"송 대협은 광신의의 얘기를 듣고 고민을 거듭하다 혼자만 살 수는 없다고 판단했네. 그래서 우리 모두를 불러 그 얘기를 말해주었고, 우리는 우리 자신을 지키기 위해 어쩔 수 없이 힘을 합해 그에 대항해야 했네."

신약 복용자는 대다수가 군룡전 소속원들이었기 때문에 단합도 쉬웠다. 최고수이며 성주의 의중을 가장 먼저 알아차렸던 송천운이 도저히 성주에게 칼을 들이댈 수 없다며 빠졌지만 관천호와 조이천을 필두로 군룡전 소속 특급 무사 다섯 명이 가세하여 암살조를 만들었다. 다섯 무사에게는 폭룡단이 지급되었고, 영호진의 사망 당일 새벽 암살조가 동산으로 투입되었다.

영호진은 거세게 저항했다. 지병으로 몸이 불편해 보였음에도 폭룡단을 복용한 특급 실수 다섯 명이 차례로 쓰러졌고, 조이천마저 큰 부상을 입고 전투 불능이 되어버렸다. 홀로 남은 관천호가 고군분투했지만 영호진의 공세에 밀려 거의 쓰러질 지경이 되었다. 그런데 갑자기 지병이 발작한 듯 영호진이 피를 토하며 비틀거렸고, 관천호는 그 틈을 노려 그의 복부에 치명상을 입히고는 조이천과 함께 도망쳐 버렸다.

"그럼 성주는 암살조에게 당한 상처를 견디지 못해 죽은 거요?"

조휴의 물음이었다. 이때껏 자신이 성주를 죽였다고 자책하고 있는 반우재의 얘기가 없는 것이 의아했던 것이다.

조이천은 고개를 저었다.

"암살조의 실패에 대비하여 그 다음 척살조가 대기하고 있었네. 영호세웅이 문안 인사를 드린다며 부상을 입은 성주에게 최후의 일격을 가할 참이었지. 그런데 그때 돌발 상황이 발생했네. 동산 가는 길에 반우재가 나타나 동행을 하자고 했다더군."

뜻밖의 말이었다. 그럼 반우재는 애초 음모에 가담한 인물이 아니었단 말인가.

"영호세웅은 왜 성주에게 가는 것이냐고 캐물었지. 반우재는 유성도천하란 초식에 관해 깨달음을 얻은 것이 있는데 성주한테 비무를 청해 조언을 듣고 싶다는 거였어. 성주는 성검회주를 겸하고 있었기 때문에 유성도천하 식에 관한 문의라면 언제라도 응해주었으니까. 영호세웅은 어떻게 해서든 그를 따돌리려 했지만 성주 외의 인물의 말은 전혀 귀담아듣지 않는 반우재는 영호세웅을 무시한 채 성큼성큼 동산 안으로 들어섰네. 영호세웅은 눈앞이 아찔했겠지. 성주가 반우재에게 도움을 청하는 순간 모든 것이 끝이었으니까. 그런데 의외로 성주는 아주 담담하게 그와 영호세웅을 맞이했네. 암살조와 전투를 벌였던 정자 뒤편은 엉망이었지만 둘을 맞이할 때는 정자 앞의 뜨락에 있었고, 옷차림도 깨끗했다고 하더군."

조이천은 침을 꿀떡 삼키고 말을 이었다.

"성주는 아무 일도 없다는 듯 평온한 기색으로 그들을 맞이했네. 반우재는 성주 안색이 좋지 않다고 걱정하면서도 자신이 온 목적을 얘기했고, 성주는 그의 비무 제안을 흔쾌히 받아들였네. 영호세웅으로서는 귀신이 곡할 노릇이었지, 관 대협 말에 의하면 치명상을 입었다고 한 성주가 아무 일도 없다는 듯 비무 요청까지 받아들였으니까. 아무튼 공터로 간 둘은 비무를 시작했네. 성주의 손에서 유성도천하가 일어나는 듯 보였고, 반우재는 준비해 온 초식을 시전했지. 그 순간, 솟구친 피가 동산 위를 적셨네. 반우재의 일격이 성주의 복부를 꿰뚫어 버린 거었어."

조휴와 담청기는 조이천의 이야기에 한껏 몰입하고 있었다. 그 덕분에 그들의 뒤에서 약에 취한 채 잠이 들어 있던 반우재가 깨어나 멀뚱히 아래를 내려다보고 있다는 것을 알아차리지 못했다.

"영호세웅도 놀랐지만 가장 기겁한 것은 반우재였네. 그는 쓰러진 성주를 붙잡고 울부짖었지. 성주는 힘없이 고개를 들고는 웃으며 그에게 마지막 말을 남겼네. 유성도천하를 파훼했으니 이제 네가 성검회주이며, 진검성주라고. 반우재는 울부짖으며 그게 아니라고 외쳤지. 성주께서 유성도천하를 제대로 발현하지 않았고 자신은 그걸 깨뜨릴 능력이 없는 놈이라고. 그러나 이미 성주는 고개를 떨군 후였네. 영호세웅은 성주의 최후를 보고 찬물을 뒤집어쓴 듯 온몸을 떨었다더군. 성주의 의도를 그제야 알아차린 거야. 성주는 이미 모든 것을 간파하고 있었어. 가신들이 자신을 죽이려 했고, 아들이 자신을 죽이러 온 것까지도. 그의 몸 상태는 관천호들에게 당한 상처로 인해 이미 한계에 달해 있었지. 반항해 보았자 죽음을 피할 수 없다는 것을 직감한 성주는 아들의 손에 죽느니 차라리 반우재에게 모든 권력을 떠맡기려고 마음을 먹은 걸세. 그러면 자신의 유지를 받아들일 적임자라고 판단했던 것이지."

조휴와 담청기는 새로이 밝혀진 놀라운 사실에 입을 다물 수 없었다. 그리고 비로소 반우재와 영호세웅에 관련된 모든 의문점이 해소되는 것을 느꼈다.

영호세웅은 영호진의 의도대로 반우재에게 권력이 넘어가는 것을 용납할수 없었을 것이다. 그래서 사건 직후 끊임없이 반우재에게 찾아가 집요하게 그의 죄책감을 부채질하며 권력을 자기에게 넘기고 자신의 밑으로 들어오라고 종용했던 것이다. 스스로의 추악한 탐욕은 마음속에 감춘 채로.

"내가 해줄 수 있는 말은 이게 전부일세. 우리는 약속대로 각자의 몫을 챙겨 성을 나갔고, 영호세웅은 성주 자리에 무혈 입성하는 듯하더니 엉뚱하게 동생이 보낸 자객에 의해 죽임을 당했더군. 세상일이란 게 다 그렇지 뭐. 근친 간의 추악한 싸움에 우리는 얼떨결에 휘말린 셈이었고."

조이천은 자신들은 결백하다는 듯 뒷말을 강조했다.

조휴와 담청기는 한참 동안 말없이 그들을 내려다보았다. 모든 상황을 알고 보니 저들을 마냥 질책할 상황이 아니란 것을 깨닫게 된 것이었다.

조휴는 긴 한숨을 내쉬고는 말을 이었다.

"마지막으로 하나만 더 묻겠소. 내 사부는 어떻게 죽었소? 당신들이 손을 썼소?"

그 말에 조이천은 어리둥절한 표정을 지었다.

"자네 사부? 광신의를 말하는 건가?"

"그렇소."

"자네 사부 죽은 걸 왜 우리에게 묻나?"

전혀 예상 밖의 대꾸였다. 조휴는 당황한 기색으로 말했다.

"사부는 당신들이 성주를 습격한 시간대에 동산으로 성주를 찾아갔었소. 그리고 내가중수법에 당한 시체로 되돌아왔소. 당신들이 손을 쓴 게 아니오?"

"무슨 소릴 하는 겐가? 난 자네 사부가 그날 죽은지도 몰랐네. 게다가 성주만 해도 손이 모자랐던 판에 자네 사부를 건드릴 여유가 어디 있었겠나?"

조이천의 말을 전적으로 받아들일 수 없던 조휴는 관천호에게 물었다.

"관 대협, 정말 모르는 일이오? 내 사부를 그날 거기서 보지 못했소?"

관천호는 물끄러미 그를 보다가 살짝 고개를 저었다.

"보지 못했다."

조휴와 담청기는 얼굴을 마주 보았다. 관천호는 효웅일지언정 허언을 남발하는 자가 아니었다. 게다가 성주를 죽인 것을 인정한 상황에서 광신의에 대해서만 거짓을 말할 이유가 없었다. 그럼 대체 광신의를 죽인 자는 누구란 말인가?

조휴와 담청기가 할 말을 잊고 있을 때 밑에서 조이천의 애가 타는 목소리가 다시 들려왔다.

"조 노제, 이제 저간의 사정을 알았걸랑 우릴 그만 풀어주게. 진짜 나쁜 놈이야 지 아비를 죽이려 한 영호세웅이지. 우리야 그저 시류에 휩쓸려 살려고 바둥댄 죄밖에 더 있나?"

묵묵히 조이천의 말을 듣고 있던 조휴는 생각을 정리한 듯 고개를 들어 옆에 있는 담청기를 보았다.

눈빛으로 그의 의중을 알아챈 담청기는 장탄식을 하며 고개를 끄덕였다.

조휴는 허탈한 표정으로 아래에 대고 말했다.

"당신 말에는 동의 못하겠소, 조이천. 이유야 어찌 되었든 당신들은 모시고 있던 주군을 배신했고, 종내에는 그를 죽였소. 그가 당신들을 죽이려 한 것도 아니고, 무공을 전폐하려 했던 것도 아닌 것을 감안하면 제삼자인 내가 보기에 추악한 쪽은 바로 당신들이오."

"이런 젠장! 네가 우리 처지가 되었으면 안 그랬을 것 같으냐!"

구태진이 인내심이 무너진 듯 버럭 소리를 질렀다.

조휴는 한숨을 내쉬며 말했다.

"당신 말대로 내가 그 처지였으면 또 어찌 행동했을지 모르겠소. 당신들의 행동을 전혀 이해 못할 바는 아니오. 그러나 내가 하고픈 말은 당신들이 스스로 떳떳했다는 말을 할 자격은 없다는 거요. 주군을 배신한 것을 수치라 여기고 반성하며 살아가길 바라오. 이제 그만들 돌아가시오."

돌아가란 말에 바닥에 있던 모두의 고개가 벌떡 들렸다.

"풀어주겠단 말이냐?"

"그럼 부작용을 없애는 약은?"

"준다던 합환의 비술은 어쩔 것이냐?"

조이천과 구태진 등이 탐욕스런 눈빛을 발하며 외쳤다.

"포기하시오. 당신들은 그 약을 받을 자격이 없소. 그냥 그대로 살다 부작용이 생기면 생기는 대로 죗값이라 여기고 순응하며들 사시오."

"무슨 개소리냐!"

"당장 약을 내놓지 못하겠나!"

바닥에 있던 자들이 발악적으로 외쳤다.

조휴의 눈이 노여움으로 물들었다.

"목숨을 살려주는 것만도 고맙게 여기시오. 썩 꺼지지 않으면 기관을 발동시키겠소."

그 말에 소리치던 자들이 어찌할 줄을 모르고 움찔거렸다.

그때 관천호가 움직였다. 그는 몸을 휙 돌려 출구가 있는 쪽으로 걸어갔다. 송천운 역시 그의 뒤를 따랐다.

최고수 두 명이 미련없이 발길을 돌리자 나머지 사람들도 주저주저 하며 출구 쪽으로 움직였다.

"안 돼! 저놈이 서신에서 그랬단 말이다! 난 내년에 내공이 모두 사라질 거라고! 그러느니 차라리 여기서 죽겠다!"

조이천이 발악적으로 고함을 치더니 몸을 돌리던 동료 한 명의 천령개를 후려쳤다. 예상치 못한 공격을 받은 자는 뇌수가 터져 즉사하고 말았다. 조이천은 그 시체를 들쳐 업고 벽호공을 시전해 벽을 타고 위로 오르기 시작했다.

철컹, 철컹!

벽 중간에 창들이 일제히 튀어나왔다. 조이천은 기다렸다는 듯 업고 있던 시체를 튀어나오는 창에 박아 넣었다. 그리고는 창에 박힌 시체를 밟고 다시 공중으로 뛰어올랐다. 창 다음에는 암기와 강전이 차례로 튀어나왔지만 시체를 밟고 도약한 조이천의 움직임이 워낙 빨라 모두 그의 몸을 비켜 나갔다. 워낙 순식간에 일어난 일인지라 담청기가 다음 기관을 작동하기도 전에 조이천의 몸이 그와 조휴가 있는 난간까지 솟구쳐 올라왔다.

"이놈, 조휴!"

조휴를 외치면서도 조이천은 뛰어난 무공을 갖춘 그에게 달려들지 않고 무공이 전무한 담청기에게 달려들었다. 그를 인질 삼아 조휴를 협박하려는 심산이었다. 마침 담청기는 기관을 작동시키는 위치에 있어서 조휴와 거리가 떨어져 있었다. 조휴가 다급히 달려왔지만 조이천이 한발 앞섰다.

뻗친 조이천의 손에 담청기가 막 붙잡히려는 순간이었다. 담청기는 귀 옆으로 무시무시한 정도로 강렬한 바람 소리를 느꼈다.

펑!

그의 귀를 스치고 지나간 장력은 조이천의 복부에 정확히 격중했다.

"크헉!"

조이천은 각혈과 함께 내장 조각까지 뱉어내며 바닥으로 추락했다.

장력을 발출한 것은 잠들어 있는 줄 알았던 반우재였다. 그는 일장에 조이천을 날려 보내고는 광소를 터뜨렸다.

"으하하하! 조이천! 관천호! 송천운! 나머지 떨거지 놈들! 네놈들이 성주를 그 꼴로 만들었구나! 다 죽여 버리겠다, 이놈들!"

그는 말을 마침과 동시에 담청기를 밀어내고 기관을 마구잡이로 움직였다.

우르르릉!

기관에 작동된 모든 함정들이 발동하기 시작했다.

"노사, 괜찮으십니까?"

조휴가 달려와 반우재에게 떠밀린 담청기를 부축했다.

"마, 말려야 돼! 기관이 저렇게 돌아가면 동굴 전체가 붕괴될 수 있네!"

담청기가 애타게 외쳤다.

그러나 때는 늦은 듯했다. 발밑이 무너질 듯 흔들리고 있었다.

반우재는 기관을 미친 듯이 휘돌리고 있었다. 그는 끊임없이 '저놈들을 다 죽여 버리겠다'고 중얼거리고 있었다. 어찌 된 일인지 몰라도 조이천의 설명을 듣고 성주를 죽인 책임이 자신에게만 있지 않다는 것을 깨달은 모양이었다.

그때 갑자기 시커먼 그림자가 그들이 있는 난간 위로 치솟아올랐다. 관천호가 조휴들이 아래를 신경 쓰지 못하는 틈을 타 벽을 타고 올라온 것이었다. 비술에 초연한 듯 보였던 그도 사실은 욕심이 있었던 듯 탐욕스런 눈빛을 발하고 있었다.

조휴와 담청기는 눈앞이 아득해짐을 느꼈다. 관천호는 자신들의 힘으로는 감당하기 불가능한 강자였다. 꼼짝없이 잡혔다는 생각이 들었다.

그 순간 반우재가 움직였다. 반우재는 솟구쳐 올라온 관천호가 착지하기도 전에 그에게 몸을 날렸다.

"크하하하! 같이 죽자, 관천호!"

공중에서 뒤엉킨 둘은 다시 바닥으로 추락했다. 조휴와 담청기가 있던 공간도 이내 무너져 내리기 시작했다. 동굴은 비명과 굉음으로 가득 찼다.

"그야말로 아비규환이었네. 천우신조로 우리 둘은 그곳을 무사히 빠져나올 수 있었네. 한 사람의 도움 덕택이었지."

담청기는 그때가 생각나는 듯 몸을 한 차례 부르르 떨었다.

그들을 도운 사람은 다름 아닌 송천운이었다. 그는 둘과 함께 동굴에서 빠져나온 후 자신의 이야기를 들려주었다.

그는 주군을 배신할 수 없다며 영호진의 암살 건에서 빠졌지만 암살의 발단이 된 것이 자신이었기에 항상 그에 대한 죄책감에 시달리며 살았다고 했다.

"그는 조휴의 말대로 부작용의 죗값은 치르며 살겠다고 우리와 헤어졌네. 나중에 알고 보니 우리 외에 관천호 구태진 등도 목숨을 건졌더군. 반면 조이천을 비롯해 많은 고수들은 자신들의 죗값을 목숨으로 치렀지. 우리는 칠 년간의 노력의 결과가 참으로 허탈하게 느껴졌네. 따지고 보면 탐욕과 욕망으로 이성을 잃었던 영호세웅과 광신의가 비극의 주범이라 할 수 있겠지만, 이 둘은 일찍이 비참한 최후를 맞이했으니 천벌을 받은 셈이고. 그 외의 나머지들은 조휴의 말대로 수치심이나 느끼며 살아가면 그것으로 된 듯싶더군. 그렇게 사건은 마무리되었네. 조휴는 모든 걸 다 털어버리고 은거하여 책이나 열심히 읽으며 살아가겠다는 뜻을 밝히며 나와 헤어졌네. 나 역시 강호에 흥미를 잃게 된 터라 이곳으로 다시 돌아와 은거하게 되었고."

길고 긴 담청기의 얘기가 끝났다. 장건은 그의 얘기에 놀라고, 한편으로는 허탈했다. 사건이 끝난 후 두 사람이 느꼈을 기분을 이해할 수 있을 듯했다.

"이제 모든 정황을 알았겠지? 영호진과의 인연을 생각하여 그의 죽음을 밝히려는 자네의 의협심은 높이 살만 하네만 그쯤에서 덮도록 하고, 자넨 자네 인생을 자유롭게 살게나."

장건은 고개를 저었다.

"그럴 수는 없습니다."

"그럴 수 없다고? 내 말을 못 알아들은 겐가?"

"아니, 아주 잘 알아들었습니다. 노사의 얘기를 듣고 그간 산적했던 문제들이 거의 다 풀렸으니까요."

그럼에도 불구하고 장건은 조휴와 담청기처럼 사건을 덮을 수가 없었다. 미궁처럼 꼬여 있던 수많은 의문들이 풀렸지만 끝까지 풀리지 않는 한 가지가 있었기 때문이다. 그것은 바로 공공자 당진량을 죽인 자의 존재였다. 모든 것이 우발적이고 오해에 의한 사고였다면 계획적으로 당진량을 습격하고 당진량조차 놀랄 정도의 놀라운 무공을 선보인 그자는 대체 누구란 말인가?

장건은 담청기에게 숨겨두었던 당진량의 얘기를 꺼내들었다, 그가 어떤 사람인지, 또한 그를 누가 어떻게 습격했는지를. 그리고 장건 자신이 지금까지 겪었던 '전'에 관한 모든 사실들을 보다 상세히 그에게 설명했다.

"…믿기 어려운 얘기로군."

모든 설명을 듣고 난 담청기는 망연한 얼굴로 중얼거렸다.

"정말 믿기 어려운 이야기야. 그럼 그들이 우리를 속였다는 건가?"

"완전한 거짓은 아니었을 겁니다. 만일 그랬다면 삼절서생이나 노사께서 알아챘겠죠. 영호 대협에 대한 암살 시도 과정과 무광 반우재에 관한 대목은 사실이었을 겁니다. 다만 영호 대협을 죽이려 한 것이 전적으로 자기 방어를 위한 것이었는지, 혹은 다른 욕심 때문이었는지는 쉽게 판단할 문제가 아닌 듯합니다. 처음부터 성의 권력을 탐하여 군룡전에서 의도적으로 벌인 일일 가능성이 분명 있습니다."

"노부와 조휴도 그런 생각을 안 해본 것이 아닐세. 그러나 만일 그랬다면 그들이 왜 성에 남아 있지 않고 모두 떠났겠나? 군룡전은 성내에서 가장 강력한 파벌이었네. 그럼에도 불구하고 성주가 죽었을 때 모두 성을 떠났어. 성의 권력에 욕심이 있었다면 남아서 영호세웅 패거리를 치는 것이 올바른 수순이었을 텐데 말일세."

"그렇게 할 수 없는 피치 못할 사정이 있었을 겁니다."

"사정이라……?"

"노사, 당시 진검성에서 영호 대협을 제외하고 열 손가락 안에 드는 고수의 서열을 순서대로 손꼽아보시겠습니까?"

담청기는 의외의 질문에 눈을 껌벅였지만 곧 대답했다.

"성주 다음 가는 고수는 당연히 관천호와 송천운일세. 그 다음이 반우재, 그 다음이 아마 영호세웅이었을 게야. 그가 분명 조이천보다는 한 수 위였지. 다음이 조이천, 구태진, 영호관웅, 그 밑으로는 비슷비슷한 수준의 고수들이 여럿 있었네. 그건 왜 묻는 건가?"

"이렇게 생각해 보았습니다. 영호 대협이 죽은 직후, 성주 직에 도전할 수 있는 '여건'이 되는 사람이 누구였을까 하고요."

"여건?"

"예. 관천호와 조이천 등우 영호 대협과의 혈전을 치르고 큰 상처를 입은 상태였습니다. 제가 알기로는 관천호가 철무림을 공식적으로 개파한 시기가 진검성을 나온 뒤 삼 년 후로 알고 있습니다. 그 삼 년의 기간은 강호에서 전혀 활동이 없는 공백기였는데, 노사의 말씀을 듣고 보니 그 기간 동안 영호 대협에게 입었던 상처를 치료한 듯합니다. 그 정도의 큰 상처를 입은 데다가 심복 다섯 명까지 잃었으니 성주 직을 노리는 것은 고사하고 전투 불능 상태라 해도 과언이 아니었겠지요. 그리고 송천운과 반우재 두 사람은 각기 영호 대협의 죽음에 대한 죄책감 때문에 성주 자리를 욕심낼 수 있는 심리 상태가 아니었을 거고요. 그럼 이제 남은 인물은 영호세웅인데, 그는 털끝만큼도 다치지 않은 데다가 관천호와는 달리 전력의 손실도 전혀 없었지요. 결국 관천호 등은 성주 자리가 문제가 아니라 목숨을 부지하기 위해서라도 성을 탈출해야 했을 겁니다."

"가만 가만. 자네의 추리는 훌륭하네만 자네가 이제까지 해온 얘기와는 앞뒤가 맞지 않네. 자네는 작금의 강호 전쟁을 뒤에서 주도하고 있는 '전'이란 단체가 군룡전일 거라 의심하고 있지 않나. 그렇다면 진검성이 무너질 당시 군룡전의 결속은 조휴와 노부가 판단한 것보다 훨씬 단단했어야겠지. 그렇다면 관천호와 조이천이 부상을 입었다고 해도 나머지 고수들이 합심했다면 영호세웅과 대결할 만한 전력이었을 걸세."

"합심했다면 그랬겠지요. 그러나 그들은 그렇지 못했고, 지금도 역시 마찬가지일 것입니다. 저는 군룡전 소속원들이 성에서 나온 이후 마음이 맞는 자들끼리 두어 갈래의 파벌로 나뉘었을 거라 확신하고 있습니다."

"어째서인가?"

"앞서 제가 삼귀란 자들에 대해 말씀드렸지요? 그들이 관천호를 전주라 불렀다고요."

"그랬었지."

"관천호가 전주라고 불렀을 때 저는 그가 바로 음모의 주재자로구나! 하고 생각했습니다. 그런데 이내 그 생각에 큰 모순이 있음을 깨달았습니다."

"그래? 어째서?"

"철무림의 본타에서 마주쳤던 쌍검난측 고태붕의 존재 때문입니다. 저는 염왕취에 취한 그의 입에서 처음 군룡전이란 이름을 들었습니다. 그런데 그는 당시 철무림의 배신자로 낙인찍혀 고초를 당하고 있었지요. 철무림의 림주는 다른 사람이 아닌 관천호입니다. 관천호가 군룡전의 전주라면 철무림을 배신한 자가 다시 군룡전의 소속원임을 자처한다는 것은 말이 안 되는 것이지요."

"음… 그렇긴 하군."

"모순되는 현상은 또 있었습니다. 군룡회의 참모인 수겸은 회주인 구태진을 꼭두각시 삼아 이 전쟁을 일으킨 장본인으로, 제가 아는 가장 확실한 '전'의 인물입니다. 그런데 전주인 관천호가 불사동 내부에 있음에도 기관을 작동시켜 동굴 전체를 와해시켰습니다. 그가 역모를 꾸밀 의도가 아니었다면 일어날 수가 없는 일이지요. 수겸이 보낸 삼귀 역시 당시 관천호와 대치했던 상황을 떠올려 보면 입으로만 전주라 불렀다 뿐이지 주군을 대하는 분위기가 전혀 아니었습니다. 합환의 비술을 욕심내어 관천호를 배신했기 때문이라고 볼 수도 있지만 그렇다고 쳐도 관천호와 처음 마주치는 순간 그들이 드러냈던 적대적 태도는 같은 편이었다고 하기에는 지나친 감이 있었습니다."

"하면… 관천호가 군룡전의 전주이긴 하되, 그와 적대하는 파벌이 존재하고, 거기에 삼귀와 수겸이 속해 있단 말인가?"

"제 가정으로는 그러합니다."

"그럼 다른 파벌을 주도하는 자가 음모의 주재자란 말인가? 그가 공공자 당진량을 찾아가 죽이고 삼대살수를 이용하여 오행신단 복용자들을 해하였으며 이 전쟁을 획책했단 말인가?"

"그랬을 수도 있고, 혹은 관천호 쪽의 파벌이 일부를 담당했을 수도 있습니다. 또는 어느 시기까지는 함께 일을 벌이다가 나중에 갈라져서 서로 대척하는 중인지도 모르지요."

담청기는 긴 한숨을 내쉬었다.

"휴우… 답답하기 짝이 없군. 그럼 아직 확실하게 밝혀진 것은 하나도 없단 말인가."

"확실한 것은 단 하나뿐입니다. 현재 전쟁을 주도하고 있는 것은 수겸입니다. 그의 배후에 있는 자가 음모의 실체에 가장 근접해 있는 용의자일 것입니다. 이제는 직접 뛰어들어 그를 찾아내는 수밖에 없습니다."

장건은 결론을 맺듯 말했다.

제4장
장건, 무기를 고치고, 무기를 얻다

장건, 무기를 고치고, 무기를 얻다

땅땅땅땅땅……

장건은 망치질이 막 멎은 초막 안으로 들어섰다. 그는 산 밑에 내려갔다 이틀 만에 오는 길이었다.

"잘 다녀왔나?"

담청기가 땀을 훔치며 말했다.

"예, 제 늙은 동료가 서신을 보냈더군요."

"무슨 일이 있나? 얼굴 표정이 좋지 않군."

장건이 대답했다.

"아무래도 여길 떠나야 할 듯합니다."

"그래? 조휴를 안 기다리고?"

장건과 담청기는 조휴, 그러니까 범생을 기다리고 있었다. 장건과 헤어지기 직전 이곳에서 기다리면 찾아오겠다고 한 범생은 아직까지 오지 않고 있었다.

장건은 담청기에게 서신으로 들은 전장의 전황을 자세히 설명해 주었다.

"집마부와 무림련이 호북에서 전면전을 벌일 참인데, 상황이 좋지 않다고 합니다. 성검회와 전검문을 비롯한 동맹세력의 합류가 늦어져 무림련 단독으로 집마부와 맞서려는 모양입니다. 설상가상으로 호남의 군룡회와 결탁한 집마부의 지원 세력이 북상 중이라고 합니다. 이들과 본진이 결탁하는 날에는 가뜩이나 어려운 상황에 처해 있는 무림련이 와해될 수도 있다는 소문이 돌고 있더군요."

"저런, 보통 상황이 아니로군."

"그래서 성검회에서는 호북에 가장 먼저 진입한 삼개 검단에 따로 명을 내려 무림련이 편성한 별동대와 힘을 합해 북진 중인 집마부의 지원군을 치라는 명을 내렸습니다. 한데 그중에 저희 십검단도 포함되어 있는 지라…… 단주된 입장에서 그냥 보고 있을 수만은 없을 것 같습니다."

"허허허, 책임감있는 젊은이로군. 할 수 없지. 조휴가 오면 자네 얘긴 내 잘해줌세."

"잘 부탁드립니다."

장건은 절을 꾸벅했다.

"아, 그리고 자네 무기들을 손보았으니 가져가게. 부서지고 손상된 물건들을 다 고쳐놓았다네."

담청기의 작업대에는 제석천과 번천제룡환, 이검, 대붕수 등이 가지런히 놓여 있었다.

장건은 눈을 반짝이며 작업대로 다가갔다.

격렬한 전투를 거듭하면서 크게 손상되었던 물건들이 담청기의 손을 거치고 나니 완벽히 원상 복구가 되어 있었다. 복구 차원을 넘어 마치 새것 같은 느낌마저 들었다.

"과연 신수(神手)의 솜씨로군요. 명불허전입니다."

"늙은이 얼굴에 금칠할 것 없네."

장건의 말은 결코 과찬이 아니었다. 장건은 감탄사를 발하며 무기 하나하나를 살폈다.

그는 마지막으로 이검을 들어 보았다. 검극의 금이 갔던 부분이 말끔하게 복구되어 있었다. 검기를 주입하니 용음이 울리고 검신이 빛을 발했다.

"이검까지……! 정말 완벽하군요."

"별것 아닐세."

장건은 손에 잡은 이검을 잠시 내려다보다가 담청기에게 말했다.

"노사, 궁금한 점이 하나 있습니다."

"뭔가?"

"이 이검 말인데요. 사실 만도에 당해 상했던 것입니다."

"그랬었군."

담청기는 그럴 줄 알았다는 표정이었다.

"제 나이에 비해 실전 경험이 많은 편이고 별별 기병과 신병을 두루 접해 보았습니다만 관천호의 만도처럼 압도적인 무기는 정말 처음이었습니다. 사용자의 능력을 무한대로 뽑아내는 신병이더군요. 그에 반해 이검은……."

장건은 말끝을 흐렸다. 담청기가 빙긋 웃으며 말했다.

"자네 성에 차지 않던가."

"…좀 그랬습니다. 물론 대단히 훌륭한 명검입니다만……."

"서열 이위인 만도에 비해 처지는 것 같더라… 오대기병 중 서열 일위임에도 불구하고. 이 말이지?"

"……."

장건은 무언의 긍정을 했다. 결정적으로 그의 손에 들린 검은 혼돈지서에 묘사된 이검과 결정적인 차이가 있었다. 혼돈지서에 거론된 이검은 만도를 뛰어넘는 효능을 가지고 있었는데 지금의 이검은 분명 그렇지가 못했던 것이다.

담청기는 이검을 장건의 손에서 거둬 들고는 말했다.

"사실 이것은 본래의 이검이 아닐세."

"그게 무슨 뜻이신지? 본래의 검이 아니라면 가짜란 말씀이십니까?"

"가짜는 아니고… 강호의 소문, 천하오대기병이니 하는 것의 서열 일위로 지칭되는 그 검은 아니란 말일세. 소문의 이검은 이것과 똑같은 공정을 거쳐서 나중에 새로 만든 검일세."

장건은 의아했다. 같은 공정으로 다시 만든 거라면 두 검이 다를 것도 없을 게 아닌가. 그의 의문을 아는 듯 담청기가 말을 이었다.

"두 검은 쌍둥이처럼 흡사하지만 결정적인 차이점이 하나 있네. 그것은 만든 재료가 다르다는 것이지."

"재료라면……."

"노부의 손에 들린 이것―편의상 구(舊) 검이라 부르도록 하세―은 진검성의 광산에서 생산된 극상질의 철로 만들었네. 재료도 좋고 공정에도 만전을 기했기 때문에 상당히 훌륭한 결과물이 나왔지. 강호 전체를 통틀어도 이만한 검은 찾아보기 힘들 걸세."

"……."

"그러나 이것이 완성되었을 때 노부는 만족할 수가 없었네. 원래 목표는 이전에 만든 만도를 뛰어넘는 병기를 만드는 거였지만, 구검은 만도보다 부족한 감이 있었거든. 그 이유는 재료 때문이었네."

담청기는 만도를 제작할 당시, 영호진이 천축에 갔다가 얻어온 운철(隕鐵)이란 금속을 미량 섞었다. 우주에서 떨어진 돌에서 채취했다는 운철의 효과는 놀라웠다. 생각지도 않은 공력 증폭이라는 특징을 갖게 된 것이었다.

"구검 제작 시에도 운철을 썼으면 했지만 천축에서도 워낙 귀한 물건인지라 다시 구할 수가 없었지. 구검을 받아 든 성주는 만족감을 표시하셨지만 노부는 만도를 뛰어넘겠다는 목표를 달성하지 못한 터라 결과물에 자족할 수 없었네. 그래서 그 운철이란 것을 직접 구해보기로 결심하고 제자들과 함께 중원 각지를 돌아다녔네. 그러기를 삼 년여, 간혹 어딘가에 운석이 떨어졌다는 소문을 듣고 가서 살펴보기도 했지만 노부가 원하는 성분을 가진 운철이 포함되어 있질 않았네. 결국 포기해야겠다 싶던 차에 태산 부근에서 떨어진 커다란 운석을 발견했고, 그 돌에서 노부가 원하던 운철을 다량 찾을 수 있었네. 그런데 새로이 습득한 운철은 천축에서 들여온 운철보다도 효력이 오히려 더 뛰어나고, 강철과 비슷한 성질을 가지고 있더군. 그래서 아예 그 금속만으로 검을 만들었지. 그게 바로 강호의 소문에 회자되는 이검―이건 편의상 신(新)검이라 부르세―이었네."

담청기는 완성된 검을 영호진에게 갖다 주었다. 영호진은 그 검이 기이한 능력을 가지고 있음을 간파하고 송천운으로 하여금 실전에서의 위력이 어떤지를 시험해 보도록 명했다. 송천운은 당시 사파의 최대세력이던 혈환방 소탕 작전에 신검을 가지고 나갔고, 혈환방주이며 사파제일고수였던 살환마 부종인을 삼 초만에 도륙 내는 위용을 과시했다.

"당시 송천운과 연합하여 혈환방을 공격하던 멸천마군은 눈앞에서 그의 경인할 무위를 보고 잔뜩 기가 질려 노부를 찾아왔었네. 노부는 기병을 좋아하는 그와 이전부터 친분이 있었거든. 오만 방자한 그가 꽤나 기가 질려 있길래 앞으로 이검을 든 자와는 싸움 생각을 하지 말라고 했었지."

"그랬었군요."

장건은 자신이 일전에 마군과 만났던 얘기를 담청기에게 해주었다.

"마군이 말하길 관천호와는 도를 가지고 대결할 필요가 없다고 했고, 송천운과는 아예 싸울 생각이 없다고 했었는데, 그게 송천운이 이검을 쓰는 것을 보고 한 얘기였군요. 한데 그 신검은 송천운이 계속 소유한 것이 아니었습니까?"

"아닐세. 마군이 뭔가 착각했었나 보군. 송천운은 혈환방과의 전투를 끝마치고 와서는 성주에게 그것을 다시 돌려주었네. 성주는 신검의 위력이 지나치게 강한 것을 우려했는데, 사실 노부 역시 같은 생각이었네. 성주조차 오십 초 이상을 교환해야 제압할 수준이라는 살환마 부종인을 송천운이 불과 세 수만에 해치웠다는 것은 말이 되지 않는 결과였지. 성주는 지나치게 강한 병기는 소유자를 헤치고 세상을 위험하게 할 수 있다며 폐기하라 명하셨네."

"아깝군요, 그런 신병을……."

"아까웠지. 소문만 들은 자네가 그럴진대 만든 노부는 오죽 했겠나. 그런데 이놈의 검이 워낙 잘 만들어진 탓인지 웬만한 도구로는 부서질 기미가 보이질 않더군. 뭐 작심하고 처리하자면 못할 것도 없었을 테지만 내 자식 같은 검 부수자고 열과 성을 다할 마음이 생기지 않았네. 만사가 귀찮다는 생각이 들어 그냥 알아서 처리하시라고 성주께 다시 돌려드렸지. 성주는 고심 끝에 신검을 사교를 소탕하러 남만 원정을 가는 원정대 손에 들려 보내 활동 중인 활화산의 분화구에 던져 넣도록 했다네. 우여곡절 끝에 검은 사라졌지만 송천운이 활환신마를 삼 초에 도륙 낸 사건이 워낙 일파만파로 퍼졌기 때문에 어느새 신검은 만도를 넘어서는 서열 일위의 신병으로 인정받고 있었네."

담청기는 들고 있는 검을 손가락으로 톡톡 두드리며 말했다.

"검은 사라졌지만 워낙 은밀하게 처리되었고 원형인 이 구검이 남아 있었기 때문에 이검의 소문은 좀처럼 사그라지지 않고 오히려 점점 커졌지."

장건은 문득 의문이 들어 입을 열었다.

"그 남만으로 가는 원정대의 책임자가 누구였습니까?"

"관천호였네."

'관천호라…….'

장건은 불길한 예감이 맞는 듯하여 다시 물었다.

"그자는 성을 배신한 인물입니다. 이검 같은 무기라면 폐기하지 않고 빼돌렸을 수도 있지 않을까요?"

"후후, 누구라도 그럴 욕심을 낼 수 있는 무기였지. 성주께서는 그러한 가능성까지 염두에 두시고 예방책을 마련하셨었네. 그의 최대 호적수인 송천운을 남만까지 동행시키고, 폐기할 신검은 첫째 아들인 영호세웅에게 맡기셨네. 그리고 날마다 한 번씩 세 명이 한데 모여 검의 상태를 확인하도록 명했고. 셋 다 서로를 경원시 하는 인물들이었기 때문에 검이 분화구 안으로 들어갈 때까지 다른 곳으로 샐 염려가 없었지."

"그랬군요."

장건은 미묘한 표정을 지었다. 만도를 능가하는 무기가 적의 손에 없다는 사실이 안심되기도 하면서도, 병기 수집가로서 천하오대기병에 대해 욕심이 있던 터라 서열 일위의 무기가 세상에 없다는 것이 다소 아쉽기도 했다. 그것만 있다면 자신을 압도했던 관천호의 만도와 자웅을 겨룰 수도 있을 것 같았기 때문이다.

"아, 그리고……."

담청기가 이야기할 것이 생각난 듯 운을 뗐다.

"자네가 말했던 그 삼귀란 자들이 가지고 있었다는 천왕검 말일세. 자네가 산 밑에 내려갔다 올 동안 생각해 봤는데, 그 무기의 정체를 알 것 같네."

"무엇입니까?"

"그 무기들은 시전자의 공력을 증폭시키는 효과를 가지고 있었던 게 확실해. 삼귀 같은 듣도 보도 못한 자들이 검강지기를 내뿜었다면 분명 그것은 이 검, 만도와 비슷한 공정을 거친, 운철이 섞여 있는 무기일 걸세. 그리고 놈들이 그 무기를 등에 차고 있었다고 했지?"

담청기의 물음에 장건은 고개를 끄덕였다.

"그렇습니다."

"그게 바로 운철이 섞여 있다는 증거일세. 만도나 신검같이 운철을 재료로 만든 무기들은 소유자가 일정 기간 동안 등에 차고 있어야 한다네."

"어째서입니까?"

"운철이 소유자의 공력의 특질을 인식해야 하기 때문일세. 그렇게 하기 위하여 운철이 섞인 병기를 몸에 접촉한 상태에서 운기를 해야 하는데, 가장 좋은 방법이 항상 등의 명문혈에서 중추혈까지의 위치에 접촉시키고 있는 것이지. 그렇게 하면 호흡을 일주천할 때 자연스럽게 소유자의 내기가 병기를 통과하게 되거든. 노부가 고안해 낸 방법이라네."

장건은 등에 병기를 대야 한다는 담청기의 말을 듣는 순간 뭔가가 머릿속에서 아른거렸다. 그러나 그게 무엇인지는 명확하게 떠오르지 않았다.

"그런데 그 운철이라는 게 쉽게 구할 수 있는 물건이 아니지 않습니까?"

"그렇지. 그러나 놈들이 어떻게 그 무기들을 만들었을지 알 듯하이."

담청기가 말을 이었다.

"신검을 만들 당시 태산에서 발견한 운철의 양은 검 한 자루를 만들고도 남을 정도였네. 노부는 검을 만들고 남은 운철을 비밀 창고에 보관해 뒀었네. 신검이 폐기되고 난 후 그 운철들까지 없애야 하나 고민하던 차에 성주가 죽고 성이 극도로 혼란해지면서 노부는 성을 떠나게 되었네. 그리고 그 운철들의 존재를 까맣게 잊어버렸지. 만일 성의 누군가가 그 창고를 찾고 운철이 무엇인지 알았다면, 그 남은 운철로 신검과 같은 효험을 낼 수 있는 그런 검들을 만들었을 가능성이 높네. 노부의 생각 같아서는 수겸이란 놈이 당시 성의 행정을 맡고 있었으니 그놈의 짓일 가능성이 농후해."

"삼귀의 정체도 혹시 짐작하셨는지요?"

장건은 조심스레 물었다.

"그들은 아마도… 성의 암각(暗閣)에 속해 있던 자들일 걸세."

"암각이요? 그런 곳이 있었습니까?"

"그래. 진검성은 정도를 표방했지만 워낙 세력이 크다 보니 어쩔 수 없이 어두운 뒤처리를 해야 하는 경우가 있었지. 그런 일을 전문으로 처리하는 곳이 바로 암각이었네. 암각의 구성원과 활동 내역은 성의 최고위층 외에는 전혀 알 수가 없었지. 삼귀의 무공 수준과 은밀한 행동으로 보건대 그곳 출신들이 군룡전으로 흘러들어 간 게 분명하네. 노부가 예전에 조휴에게 들은 바로는 암각의 고수 중에도 오행신단을 복용하고 합환의 비술을 시험당한 자들이 있었다고 하네. 그 삼귀란 자들이 불사동에서 완성된 비술에 그토록 욕심을 냈던 것을 보면 그들 역시 군룡전의 인물들처럼 미완성 비술에 희생당해 공력이 소멸되는 부작용을 얻고 있었지 않나 싶네."

"그렇군요."

장건은 고개를 끄덕였다. 이제 지난 십여 년간 천하를 떠들썩하게 만들었던 삼대살수의 정체는 모두 밝혀졌다. 이들은 모두 군룡전에 속해 특정 목적을 가지고 활동해 왔다. 오행신단 복용자만을 노려온 이들의 살행 의도는 과연 무엇이었을까? 장건은 이미 담청기와의 대화를 통해 거의 해답을 구해놓은 상태였다. 그는 이제 그것을 눈으로 확인하려 갈 참이었다.

그때 담청기가 들고 있던 이검을 건네며 말했다.

"한데 원래 검집은 어쩌고 그런 허름한 평범한 가죽 검집을 쓰나? 내 검이 홀대를 받는 것 같아 기분이 좀 그렇군."

장건은 의아한 표정으로 대꾸했다.

"이게 원래 검집이라고 알고 있습니다만? 보석으로 휘황하게 장식된 검집이 하나 더 있긴 하지만 서문 가주의 말로는 그건 나중에 서문세가에서 따로 주문해서 만든 것이고 이것이 진짜라고……."

"그 주문을 받았던 사람이 바로 노부일세. 쯧쯧, 전대 서문 가주가 아들한테 말을 하지 않았던 모양이로군."

담청기는 쓴웃음을 지으며 말했다.

"이 구검은 성주께 진상할 검이었기 때문에 검집도 상당히 공을 들여 제작을 했었지. 검의 예기를 손상시키지 않도록 각별히 신경을 써서 만들었고, 검집 자체에도 특수한 몇 가지 기능을 심어놓았었네. 그런데 앞서 말했듯이 완성하고 보니 검 자체가 노부의 성이 차지 않았고, 그래서 신검을 만들지 않았나? 검을 만들었으니 그에 맞는 검집을 다시 만들어야 했지만 미리 만든 훌륭한 검집이 존재하는 데 구태여 두 번 수고를 할 필요가 없었지. 그래서 구검의 검집을 빼내어 신검의 검집으로 썼네. 한데 그 검집은 신검과 함께 활화산의 분화구 속으로 사라졌지. 한편 구검은 전대 서문 가주의 생일 선물로 전달되었는데, 서문 가주가 검은 좋은 데 검집이 마음에 들지 않는다며 노부에게 좋은 검집을 만들어 달라고 요청을 해왔네. 서문 가주에게는 신세진 일도 있고 해서 신검의 검집과 똑같은 모양과 기능을 갖춘 새로운 검집을 만들어 나중에 보내줬었네."

"그랬군요. 한데 왜 당대 서문 가주께서는 그걸 몰랐을까요?"

"말했듯이 그 검집에는 특이한 기능이 숨어 있네. 그중에는 비상시에 쓸 수 있는 암기와 독 등도 내포되어 있는데, 정통파 검객인 전대 서문 가주는 그 기능을 달갑지 않게 생각하더군. 그래서 자식에게 구구한 설명을 하지 않았을 걸세."

"그랬군요."

장건은 아쉬운 표정을 지었다. 담청기가 만든 물건이라면 예사 기병은 아니었을 것이다. 하지만 그가 이검을 빌릴 당시 검집은 서문세가에 놓고 왔고, 지금의 서문세가는 집마부에 당해 폐허가 되었으니 다시 가봐야 검집이 온전히 남아 있을 턱이 없었다.

담청기는 그의 아쉬워하는 기색을 읽고는 말했다.

"자네가 여기 좀 더 있을 요량이라면 노부가 새로 만들어줄 수도 있겠네만."

애석하게도 장건에게는 그럴 여유가 없었다.

"나중에 부탁드리겠습니다. 아마도… 모든 사건이 끝난 후이겠습니다만."

장건은 떠날 요량으로 탁자에 놓인 병기들을 하나하나 챙기기 시작했다.

"어디로 갈 참인가?"

담청기가 물었다.

"형문산에 가려 합니다."

"형문산? 무림련의 별동대가 그쪽으로 갔나?"

"별동대는 양양과 형문산의 중간 지점인 매양현으로 갔습니다. 그러나 저는 형문산에서 따로 볼일이 좀 있습니다."

장건은 서달룡이 보낸 서신을 통해 북진 세력의 이동 경로를 파악할 수 있었다. 그들은 양양까지의 직진 길이 아닌 다소 비스듬한 경로로 움직이고 있었는데, 장건은 경로를 그린 지도를 보자마자 그들이 왜 그렇게 움직이는 것인지 의도를 간파했다. 양양까지의 예상 경로 중간에 형문산이 걸쳐져 있었던 것이다.

북진 세력은 거기서 완성된 실혼인들을 취하려는 것이었다. 시기적으로 보아도 형문산 흑룡동에서 엿들은 실혼인의 완성 시기와 북진 세력이 그곳에 도착하는 시간이 얼추 일치했다.

"만일 집마부에 실혼인까지 더해진다면 무림련의 승산은 없다고 봐도 무방할 것입니다. 그렇기에 저는 그들보다 먼저 형문산으로 가려는 것입니다."

"가서 실혼인을 파괴하겠다, 이건가? 자네 혼자서?"

"예. 어쩔 수 없는 상황이니까요."

혀를 내두르던 담청기는 갑자기 무슨 생각을 했는지 장건에게 자신을 따라오라 말하고는 오두막을 나섰다.

장건은 시간이 없었지만 순순히 그를 뒤따랐다.

담청기는 오두막 뒤에 있는 지하 창고로 그를 데려갔다.

창고 안에 들어가서 한참 있다 걸어나온 그는 어른 팔뚝만 한 크기의 거무튀튀한 원통을 장건에게 건넸다.

"이게 뭡니까?"

"말보다도 직접 보여주는 게 좋겠지. 따라오게."

담청기는 장건을 이끌고 골짜기 뒤편으로 향했다. 골짜기 끝까지 가서 천관무위진을 벗어나자 초목이 사라지고 암석만 가득한 지역이 나타났다.

담청기는 높은 곳에 위치한 암석 위로 올라섰다.

"줘보게."

장건에게서 원통을 다시 뺏어 든 담청기는 아래쪽을 향해 원통을 내밀었다. 그리고는 손을 들더니 원통의 뒤쪽을 강하게 찍어 눌렀다.

스팡!

검고 동그란 물체가 원통의 입에서 튀어나갔다. 내리막을 향해 하강하던 물체는 중간에 삐쭉 나와 있는 집채만 한 바위와 충돌했다.

그 순간, 천지가 뒤집혔다. 땅이 갈라지고 하늘이 무너져 내렸다.

웬만한 일에는 눈 하나 깜짝 하지 않는 장건이었지만 뒤집혔던 천지가 제 모습을 찾고도 한참 뒤에야 제 정신을 차릴 수 있었다.

"대체… 그 물건이 뭡니까?"

지금 그의 눈앞에는 별천지가 펼쳐져 있었다. 좀 전까지만 해도 삐쭉삐쭉 솟아나 있던 전면의 암석군은 모두 모래로 화한 지 오래였고, 전방 백여 장 가까이가 초토화된 상태였다.

"이건 마탄(魔彈)이란 물건일세."

원통의 입구를 천으로 닦으며 담청기가 말했다.

"강호오대기병에 이은 여섯 번째 신병이라 할 수 있지. 다만 보다시피 위력이 지나친 감이 있어서 실전에서 사용한 적은 없다네."

"지나친 감 정도가 아닌데요."

담청기는 고소를 지었다.

"그렇지. 인명 살상용으로 쓰인다면 사용자는 물론이고 만든 노부조차 지옥에 끌려갈 만한 흉기일세. 게다가 이 정도 폭발력이라면 군부에서 보고만 있을 리 없지 않나. 여러 모로 말썽이 끊이지 않을 물건 같아 만들자마자 폐기해 버렸지. 다른 사람은 물론 성주도 몰랐던 병기일세."

"그런데 그걸 제게 주시려고요?"

"그렇다네."

담청기는 장건에게 마탄의 원리를 설명했다.

"이건 사용자의 장력에 의해 탄약이 발출된다네. 발사되는 마탄은 공의 내부에 호두알만 한 폭약 수십 개가 응집되어 있는데, 이 소형 폭약 한 개 한 개가 진천뢰 수십 발의 파괴력과 맞먹지. 여기서 질문을 하나 함세. 왜 발사 장치를 용수철이 아닌 장력에 의해 발출되게 만들었겠나?"

장건은 잠시 생각하다가 대답했다.

"혹시 소형 폭약의 분산 범위를 조절하기 위함 아닙니까?"

담청기는 흡족한 표정으로 고개를 끄덕였다.

"맞았네. 장력의 수발이 능숙한 고수라면 마탄이 터지는 순간 산개하는 소형 폭약의 분산 범위를 좁게, 혹은 넓게 자유로이 조절할 수가 있네. 분산 범위를 좁히면 개개 폭약의 폭발이 중첩되면서 좁은 지역에서 강력한 파괴력을 발휘하게 되고, 범위를 넓히면 폭발력이 확산되면서 보다 많은 적에게 커다란 피해를 입히게 되는 걸세."

장건은 기발한 원리에 감탄을 금치 못했다.

담청기는 그에게 마탄을 건네주며 말했다.

"자네를 믿고 주겠네만 사용할 때 지켜야 할 조건이 있네. 마탄의 탄약 잔여 량은 단 두 발일세. 되도록 적이라 해도 사람에게 쓰진 말아주게. 가급적 인간을 벗어난 존재에게 사용해 주기 바라네."

"실혼인 말입니까."

"그래, 실혼인. 그리고 아마도… 집마부와 싸우게 된다면 마교의 진전을 이어받은 그들이 무슨 사술을 쓸지 모르네. 자네라 해도 궁지에 몰릴 수 있을 게야. 그때는 망설이지 말고 사용하게."

"명심하겠습니다."

장건은 마탄을 받아 들고 담청기에게 깊은 예를 표했다.

"아, 그리고 마지막 당부를 하자면… 무림련에 가서는 송천운에게 도움을 청하게. 노부의 생각으로는 그게 가장 현명할 듯하네."

담청기의 말에 장건은 안타까운 표정을 지었다. 지난 며칠간 둘은 사건의 해석에서 대부분 의견의 일치를 보았지만 송천운에 대해서만은 평이 엇갈리고 있었다. 그의 도움을 직접적으로 받은 담청기는 송천운을 굳게 믿고 있었지만 장건은 아직 그에 대한 평가를 유보하고 있기 때문이다.

"노사, 그가 사건에서 한발 물러서 있었다고 해도 군룡전에서 관천호와 대적할 수 있는 유일한 인물입니다. 추후의 정황으로만 따져 보면 여전히 가장 강력한 용의자입니다."

"장 공자, 신중하려는 자네의 마음은 이해하지만 거미줄처럼 얽힌 난맥 상황을 자네 혼자서 푸는 것은 무리일세. 게다가 지금은 일촉즉발의 전쟁 상황 아닌가. 노부가 장담하건대 그는 확실하게 믿을 수 있는 조력자일세. 그런 사람을 놓치고 혼자 모든 것을 해결하려 한다면 자칫 범인을 잡을 천재일우의 기회를 놓칠 수 있어."

"…알겠습니다. 고려해 보겠습니다."

장건의 대답은 마지못한 것만은 아니었다. 사실 그 역시 송천운이 범인은 아닐 거란 판단을 하고 있었고, 내심 다른 인물을 염두에 두고 있었다.

기실 진검성이 무너질 당시 성의 권력을 차지하기 가장 용이한 조건을 갖추고 있던 자는 영호세웅이 아닌 송천운이었다. 호적수인 관천호가 크게 다친 상태였고, 영호세웅은 무위로 보나 인맥으로 보나 그의 상대가 되지 않았다. 그가 딴 맘을 먹었다면 그 당시에 손을 쓰는 것이 가장 쉬웠을 것이다. 그럼에도 불구하고 그는 아무 말 없이 성을 떠났다. 이런 정황으로 보면 그는 용의선상에서 적지 않게 떨어져 있는 인물이었다.

관천호가 아니고 송천운도 아니라면 대체 누구인가. 장건은 담청기가 전혀 고려하고 있지 않은 한 명을 생각하고 있었다.

"노사, 저도 마지막으로 하나만 여쭙겠습니다."
"뭔가?"
"영호세웅의 무덤은 어디에 있습니까?"

제5장
장건, 흑룡동에 다시 가다

장건, 흑룡동에 다시 가다

형문산 흑룡동.

"이봐, 사제! 어딜 가는 게야?"

종종 걸음으로 갱도를 걷던 술법사 차림의 사내는 자신을 부른 비슷한 차림의 술법사를 어벙벙한 표정으로 보았다.

"부르셨습니까, 사형?"

"불렀으니 자네가 돌아봤지. 멍청한 표정 짓지 말고 빨리 이리 와. 해야 할 것이 있다고."

"근데 잠시 후 반선께서 오신다고 동굴 입구로 나오라는 명이……."

"알고 있어. 반선 오시려면 아직 삼각은 남았네. 이건 그전에 마쳐야 하는 일이라고."

술법사 사제는 사형의 이끌림을 받으며 그가 있던 벽돌 방 내부로 들어갔다.

방의 내부에는 길다란 석탁이 있고 그 위에는 머리가 반쯤 으스러진 시체가 놓여 있었다.

"이자가 누굽니까?"

"이 친구 멍청하긴! 누구긴 누구야, 어제 혼강암에서 날라온 광염객 주봉 아닌가! 자네 혹시 몰래 마신 술이 아직 들깬 거야?"

"아, 아닙니다."

"아님 됐고, 아무튼 마무리 작업을 해야지. 자, 준비해."

사형 술법사는 말을 마치고는 사체의 목에 두 손을 갖다 댔다.

그는 사제가 여전히 눈만 말똥말똥 뜬 채 가만히 있자 버럭 소리를 질렀다.

"아벽 이놈아! 너 술 마신 거 맞지! 당장 늑골을 누르지 않고 뭐하는 거야!"

아벽이라 불린 사제는 그제야 정신이 든 듯 후닥닥 시체에게 다가서 늑골을 내리눌렀다.

"좋아, 한 번 더!"

아벽은 힘을 주어 시체의 늑골을 거세게 눌렀고, 사형 술법사는 그에 맞추어 시체의 식도 중간을 꾹 눌렀다. 그러자 시체의 입이 벌어지며 아주 작은 단약이 또르르 굴러 나왔다.

"이런 제길! 역시 소문난 고수라 다르군! 오행신단이 절반 정도밖에 남지 않았어."

투덜대는 그는 자신이 든 오행신단을 신기한 듯 바라보는 아벽을 보며 히죽 웃었다.

"왜, 이거라도 먹고 싶냐?"

"아, 아닙니다. 시체에서 나온 것을 어찌……."

"미친 놈, 사대신약에 목을 맨 강호인들이 들으면 네 눈깔을 뽑으려 할 거다. 생각 같아선 내가 먹고 싶은데… 어쩔 수 없이 토(土) 육호에게 줘야겠지?"

"그… 그래야겠죠."

"자, 네가 가서 먹이고 와."

아벽은 냉큼 그가 주는 단약을 받아들고는 문밖을 나섰다.

"빨리 먹이고 와! 반선이 오시자마자 회의를 할 테니!"

"예, 알겠습니다!"

신이 나서 안으로 달려가는 아벽의 눈에는 득의의 빛이 감돌았다.

"그래, 그런 식으로 오행신단을 죽은 시체에서 빼내 실혼인에게 먹여왔던 거로군. 삼대살수가 말이지."

요불반선은 오랜만에 기분 좋은 얼굴로 흑룡동 내로 들어섰다. 그를 기다리고 있던 부하 술법사들이 깍듯이 인사를 했다.

"아아 됐어. 애들은 어떻게 되었나?"

요불반선은 태사의에 앉으며 물었다.

술법사 중 우두머리가 고개를 조아리며 대답했다.

"마지막 네 명이 오늘 아침 오행조화의 방에서 나왔습니다. 그들까지 포함해 스물두 명 전원이 출격 대기 중입니다."

요불반선은 흡족한 얼굴로 고개를 끄덕였다.

"아주 좋아. 양양으로 간 선발대도 무사히 도착했다는 전언이다. 그리고 오늘밤이나 내일 새벽쯤에 호남에서 오는 집마부의 지원군이 여기 도착할 것이다. 우리는 그들과 합류하여 양양으로 간다."

부하 술법사들은 실전에 투입된다는 말에 한껏 고무된 표정을 지었다.

"오행조화의 방에서 완성된 실혼인은 천하무적이다. 그들이 세상에 모습을 드러내는 순간 정파의 잡졸들은 이 반선 어르신을 업신여긴 지난날의 과오를 피바다 속에서 후회하게 될 것이야. 크하하하하하!"

반선은 상상만 해도 통쾌한 듯 앙천광소를 터뜨렸다.

그런데 그때 돌연 말석에서 목소리가 들려왔다.

"주군, 한데 호남의 군룡회 본타에 보낸 애들 열 명은 어찌 되는 겁니까? 본타가 적의 손에 함락되었다고 하는데 시체라도 회수해야 하는 것 아닙니까?"

반선은 흥을 깨진 듯 웃음을 뚝 그쳤고, 그의 주위에 있던 우두머리 술법사를 비롯한 심복들은 어이없는 질문을 던진 말단 술법사를 향해 눈을 부라렸다.

"아벽! 무슨 개소리를 하는 게냐! 본타에 간 놈들은 오행신단도 먹지 않았는데 뭐 하러 회수를 한단 말이냐?"

우두머리 술법사가 버럭 소리를 질렀다.

그러자 질문을 던진 아벽은 겁먹은 표정으로 중얼거렸다.

"그, 그랬군요. 죄송한데 한 가지만 더 질문하겠습니다. 수(水) 일호는 지금 어디 있습니까? 동굴 안에서 찾아봐도 없던데……."

"너 정말 미쳤냐? 네가 직접 양양에 선발대로 보내놓고서 대체……."

아까 그와 대화를 나눴던 선배 술법사가 빽 소리를 지르는 찰나 요불반선이 그를 제지했다.

"잠깐 조용히 해봐."

요불반선은 전에 없이 번득이는 눈으로 말단 술법사를 응시했다.

"본타가 함락된 사실을 내가 통보한 사람은 여기 모인 사람 중에 내 심복 세 명뿐이다. 말단인 아벽 네놈은 알 수가 없는 일이지. 게다가 무의미한 질문으로 뭔가를 유도하고 있다는 느낌이 드는군. 결정적으로 네가 주는 느낌 자체가 술법사의 것이 아니야. 네놈은 아벽이 아니다. 정체가 무어냐?"

아벽은 주눅 들어 있던 표정에서 벗어나 조소를 흘렸다.

"후후. 명불허전이군. 요불반선, 내가 누군가 하면… 일전에 여기 한 번

들렀던 사람이다."

그 말에 요불반선 이하 술법사들의 눈에 경악의 빛이 흘렀다.

"여기 들렀다면……!"

"설마 그때 그 괴물?"

극비지역인 흑룡동에 왔다 간 외부인은 단 한 명뿐이었다. 당할 자가 없으리라 믿었던 실혼인들의 포위망을 뚫고 나간 정체불명의 초고수가 유일무이한 한 명이었다.

요불반선의 입가에 살기 어린 흥소가 흐르기 시작했다.

"크크크, 이거야 백방으로 수소문해서 찾고 싶던 놈이 품 안으로 뛰어들어온 격이 아닌가. 아가야, 수겸에게 여차저차한 놈이 있었다고 하니 생각나는 애송이가 하나 있다고 하더구나. 네가 바로 그놈인가? 풍파투도?"

아벽은 웃으며 고개를 끄덕였다.

"정확히 맞았어. 수겸은 역시 똑똑한 친구로군."

"애송이, 수겸에게 듣자 하니 제법 한가락을 갖춘 모양이다만 여기는 시건방이 통하는 구역이 아니다. 한 번은 운이 좋아 빠져나갈 수 있었을지 몰라도 두 번은 불가능할 것이다."

요불반선이 냉기가 뚝뚝 떨어지는 어투로 말했다.

"왜 그렇게 확신하시나?"

"넉 달 전의 우리 애들과 지금의 애들은 아예 다른 존재라 할 수 있고, 무엇보다도…… 바로 이 반선께서 계시기 때문이다."

때문이다의 '다' 가 끝남과 동시에 요불반선은 앉아 있던 자리에서 뛰어올라 말석의 말단 술법사, 풍파투도에게 기쾌한 일장을 날렸다.

퍼엉!

풍파투도가 앉아 있던 의자는 박살이 나더니 이내 가루로 변해 바닥에 흩뿌려졌다. 풍파투도는 어느새 자리를 벗어나 동굴 안으로 내달리고 있었다.

"멍청한 것! 제 발로 호랑이 아가리에 뛰어들고 있군."

요불반선은 비웃음을 흘리며 술법사들에게 외쳤다.

"아이들을 전부 깨워라! 첫 실전은 저 미꾸라지와 치르겠다!"

명을 받은 술법사들은 장건이 사라진 내부로 들어가며 각자 지니고 있는 방울, 피리, 또는 주문 외우는 등의 소리를 내며 내부의 실혼인들을 깨우는 신호를 했다.

흑룡동 안쪽으로 들어선 장건은 바깥에서 들려오는 여러 소리들을 인지하고는 걸음을 멈췄다. 그 소리들이 무엇을 부르는지를 알아차렸기 때문이었다.

잠시 후, 오행의 방에서 실혼인들이 소리에 이끌려 그가 서 있는 위치까지 걸어나왔다. 장건은 그들이 정확히 스물두 명이라는 것을 익히 알고 있었다. 요불반선의 회의에 참석하기 전에 미리 탐색을 했었기 때문이다.

애석하게도 그가 찾고 있는 수 일호, 증소진은 여기에 없었다. 그래서 좀 전에 다른 술법사에게 그가 어디에 있는지 대답을 유도했던 것이다.

'차라리 잘된 일인지도 모르지.'

증소진이 없는 이상 이들을 처단하는 데 망설일 것은 없었다.

장건은 그를 인지하고 다가오고 있는 실혼인들을 향해 거무튀튀한 원통을 겨누었다.

그리고, 마탄이 발사되었다.

*　　　　*　　　　*

쿠웅―

몸까지 흔들리게 만드는 육중한 소리였다. 진원외는 소리에 놀라 눈을 떴다.

지금의 울림은 단순한 소리가 아니었다. 분명 몸이 흔들렸다. 저 땅 속 깊은 어딘가에서 뭔가 커다란 충격이 있는 느낌이었다.

"지진인가?"

진원외는 다시 감기려는 눈을 억지로 크게 뜨고는 주변을 살폈다. 어두컴컴한 뇌옥 안이라는 것은 잠들기 전과 다를 바가 없었지만 중대한 변화가 있었다. 정말 지진이라도 난 듯 측벽이 크게 갈라졌고, 통나무를 엇갈려 짠 뇌옥의 창살 역시 비틀려 버려 몸이 멀쩡한 상태였다면 한 대 쳐서 무너뜨릴 수 있겠다는 느낌이 들었다.

투두둑!

금이 가 있던 천장의 일부가 바닥으로 추락했다. 다리가 불편한 진원외였지만 민첩하게 몸을 굴려 떨어져 내리는 돌을 피했다.

창살 밖에서는 간수들이 부산을 떨고 있었다. 형문산에 지진이 난 거라면 지하에 위치한 뇌옥은 언제 붕괴될지 모르는 위험한 지역이었다. 간수들은 신변에 위협을 느끼는 듯 우르르 입구 쪽으로 몰려가고 있었다.

진원외는 제대로 움직여지지 않는 두 다리를 열심히 놀려 창살 밖으로 머리를 디밀었다. 크게 외쳐 간수를 부르려 했지만 이내 마음을 바꾸고는 내밀었던 머리를 도로 집어넣었다. 지금 같은 상황에서 자칫 섣부른 행동을 했다가는 횡액을 당할 수도 있겠다는 판단이 들었기 때문이다. 죄수 관리와 목숨 중에 택일을 해야 하는 상황이라면 간수들은 당연히 후자를 택할 것이다. 고로 자신들의 발을 묶는 죄수가 있으면 망설이지 않고 살수를 쓸 위험성이 있었다.

진원외의 인내는 현명한 선택이었지만 목숨을 구제해 줄 정도는 아니었다. 뇌옥 밖으로 도망치던 간수 중에도 그와 비슷한 생각을 한 자가 있는 듯, 몇몇 간수가 돌아오더니 뇌옥 문을 열고 죄수들에게 칼부림을 하기 시작한 것이다. 뇌옥을 방치하느니 말끔히 처리하고 자리를 뜨겠다는 의도임이 분명했다.

입구 쪽 방의 죄수들의 비명이 들려왔다.

진원외는 입술을 깨물었다. 비명 소리는 점점 크게, 그리고 가깝게 다가오고 있었다.

'이대로 끝인가.'

원통했다. 죽음은 두렵지 않았지만 군룡회에 속절없이 쓰러진 사문을 일으켜 세우지도 못하고 최후를 맞아야 한다는 것이 너무도 분했다.

그때 무슨 소리가 뒤에서 들려왔다. 죄수들의 비명 소리가 공명하는 것인가 싶었는데 귀를 기울여 보니 누군가가 부르는 소리였다.

"이보시오! 여길 보시오!"

진원외는 소리가 들리는 방향으로 눈을 돌렸다. 목소리는 갈라진 측벽의 틈에서 들려오고 있었다.

진원외는 비치적거리며 그곳으로 향했다. 갈라진 틈에서 한 사내의 얼굴이 아른거렸다. 컴컴해서 윤곽밖에 보이지 않았지만 번득이는 두 눈동자만은 또렷이 보였다.

"뉘시오?"

진원외의 물음에 대답이 돌아왔다.

"지금 통성명이 중요한 게 아니잖소. 죽기 싫으면 이쪽으로 넘어오시오."

"거길 가봐야 뭐하겠소? 죽음이 방 한 칸만큼 늦춰지는 것뿐인데."

"그럴 수도 있겠지. 그러나 이쪽으로 넘어오면 최소한 싸우다 죽을 수는 있소."

"싸울 수 있는 방법이 있단 말이오? 이 몸으로?"

"그렇지 않다면 내가 뭐 하러 당신을 불렀겠소?"

그 말에 진원외는 지체없이 벌려진 틈으로 몸을 집어넣었다. 공력은 폐쇄되고 양다리가 불편하여 잘 걷지도 못하는 상태였지만 앉아서 죽음을 기다리는 것 외에 다른 선택을 할 수 있다는 말에 주저없이 움직인 것이다.

벽을 통과해 옆방으로 들어선 진원외는 비로소 자신을 부른 사내를 제대로 볼 수 있었다.

사내는 갓 사십쯤 되어 보이는 장년인이었고, 외팔이였다. 하나밖에 없는 손으로 움켜잡고 있는 것은 굵은 쇠몽둥이였다.

"당신도 하나 집으시오."

사내의 턱짓을 따라가 보니 바닥에 쇠몽둥이 몇 개가 굴러다니고 있었다. 자세히 보니 그것들은 몽둥이가 아니라 부서진 창살 조각들이었다. 지진 때문에 쇠창살이 뒤틀리면서 조각 몇 개가 바닥으로 떨어져 내렸기 때문이다.

진원외는 이 뇌옥의 끝 방이 무림 고수를 가두기 위해 특별히 제작된 감옥이라는 것을 기억해 냈다. 그렇기에 다른 방들과 달리 나무가 아닌 강철로 된 창살이 설치되어 있었다.

진원외는 사내의 정체가 더욱 궁금해졌다. 그가 투옥될 때만 하더라도 이 방은 비어 있었다. 이 사내는 한 달 전쯤 뇌옥 밖이 무척 소란스러웠을 때―간수들의 말을 엿들은 바에 의하면 천의문에 주둔하고 있던 군룡회의 병력 전체가 양양을 향해 출발했다는 그때―외부에서 들어온 죄수임이 분명했다. 주둔 병력이 움직였다는 것은 그들을 지휘할 군룡회의 수뇌진이 왔었다는 뜻이고 이 사내가 그들이 데려온 죄수라면 평범한 인물은 아닐 거란 생각이 들었다.

그러나 지금은 사내의 정체를 아는 것보다 훨씬 더 중요한 문제가 닥쳐오고 있었다. 죄수들의 비명은 이제 바로 옆에서 들려오고 있는 상태였다.

진원외와 사내의 눈이 마주쳤다. 이전에는 어땠을지 몰라도 약물로 무공이 전폐된 지금의 몸 상태로 둘이 정면으로 덤벼봐야 간수 한 명을 당해내기 어려운 형국이었다. 사내가 제대로 서 있기도 어려운 진원외를 자신의 방으로 불러낸 것은 간수의 의표를 찌르려는 의도였으리라. 사내의 의중을 알아챈 진원외는 즉시 상황에 알맞은 행동을 실행했다.

덜컹!
쇠창살 문이 거칠게 열어젖혀졌다.
"이놈이 마지막인가?"
"응, 옆방 놈은 무너진 천장에 깔린 모양이니 이놈만 죽이면 돼."
문을 박차고 먼저 들어온 간수의 질문에 뒤따라 들어온 간수가 대꾸했다.
외팔이 사내는 막 잠이 깬 듯 덮고 있던 이불을 반쯤 들춘 채 어리둥절한 눈으로 들어온 두 간수를 쳐다보았다.
선두의 간수가 외팔이의 어리벙벙한 표정을 보고는 피식거리며 들고 있던 칼을 쳐들어 그의 정수리로 내려쳤다.
군더더기없는 일초였으나, 칼이 베어낸 것은 들어올려진 이불뿐이었다. 이불로 시야가 가린 간수가 어리둥절해하는 순간, 그의 명치에 뾰족한 것이 들이 박혔다.
"컥!"
외팔이의 쇠몽둥이가 간수의 명치를 정확하게 찔렀다. 급소를 정통으로 가격당한 간수는 숨이 막히는 비명과 함께 쓰러졌다.
"이놈이!"
후위의 간수가 뜻밖의 상황에 놀라면서도 즉시 외팔이에게 다가서며 칼을 휘둘렀다. 그러나 그의 칼 역시 목표한 대상에까지 도달하지 못했다. 어두운 한쪽 구석에 몸을 웅크리고 숨어 있던 진원외가 몸을 날려 그의 등에 있는 급소를 정확히 찍어버렸기 때문이었다.

두 간수는 나무토막처럼 쓰러졌고, 진원외와 외팔이는 둘의 칼을 빼앗은 다음 감옥 밖으로 나섰다.

"걸을 수 있겠소?"

외팔이는 절뚝거리는 진원외를 걱정스레 바라보며 물었다.

진원외는 고개를 저었다.

"걸을 순 있지만 당신과 보조를 맞추기는 무리요. 먼저 가시오."

외팔이는 혀를 차며 말했다.

"이 반설우가 함께 싸운 동료를 내버리고 혼자 내뺄 졸장부로 보이시오? 죽을 땐 죽더라도 같이 행동합시다."

그는 하나밖에 없는 팔로 진원외를 부축하고는 뇌옥의 입구로 향했다.

진원외는 외팔이의 이름을 되뇌다가 목소리를 높였다.

"반설우? 당신이 절정일검 반설우요? 성검회 십대검객 중의 하나인?"

"그런 셈이오. 이제 팔도 없고 하니 십대검객은 아니겠지만서도."

외팔이, 반설우는 침울하게 대꾸했다.

드드드드드—

지진에 지반이 큰 충격을 받은 듯 뇌옥은 끝에서부터 서서히 붕괴되고 있었다. 둘은 부랴부랴 움직여 내부가 완전히 무너지기 전에 입구로 통하는 계단까지 도달할 수 있었다.

다행히 뇌옥 입구의 문은 활짝 열려져 있었다. 둘은 부단히 발을 놀려 무너지기 시작하는 계단을 올라 입구 밖으로 뛰쳐나갔다.

*   *   *

"대체……."

요불반선은 새하얗게 질린 얼굴로 중얼거렸다.

"이게 어떻게 된……. 일이지?"

그의 눈앞에 보이는 광경은 믿을 수 없을 정도로 끔찍했다.

오행의 방이 위치해 있던 갱도는 처참하게 무너져 있었다. 단순히 갱도만 무너진 것이 아니었다. 금강불괴의 몸과 절정고수의 무공을 갖췄다고 자부했던 그의 역작 실혼인들이 갈가리 찢어진 육편이 된 채 동굴 바닥을 굴러다니고 있었다.

"무슨… 무슨 일이 일어난 게야!"

그는 절규했다. 옆에서는 얼굴이 새파래진 술법사들이 열심히 법문을 외우고 있었지만 실혼인의 반응은 전혀 돌아오지 않고 있었다. 실혼인이 전멸하지 않고서야 있을 수 없는 일이었다.

"풍파투도! 풍파투도 이놈! 어디 있는 거냐! 당장 나와라, 이놈!"

요불반선은 눈이 뒤집힌 채 소리를 질렀다. 마구잡이로 휘두르는 그의 두 손에서 무시무시한 장력이 뻗어 나와 동굴 벽과 바닥을 후려쳤다.

"나와라, 이놈! 당장 나와!"

공허한 그의 외침이었지만 어디선가 대답이 들려왔다.

"나를 찾나, 요불반선?"

"이놈!"

요불반선은 괴성을 지르며 소리가 난 쪽으로 장풍을 날렸다.

"끄악!"

장풍에 맞고 비명횡사한 것은 풍파투도가 아니라 열심히 법문을 외우고 있던 그의 부하 술법사였다.

"끌끌끌, 어딜 치는 건가, 요불반선. 난 여기 있네."

"노옴!"

다시 장풍이 날았고, 애꿎은 술법사 두 명이 피떡이 되고 말았다.

풍파투도의 조롱은 사방에서 들려왔고, 눈이 뒤집힌 요불반선은 정신없이 장력을 날렸다.

요불반선이 간신히 정신을 차렸을 때 갱도 안에 제 발로 서 있는 자는 그 자신뿐이었다.

그는 당황하여 주변을 살폈다. 처음에 흥분하여 부하 셋을 쳐죽이긴 했으나 그 다음에 사람을 친 기억은 없었다. 한데 부하들이 왜 모두 쓰러져 있단 말인가?

그때 그의 코에 비릿한 냄새가 느껴졌다. 머리가 어지러웠다.

'독!'

그리고 보니 갱도 내의 공기 색깔이 흐릿하게 변해 있었다. 교활한 놈이 자신을 흥분시키고 독을 살포하여 부하들까지 쓰러뜨린 것이었다.

"제미랄 것!"

요불반선은 숨을 멈춘 채 갱도 밖으로 내달렸다. 더 이상 놈의 의도대로 움직일 수는 없었다.

그런데 그가 밖으로 나가려고 몸을 반대편으로 돌리는 순간, 은빛의 한 가닥 선이 그의 복부를 휘감았다. 요불반선은 애석하게도 그것을 보지 못했고, 앞으로 내달리던 그의 몸은 은빛의 선에 걸려 두 동강이 나고 말았다.

촤악!

번천제룡환에 묻은 피를 털어낸 장건은 흑룡동의 다른 길로 들어섰다. 그가 들어선 통로는 산 반대쪽에 위치한 천의문 지하에 있는 오행조화의 방과 연결되어 있었다.

좀 전에 마탄이 일으킨 폭발의 여파인 듯 통로의 요소요소가 붕괴되어 있었다. 장건은 어렵사리 좁아진 길을 뚫어가며 천의문 지하까지 도달했고, 부엌 창고를 통해 지상으로 나올 수 있었다.

지상의 연무장으로 나오자 뇌옥 방향에서 열 명 남짓한 사람이 급하게 달려나오고 있는 것이 보였다. 장건은 잠시 벗었던 술법사의 인피면구를 뒤집어쓰고는 그들의 뒤를 소리없이 따랐다.

제6장
장건, 진면목을 보이다

장건, 진면목을 보이다

　　　　　　진원외와 반설우는 차가운 공기를 맞으며 무너지
는 뇌옥 밖으로 빠져나왔다.

　둘은 조심스레 움직이며 주변을 살폈다.

　반설우가 의아한 표정으로 말했다.

　"기이하군. 다 어딜 간 거지? 천의문을 벗어나 도망쳐야 할 정도의 큰 지
진은 아니었잖소."

　지하뇌옥에서와는 달리 지상에는 지진의 흔적이 보이지 않았다. 그럼에도
불구하고 사람의 모습이 보이지 않는다는 것이 이상했다.

　"저간의 사정이야 어쨌든 우리 입장에서는 잘된 일이오. 일단 산문 밖으로
나갑시다. 들키지 않고 장강 변까지 이동할 수 있는 지름길을 알고 있소."

　진원외가 말했다. 둘은 연무장을 가로질러 정문까지 힘겹게 움직였다.

　둘 다 몸이 정상이 아닌지라 거동이 불편했고 그로 인해 이동 속도가 매우
더뎠다. 걷고 있는 새에 적이 나타난다면 꼼짝없이 당할 형국이었지만 다행

히 정문에 도달할 때까지 적의 모습은 코빼기도 보이지 않았다.

정문이 다가오자 둘의 얼굴에 희망의 빛이 떠올랐다. 두 사람이 막 문 앞에 도달한 찰나, 비스듬히 열려 있던 정문이 활짝 열렸다. 그리고 십수 명의 인물들이 저벅저벅 걸어 들어왔다.

밝아지던 진원외와 반설우의 얼굴에 암담한 빛이 떠올랐다. 들어온 자들은 한눈에 보기에도 비범한 무공을 갖춘 고수들이었다. 그들 중 단 한 명만 들어왔더라도 둘이 당해내기에는 벅찬 상대들이었다.

"이놈들은 뭐야?"

들어온 자들 중 선두에 선 기골이 장대한 자가 물었다. 그는 억양이 독특한 것이 중원 사람이 아닌 듯 보였다.

정문을 활짝 연 것은 뇌옥을 지키던 간수장이었다. 그는 죄스러운 듯 머리를 조아리며 대꾸했다.

"뇌옥에 가둬놨던 죄수들이옵니다."

"그런데 왜 여기 나와 얼쩡이고 있는 겐가?"

"그것이… 좀 전에 지진이 있었는데 그 틈을 타 빠져나왔나 봅니다."

"군룡회 기강이 아주 볼 만하군. 땅 좀 잠깐 흔들렸다고 죄수들이 탈옥하게 내버려 둔단 말이냐?"

"죄, 죄송합니다. 즉시 처분하겠습니다."

간수장은 하얗게 질린 낯빛으로 대꾸하고는 이를 갈며 진원외와 반설우 앞에 섰다. 그는 둘에게 음침하게 속삭였다.

"날 이렇게 망신을 주다니. 맘 같아서는 죽지도 살지도 못하게 만들어주고 싶지만 운이 좋았다. 단 칼에 끝내주마."

진원외는 암담한 표정을 지었다. 간수장은 제법 무공이 뛰어난 고수로, 지금 몸 상태에서 저항할 수 있는 상대가 아니었다.

간수장의 칼이 번득이려는 찰나 반설우가 손을 휘저으며 말했다.

"이봐, 잠깐. 기껏 몇 달씩 가둬놓더니 이제 와서 죽이겠다고? 우리가 아깝지도 않나? 성검회 십대검객과 천의문주 정도 되면 제법 쓸 만한 인질이잖나."

간수장은 코웃음을 쳤다.

"어제까진 그랬지. 그러나 지금은 아니야. 오늘 이 자리에 개서추 대협이 도착하신 이상 전쟁의 전세는 우리에게 완전히 넘어왔다고 해도 과언이 아니다. 고로 관리하기 귀찮기 만한 너희 인질들은 아무 쓸모가 없어져 버렸다."

진원외와 반설우의 눈이 커졌다.

"개서추? 저자가 집마부 부부주인 혈염신마 개서추란 말이냐?"

"그렇다. 이제 알았으면 죽어라!"

간수장의 칼이 둘의 목을 향해 움직였다. 그 순간, 뒤에서 다급한 음성이 들려왔다.

"간수장님! 손을 멈추세요!"

간수장은 인상을 쓰며 칼을 멈췄다. 소리를 지른 자는 개서추의 옆에서 안내를 하는 듯 보이던 술법사 차림의 사내였다.

간수장은 성난 목소리로 말했다.

"뭔가, 아벽?"

젊은 술법사는 손을 비비며 말했다.

"반선님이 말씀하시길 두 세력이 힘을 합쳐 양양으로 출발하는 경사스런 날이니 행여 불미스러운 일이 없도록 하라 하셨습니다. 손님들이 도착하기 전이면 모를까 이렇게 오신 상황에서 피를 보는 것은 좋지 않습니다."

간수장은 짜증스러운 표정으로 말했다.

"그럼 어쩌라고? 이놈들을 모셔가기라도 하잔 말인가?"

"그 비슷합니다. 일단 데리고 여길 뜬 다음 내일 밤쯤에 한적한 곳에 가서 처단하면 아무 문제가 없을 겁니다."

다른 사람도 아닌 술법사의 말이었다. 간수장은 찜찜한 표정으로 개서추의 눈치를 살폈고, 개서추는 고개를 끄덕였다.

"이 친구 하라는 대로 하게. 그건 그렇고 아벽이라 했나? 자네가 시키는 대로 했으니 어서 요불반선을 모셔오게. 반선께서 번잡한 것을 싫어하신다 하기에 고위 간부만 올라왔으니 빨리빨리 인사를 마치고 산 밑에 우리 군사들과 합류하자고. 양양으로 가자면 시간이 없어."

아벽이라 불린 술법사는 고개를 깊이 조아리며 말했다.

"반선께선 세속의 번잡한 예를 경멸하십니다만 영웅호걸과 벗하기를 마다하지 않으십니다. 아무리 시간이 촉박하다 해도 차 한잔 곁들이며 속 깊은 대화를 나눌 시간을 있으시리라 사료됩니다. 반선께서는 본관 취의청에 다과를 준비하고 기다리시는 중입니다. 개 대협께서는 부디 호의를 거절치 마시고 잠시만 반선과의 교제를 나누시길 부탁드립니다."

개서추는 떨떠름한 표정을 지었지만 요불반선의 호의를 거절하기는 어려운 듯 본관으로 발길을 향했다.

진원외와 반설우 앞에 있던 간수장은 개서추들의 뒤를 따라 본관으로 걸어가는 아벽을 다급히 붙잡았다.

"이보게, 아벽. 대체 어떻게 된 일이야? 그래도 내가 현재 천의문 책임자인데 반선께서 흑룡동이 아닌 이곳에 다과를 준비하고 계신다는 말을 듣지 못 했네."

아벽은 아차 싶은 표정으로 말했다.

"제가 주방에만 말을 하고 간수장님께 말씀드리는 것을 깜빡했군요. 여기 있지 마시고 저와 함께 가시지요. 간수장님 자리도 마련되어 있습니다."

"그, 그런가?"

의혹이 가득하던 간수장의 얼굴이 환해졌다. 그는 부하 두 명에게 진원외와 반설우를 맡기고는 아벽의 안내를 받으며 뛸 듯이 본관으로 향했다.

본관 안으로 들어서는 사람들의 뒷모습을 바라보며 진원외가 걱정스럽게 말했다.

"개서추에 요불반선까지… 군룡회가 대체 어떻게 저런 자들을 끌어들였는지 믿어지지 않는군."

반설우가 대꾸했다.

"군룡회가 끌어들인 게 아니오."

"그래요? 군룡회 말고 또 뭐가 있는 거요?"

진원외의 질문에 반설우는 무거운 낯으로 고개를 끄덕였다.

"있지요, 상상할 수 없는 거대한 배후가. 빌어먹을! 여길 빠져나갈 수만 있다면……."

반설우는 분이 치미는 듯 욕설을 내뱉었다. 그러자 그의 옆에 있던 간수가 그를 발로 차서 쓰러뜨렸다.

"조용히 해!"

그러나 상황은 그의 의도대로 흐르지 않았다. 반설우는 입을 다물었지만 본관 쪽이 갑자기 소란스러워졌다.

"무슨 일이지?"

간수들은 의아해하며 본관 쪽을 바라보았다.

"싸움이라도 난 건가?"

소음에 이어 비명인지 고함인지 모를 소리도 들렸다.

두 간수는 불안한 얼굴로 서로를 바라보았다.

"어떻게 하지?"

"가봐야 하나?"

둘은 마땅히 뾰족한 대응법을 찾지 못했다. 설사 싸움이 일어났다고 해도 기라성 같은 고수들이 있는 현장에 가봐야 그들이 도움이 될 것도 아니었다.

그러는 사이 소음이 그쳤다. 둘은 안심과 의혹이 뒤범벅된 표정을 지었다.

그때 본관 쪽에서 누군가가 나타났다. 그는 간수들과 두 죄수가 있는 장소로 빠르게 달려왔다. 아벽이었다.

"아벽, 대체 무슨 일인가?"

간수들이 다가오는 아벽에게 물었다.

아벽은 간수들앞에 멈춰서는 숨을 헐떡이며 말했다.

"헉… 헉… 두 분 빨리 가보셔야겠습니다."

"대체 무슨 일인데?"

"큰일은 아니옵고… 개서추 대협과 반선께서 실혼인의 무공 수위를 논하시다가 언성을 높이셨습니다. 결국 개 대협 측 고수 한 명과 실혼인 한 명의 간이 비무가 벌어졌는데… 실혼인을 상대한 고수가 죽고 말았습니다."

"저런! 그런 일이 있었군. 그런데 왜 우리보고 오라는 겐가?"

"거기 있는 사람 중 최 말단이 간수장님인데 그분이 시체를 치울 수야 없지 않습니까? 그러니 두 분이 가서 그 일을 좀 하시랍니다. 여긴 저보고 지키라 하셨고요."

간수 둘은 궂은 일 때문에 불리운 것이 마음에 안 드는 듯 투덜거렸지만 결국 본관 쪽으로 발걸음을 옮겼다.

아벽은 달려가는 둘을 묘한 웃음기를 띤 채 바라보다가 돌연 손가락을 두 번 튕겼다. 그러자 달려가던 간수 둘은 약속이라도 한 듯 동시에 쓰러졌다.

진원외와 반설우는 그가 암기를 날렸다는 것을 알아차렸다.

아벽은 둘에게로 다가와서는 말했다.

"두 사람 다 괜찮소?"

진원외는 그의 목소리가 갑자기 달라졌음을 느꼈다. 왠지 모르게 귀에 익은 소리였다.

"넌 누구냐?"

반설우가 의혹 어린 음성으로 물었다.

"성검회 십대검객이오."

"뭐라고?"

"당신이 빠진 자리를 요번 시험에서 메운 사람이오. 통성명은 나중에 하고 일단 여길 빠져나갑시다. 밑에 있는 집마부 놈들이 언제 올라올지 모르니."

반설우는 어리둥절한 표정을 지었고, 진원외가 물었다.

"저 안에 들어간 자들은 어떻게 된 건가?"

"다 죽었소."

"……!"

두 사람은 입을 딱 벌렸다. 혈염신마 개서추와 요불반선만 해도 천하십대 고수로 꼽히는 고수였다. 거기에 집마부의 절정고수 십여 명과 요불반선이 데리고 있었을 실혼인까지 있었을 터인데 불과 일 다경도 되지 않는 시간에 그들을 다 죽였다고?

"대체 무슨 말도 안 되는 연극을 하려는 거냐? 우리에게 뭘 얻고자 하는 수작을 부리는 거라면 당장 집어치워라!"

반설우는 어이가 없는 듯 소리를 질렀다.

반면 진원외는 왠지 모르게 앞에 있는 술법사의 말이 믿겨졌다. 이전에 만났던 한 사람이 이처럼 말도 안 되는 일을 자주 벌이는 것을 눈앞에서 보았었기 때문이다.

"자네… 혹시 장 소협……?"

아벽은 두 손으로 얼굴을 비비적거렸다. 그의 두 손이 얼굴에서 떨어지자 진원외는 낯익은 얼굴과 대면할 수 있었다.

"눈치가 많이 늘었구려, 진 대협."

진원외는 환하게 웃으며 대답했다.

"그간 고생을 오지게 한 덕택일세.

　　　　　　*　　　　　*　　　　　*

　반우재는 힘겹게 눈을 떴다. 눈을 덮고 있던 눈꺼풀은 마치 천 근이라도 나가는 듯 무겁게 느껴졌다.

　여명으로 느껴지는 어슴푸레한 빛이 가늘게 뜬 눈 안으로 파고들었다. 누군가가 그의 얼굴을 내려다보고 있었다. 해를 등지고 있어서 금방 알아볼 수가 없었다.

　"뉘시오?"

　상대의 대답이 들려왔다.

　"난 범생이라 하오. 당신은 누구요?"

　범생이란 이름은 낯설었지만 왠지 목소리는 귀에 익었다. 반우재는 거부감없이 입을 열었다.

　"난 반우재라 하오."

　문득 가슴에 통증이 느껴졌다. 자신의 입으로 자기 이름을 얘기하는 것이 아주 오래된 것 같은 느낌이었다.

　상대의 안도한 듯한 목소리가 들려왔다.

　"이제 정말로 정신이 든 것 같군요, 반 대협."

　"날 아시오? 난 당신 이름이 낯설은데."

　"조휴라 하면 아시겠소?"

　반우재는 눈을 크게 떴다.

　"조휴? 설마 삼절서생 조휴인가?"

　"그렇소. 오랜만이오, 반 대협."

　조휴란 이름을 듣는 순간 과거의 편린들이 머릿속에 주마등처럼 스쳐 갔다. 진검성 시절에서부터, 성주의 가슴을 꿰뚫었던 자신의 검, 죄책감에 사로잡혀 강호로 뛰쳐나온 기억, 그리고 마주했던 지옥 같은 공포, 광인이 되어 쏘다니다가 어느 동굴에서 맞이했던 끔찍스러운 진실…….

"그래, 그 동굴에 자네도 있었지."

그의 중얼거림을 들은 범생은 반색을 하며 말했다.

"모두 다 기억나시는 모양이구려. 가짜 불사동의 기억까지도……."

"기억나네. 지독하게도 선명히……."

반우재는 말하다 말고 고통스럽게 얼굴을 찌푸렸다. 가슴에 강한 통증이 엄습한 때문이었다. 시선을 아래로 향하게 하고 싶었지만 목이 움직이지 않았다. 그는 간신히 손을 들어 가슴을 만져 보았다. 비로소 자신의 몸 상태를 자각할 수 있었다.

"쇄골이 몽땅 으스러진 모양이군."

혼절하기 직전의 기억이 드문드문 떠올랐다. 관천호를 향해 동귀어진 식으로 달려들었고, 관천호의 초식에 얻어맞고 떠밀려 나가는 찰나 무너져 내리는 바위더미에 머리와 가슴을 얻어맞은 기억, 의식을 잃는 순간 목덜미를 잡아챈 누군가의 손…….

"자네가 날 구했군."

"그러려고 했지만…… 미안하오. 내가 왔을 때는 이미 손을 쓰기에는……."

범생은 어떻게 해서든 그를 치료하려 애쓴 모양이었다.

"되었네. 벌써 한참 전에 죽었어야 할 목숨이네."

죽음에 초연한 듯이 말을 내뱉었지만 부릅뜬 반우재의 눈은 생기가 꺼지기는커녕 원독에 찬 빛으로 타오르고 있었다. 이대로 눈을 감을 수는 없는 사연이 있기 때문이었다.

"조휴…… 우리가 그 동굴에서 만난 게 몇 해 전 일인가?"

"팔 년 전이오."

"그래… 자네와 담 노사가 수고를 했었지. 그때 이후로 무슨 일이 더 있었나? 성주를 죽인 범인을 찾아냈나?"

"반 대협이 그때 어느 정도까지 정신이 있었는지는 모르겠소만…… 당시 군룡전의 소속원들이 말하는 사건의 전모를 듣고 그들에게 손을 대는 것이 무의미하다는 생각이 들었소. 그래서 노사와 나는 그들을 그냥 풀어주었소이다. 그런데 그때 정신을 차린 반 대협이 기관을 작동시켜 동굴을 무너뜨렸지요. 기억 안 나시오?"

"그래, 놈들의 헛소리에 분노하여 기관을 발동시키고 놈들에게 돌격했던 기억이 나는군. 그런데… 자네와 담 노사는 놈들의 말을 액면 그대로 믿었다는 말인가?"

"…전적으로는 아니라도 거의 다 사건에 부합하는 진실인 듯 보였소. 그들은 성주를 배신했지만 성주와 내 사부 역시 그들을 궁지로 몰아넣었으니 전적으로 죄를 추궁할 수 없다 싶어서……."

"바보 같으니! 놈들의 말은 새빨간 거짓말이야!"

"…당시 들기로는 우리가 부분적으로 취합한 증거와 그들의 증언이 거의 일치했소. 그럼 그들이 암살조를 썼고 그것이 실패로 돌아간 후 상처 입은 성주를 죽인 사람은 반 대협이라는 증언이 틀렸다는 말이오?"

반우재는 옛 기억을 떠올리는 조휴의 말에 고통스러운 표정을 지었다.

"그 말 자체는 틀린 말이 아니다. 그러나 관천호와 그 아래 나부랭이 몇몇이 성주를 자살을 택할 수밖에 없을 정도로 궁지에 몰아넣을 수 있다고 생각하나? 그건 말도 안 되는 일이야!"

"반 대협, 당신이 성주를 추앙하는 마음은 알겠지만 관천호는 송천운과 더불어 성주 다음가는 고수였소. 그런 그가 폭룡단을 복용한 다섯 고수와 조이천 등을 대동했다면 성주에게 치명적 상처를 입힐 가능성은 충분히 있었다고 보오만."

"멍청하긴! 자네가 뭘 안다고 그런 판단을 내리는 건가? 성주의 실력은 세간에 알려진 것보다 훨씬 강해! 관천호와 송천운이 같이 덤비고 거기에 나를 비롯한 진검성 오대고수가 모두 합세했다고 해도 성주가 성검회의 무공을 쓴다면 그를 이길 수 없었을 거야!"

조휴는 믿을 수 없다는 표정을 지었다. 그러나 반우재는 자신의 평가가 과대하지 않다는 것을 확신하고 있었다. 성주는 만년에 이르러 공공자란 인물을 만나고 검진비결을 집필한 이후 깨우침을 얻어 실력이 한 단계 더 도약했다. 그 같은 절대고수가 한 수 위의 실력을 갖춘다는 것은 범인이 판단할 수 있는 한계를 넘어서는 일이었다.

"…그럼 대체 누가 성주를 해한 거란 말이오? 반 대협 말대로라면 진검성에는 그럴 고수가 없지 않소? 혹시 성주가 거론했던 공공자란 인물이 그랬단 말이오?"

반우재는 고개를 저었다.

"처음에는 그렇게 생각했었네. 반쯤 미친 채로 성을 뛰쳐나와 몇 날 며칠을 헤매고 다녔을까. 어느 날 술에 잔뜩 취한 채 높은 산의 큰 바위 위에 누워 있는 나 자신을 발견했네. 의식이 돌연 또렷해지면서 성주가 죽을 당시의 상황이 생생하게 기억이 나더군. 당시 너무 당황하여 간과했던 사실들이 선명하게 떠올랐네. 가장 먼저 떠올랐던 것은 성주의 가슴에 난 상처였네."

"상처?"

"그래. 성주가 내 품에 안겨 돌아가실 때, 나는 내 검에 당한 그의 상처를 보려고 상의를 풀어헤쳤었지. 그런데 가슴이 온통 쐐기 모양의 상처로 가득 뒤덮여 있었네. 나와 싸우기 이전에 누군가에게 당한 상처였네."

"그것이 바로 관천호의 암살조가 남긴 상처 아니겠소?"

"아니, 다른 자들이 남긴 상처였다면 내가 즉시 알아보고 어떻게 된 일인지 깨달았을 걸세. 당시 내가 혼란했던 것은 그 상처가 무슨 초식에 의해 생긴 것인지 알았기 때문일세. 쐐기 모양의 상처가 자로 잰 듯이 일정한 간격으로 점점이 새겨지는 것, 그것은 바로 유성도천하란 초식의 특징일세."

"유성도천하라면 성검회의……."

"그렇네. 천하에서 성주 말고는 그 누구도 시전할 수 없는 초식이지. 당시 나와의 비무에서 성주는 내 파훼식에 당하기 위해 일부러 유성도천하를 시전 도중 거두었네. 나는 억지로 거두어진 유성도천하의 강기가 성주 자신의 몸으로 향했고 그 결과 몸에 그런 상처가 남은 거라 생각했었지. 성주 외에는 유성도천하를 시전할 수 있는 사람이 없다고 굳게 믿고 있었고, 워낙 경황이 없었던 터라 깊이 생각하지 않고 내린 결론이었네. 그런데 바위 위에서 그 상황을 반추해 보니 내 결론은 말이 되지 않는 것이었어. 아무리 초식을 중도에 돌렸다고 해도 시전자 자신의 몸에 그렇게 많은 상처가 새겨진다는 것은 있을 수 없는 일이지. 그때서야 나는 성주의 죽음에 음모가 있을 거라 깨달은 걸세."

제 정신이 든 반우재가 찾아간 곳은 공공자란 인물의 거처였다. 공공자는 살아 생전 성주가 유일하게 인정한 호적수였다. 성주의 무위를 누구보다 잘 아는 반우재는 만일 누군가가 성주를 해했다면 천하에 그럴 수 있는 인물은 공공자 외에는 없을 거라 생각했다. 성주와 무공 교류가 빈번하단 얘기도 있었으니 혹여 그라면 유성도천하를 쓸 수도 있었지 않을까 하는 의심도 있었다.

공공자의 거처는 세간에 알려진 바가 없었지만 반우재는 영호진에게 어렴풋이 그가 사는 지역의 위치에 대해 들은 바가 있었다.

기억을 더듬어 그 지역으로 찾아간 그는 뜻밖의 광경을 목도하게 되었다. 낯익은 옷차림의 무사들이 산 하나를 이 잡듯이 뒤지고 있었던 것이다.

"다름 아닌 진검성의 무사들이었네. 나는 그들의 눈을 피해 산 안으로 잠입했지. 그 산에 공공자의 거처가 있다는 것을 알고 있기에 성의 무사들이 거기에 과연 왜 나타난 것인지 알고 싶었네. 무사들의 눈을 피해 산 깊숙한 곳으로 한참 들어갔을 즈음, 길가에 앉아 쉬고 있는 듯 보이는 노인이 한 명 있더군. 약초꾼처럼 보이는 그 노인은 폐렴이라도 있는지 기침을 콜록이고 있는데 입에 댄 손수건에서 피가 배여 나오고 있었네. 난 그 노인에게 가서 물었지. 혹시 공공자란 자가 있는 장소를 아느냐고. 노인은 탐색하는 눈초리로 나를 보더군. 한데 나는 그와 눈이 마주치자마자 그가 공공자라는 것을 깨달을 수 있었네. 그의 눈에서는 절정고수에게서 느껴지는 안광도, 정기도 전혀 찾아볼 수 없었지만 세상을 관조하는 듯한 그 눈빛이 성주의 그것과 너무도 닮아 있기 때문이었지. 그 눈을 보는 즉시 그가 성주를 해하지 않았다는 것까지 직감적으로 알아차릴 수 있었지."

반우재는 먼저 자신의 정체를 밝히고, 노인에게 혹시 공공자가 아니냐고 물었다. 노인은 영호진에게서 그에 대한 칭찬을 자주 들었다면서 간접적으로 자신이 공공자임을 시인했다.

"공공자는 지금 산을 덮고 있는 진검성의 무사들과 동행한 것이냐고 나에게 물었고, 나는 아니라고 하면서 나 역시 그들이 왜 여기 있는 것인지 알고 싶다고 말했네. 공공자는 내가 아무것도 모른다는 것을 알아차리고는 자신에게 닥친 일을 설명해 주었는데, 그 얘기는 충격적이었네."

공공자의 설명에 의하면 당시 산을 뒤덮은 진검성의 무사들은 그를 해하기 위해 온 것이고, 그들을 지휘하고 있는 우두머리는 영호진을 죽인 흉수가 확실하며, 그 흉수는 영호진에 버금가는 무공을 갖추고 있다는 것이었다.

"난 흉수가 성주에 버금가는 무공을 갖추고 있다는 말을 도무지 믿을 수가 없었네. 어째서 그렇게 확신하느냐고 물으니 공공자는 이미 나와 마주치기 이전에 그와 한번 격돌했었다고 하더군. 그가 콜록거리며 피가 섞인 기침을 하던 까닭은 흉수와의 격돌에서 깊은 내상을 입었기 때문이었네. 당시 나는 속으로 생각했지. 흉수가 강하긴 하겠지만 공공자의 판단은 지극히 주관적인 것이고, 그와 흉수가 동수일지는 몰라도 성주에게는 크게 못 미칠 거라고 말일세. 성주를 신처럼 추앙하던 나로서는 감히 성주에 근접하는 무공을 가진 자가 세상에 존재하리라고는 생각할 수 없었네. 그러나 그 믿음은 그때로부터 얼마 지나지 않아 산산조각 나고 말았지."

반우재는 당시 체험했던 공포스러운 기억을 떠올리며 부르르 몸을 떨었다.

"공공자는 자신이 곧 죽을 거라며 죽기 전에 영호진의 복수를 조금이라도 하기 위해 놈을 기다리는 거라 말했네. 놈이 곧 자신을 찾을 거라며 나에게 숨어 있으라고 하더군. 난 그러기 싫었지만 그는 막무가내로 나에게 숨기를 종용했네. 군자의 복수는 십 년이 걸려도 늦지 않다며 나서지 말고 놈의 실력을 똑똑히 지켜본 후 후일을 기약하라는 말에 결국 설득되었지. 내가 숨은 지 얼마 지나지 않아 놈이 나타났네."

조휴가 궁금함을 참지 못한 듯 말했다.

"그가 누구였소?"

반우재는 고개를 저었다.

"몰라. 성의 무사들을 대동하고 나타났으니 당연히 성의 사람이라고 생각했지만, 얼굴도 낯설었고 차림새도 낯설었네."

"변장을 했을 수도 있소. 그렇다 해도 초식을 보고 알 수 있었을 텐데, 다른 사람도 아닌 반 대협이라면."

반우재는 침통한 얼굴로 말을 이었다.

"나도 그럴 수 있다고 생각했지. 그러나 그럴 수 없었네. 놈이 구사한 초식은 단 하나였어. 바로 유성도천하."

"……!"

"그 초식을 보는 순간 놈이 흉수일 것이라는 공공자의 말이 사실이라는 것을 깨달을 수 있었네. 성주의 몸에 쐐기 모양의 흉터를 아로새긴 것은 성주 자신이 아닌 바로 놈이라는 걸! 범인을 눈앞에서 보게 되었지만 나는 온몸을 떨며 개처럼 엎드려 놈의 행동을 지켜볼 수밖에 없었네."

반우재는 당시의 기분을 떠올리자 오한이 치밀어 올랐다. 그는 몸을 떨며 말을 이었다.

"놈의 유성도천하는 완벽했어. 천지를 뒤덮고 공공자를 향해 하강하는 유성우는 성주의 그것보다 완전하게 느껴질 정도였지. 놈은 공공자의 앞서 격돌에서 상처를 입은 것에 화가 난 듯 그 일초로 공공자를 도륙 내려는 의도였던 걸세. 처음의 격돌에서 놈보다 깊은 상처를 입은 공공자는 그 완벽한 유성도천하를 도저히 당할 수 없을 듯 보였네. 그런데 그때 다시 한 번 내 눈을 믿을 수 없는 일이 벌어졌지. 공공자가 내지른 녹이 잔뜩 슨 철도가 자신을 향해 내리 꽂히는 그 무수한 유성우들을 하나하나 소멸시키기 시작한 걸세. 그 유성우 하나하나에 실린 공력이 얼마나 무시무시한 것인가를 누구보다 잘 아는 나로서는 도저히 믿을 수 없는 광경이었네. 철도는 꽂히는 유성우를 절반으로 갈라내며 흉수의 가슴에 빛살처럼 날아갔네. 내 눈에는 철도가 놈의 가슴에 꽂힌 듯이 보였네. 이겼다고 생각하며 숨은 자리에서 벌떡 일어나려는 순간, 공공자의 사지에서 분수 같은 핏줄기가 솟구치더니 잠시 후 그의 육신이 조각조각 육편으로 화해 땅으로 쏟아져 내렸네. 가슴에 꽂힌 듯 보인 철도는 산산조각 난 채로 흉수의 발아래 쏟아졌고."

"흉수가 공공자까지 죽였단 말이오?"

"그랬네. 다만 나중에 그 상황을 반추해 본 결과 흉수의 완벽한 승리라고 할 순 없었네. 멀찍이 숨어서 본 터라 명확히 알아볼 수는 없었지만 놈의 손에 들린 것은 천하에서 손꼽히는 명검이었을 걸세. 유성도천하란 초식은 절세보검이 아니고서는 시전하기 어려운 초식일세. 웬만한 보검으로는 초식을 발현하는 내력을 감당하지 못해 산산조각 날 수밖에 없지. 반면 공공자의 무기는 녹이 슬대로 슨 철도였으니 병기의 우위를 지닌 흉수의 승리로 귀결된 거라 보네. 그 완전한 유성도천하를 거의 완벽히 봉쇄하고 무너뜨릴 뻔한 공공자의 그 초식은, 나에게 희망과 좌절을 동시에 안겨주었네."

공공자는 결국 죽었지만 자신의 목적을 달성한 셈이었다. 흉수는 그의 공격에 큰 충격을 받은 듯 각혈을 다량하며 쓰러졌고, 부하들의 부축을 받고서야 간신히 몸을 일으킬 수 있었다. 반우재는 부하들에게 업히다시피 한 채로 산을 떠나가는 그의 모습을 몸을 숨긴 자세 그대로 옴짝달싹하지 않고 지켜만 보고 있었다.

조휴는 의아한 표정을 지었다. 반우재는 그의 얼굴을 보며 키득거렸다.

"클클클, 자네는 이상하게 생각하겠지. 흉수가 몸을 제대로 가누지 못할 정도로 다쳤는데 왜 내가 가만히 있었을까 하고. 그래, 나중에, 아주 한참 뒤에 생각했네. 당시 내가 나섰다면 그를 죽였을 수도 있지 않을까 하고. 그러나 그때에는 그런 생각은 상상도 할 수 없었네. 내 뇌리 속에는 오로지 그의 완벽한 유성도천하와 또 그런 완전한 초식을 무참히 깨뜨린 공공자의 초식 외에는 아무것도 떠오르는 게 없었어. 내가 도저히 상상도 할 수 없는 경지에 오른 그들을 어떻게 쫓아갈 수 있을까 하는 생각으로 가득 찬 내 머리는 성주의 복수까지도 잊어버리고 있었던 거야. 난 그렇게 자신밖에 몰랐던, 비겁한 나 스스로를 도저히 용서할 수 없었네."

그는 결국 충격과 자책감, 그리고 자신의 한계에 대한 갈등에 시달리다가 광인이 되어 강호를 떠돌기 시작했고, 미쳐 가는 가운데에서도 고수들을 찾아다니며 유성도천하를 깨뜨릴 수 있는 방법을 집요하게 탐구했다.

"강호를 쏘다니며 고수를 찾아 끝없이 초식을 연구했고, 공공자의 초식을 보고 얻은 희망으로 인해 조금씩 조금씩 파훼식의 가능성이 열렸지. 그러나 시간이 갈수록 심해지는 광증(狂症)에 결국 발목을 잡혔고, 어느 날 정신을 잃었다가 깨어나 보니 군룡회의 지하감옥에 갇혀 있더군."

군룡회주 구태진은 성검회주가 될 목적으로 그에게 유성도천하의 파훼식을 내놓으라고 협박했었다. 그는 영호진을 해하는데 동참했던 구태진을 도울 생각이 추호도 없었기에 자신의 연구 결과를 약간 조작하여 그에게 가르쳐 주었다.

"구태진이 어떻게 되었는지 알고 있나?"

조휴가 대답했다.

"소문에 듣기로 죽었다고 하더이다. 군룡회의 지휘권이 수겸에게로 넘어 갔다고 들었소."

"그랬겠지. 하면, 놈을 죽인 성검회의 인물이 바로 그 흉수겠군. 어찌 되었 든 유성도천하를 쓸 수 있는 자가 있기 때문에 놈이 파훼식을 내놓으라고 나 를 협박했을 테니."

조휴는 그를 똑바로 보며 말했다.

"누군가가 그 초식을 온전히 써서 구태진을 죽인 거라면, 범인은 바로 그 이겠지요."

반우재는 갑자기 밭은기침을 토해냈다. 기침 한 번 할 때마다 다량의 피가 튀어나왔다.

조휴는 다급히 그의 가슴에 손을 대고 진기를 주입했다.

반우재는 손을 올려 조휴의 팔을 잡아 자신의 가슴에서 치웠다.

"되었네. 이제 구차한 삶을 끝낼 시간이 온 것 같군. 내말 잘 듣게."

조휴는 반우재가 마지막 유언을 하는 것이라는 걸 직감한 듯 장탄식을 했 다.

"말씀하시오. 경청하리다."

"무산(巫山) 북동편 기슭에 왕호객잔이란 곳이 있네. 객잔 뒤편에 호랑이 바위가 있는데, 그 바위의 꼬리가 가리키는 큰 소나무 밑을 파보면 비급이 하 나 나올 걸세. 그 책에 내가 지난 십여 년간 얻은 무공 심득, 유성도천하의 파 훼식이 적혀 있네. 물론 완성된 것이 아니기에 유성도천하를 완벽히 깨뜨릴 수는 없을 걸세. 그러나 시전자의 능력에 따라 동패구상 이상의 결과를 도출 할 수 있는 초식이니, 만일 자네가 성주의 복수에 아직도 뜻을 갖고 있다면 부디 유용하게 써주길 바라네."

조휴는 굳은 얼굴로 고개를 끄덕였다.

"명심하겠소. 당신의 뜻은 내가, 그리고 천부의 재능을 지닌 한 청년이 이어받겠소. 그러니 걱정 말고 떠나시오."

반우재는 그제야 안심한 듯 눈을 감았다. 그리고 다시 눈을 뜨지 않았다. 그의 얼굴은 한결 편안해져 있었다.

조휴는 반우재의 무덤 앞에 서 있었다. 묵묵히 무덤을 바라보던 그는 무산이 있는 북쪽으로 몸을 돌렸다.

그가 무덤이 있는 숲을 막 벗어났을 때, 그의 품에서 비둘기 한 마리가 솟아올랐다. 비둘기는 북동쪽을 향해 날아갔다.

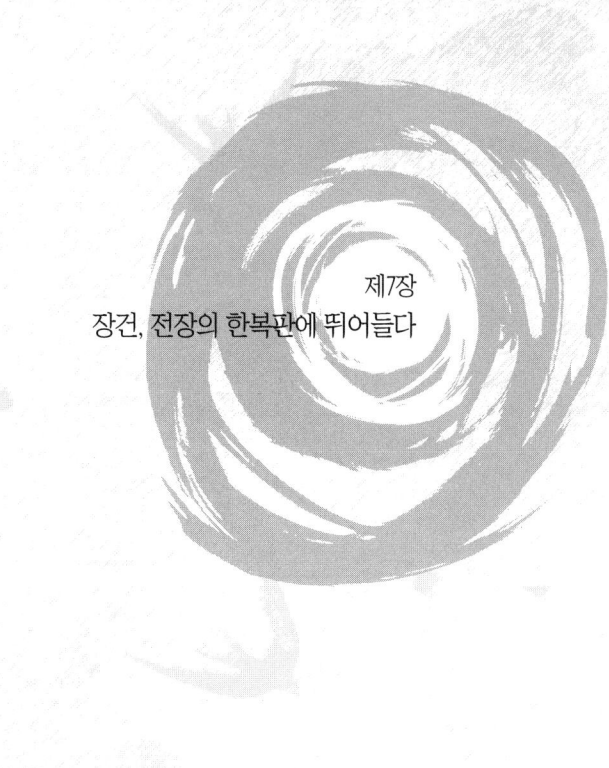

제7장
장건, 전장의 한복판에 뛰어들다

장건, 전장의 한복판에 뛰어들다

호광성 북서부 매양현.

"성검회가 도착했습니다."

"드디어 왔는가!"

무당파의 신검도인 명현자는 반색을 하며 자리에서 벌떡 일어섰다.

"정말 다행입니다. 집마부의 지원군에 앞서 성검회가 오리라고는 기대하지 않았었는데."

그와 함께 있던 화산파 장로 경성자가 환해진 얼굴로 말했다. 두 사람을 비롯한 막사 안에 있던 무림련의 명숙들은 모두 눈에 띄게 밝아진 표정이었다.

잠시 후, 막사의 휘장이 열리고 세 남녀가 안으로 들어섰다. 계피학발의 노인과 젊은 두 남녀였다.

명현자는 노인을 알아보고는 정중히 포권지례를 취했다.

"상산노군을 뵙게 되어 무한한 영광입니다. 여기 별동대의 지휘를 맡고 있는 무당의 명현이라고 합니다."

"반갑소. 성검회의 사좌 대행을 맡고 있는 장후성이오. 신검도인의 명성은 근자에 자주 접하고 있소이다."

흡족한 표정으로 명현자의 인사를 받은 노인은 성검회의 원로 상산노군 장후성이었다. 그와 동행한 것은 팔검단주 반강우와 십검단 부단주 성연희였다. 그들은 양양으로 향하는 성검회 본진과 갈라져서 양양에서 삼백 리 남쪽에 위치한 매양현으로 온 것이었다.

"노부는 행여 무림련과의 합류가 늦지 않을까 노심초사했었는데… 다행히 전투가 일어나지 않았구려."

"저희도 그래서 가슴을 쓸어내리고 있는 중이었습니다."

명현자는 지금 매양현에 주둔해 있는 무림련의 군세를 지휘하고 있었다. 이들의 목적은 북상 중인 집마부의 지원군이 양양의 본진과 합류하지 못하도록 저지하기 위함이었다.

"놈들이 장강변의 형문산에 도착한 것이 어제 새벽이었습니다. 한숨 자고 출발했다 해도 오늘 날이 밝기 전에 이곳을 지나쳤을 것입니다만, 기이하게도 늦은 오후인 지금까지도 나타나지 않고 있습니다."

장후성이 미간을 찌푸리며 말했다.

"혹시 다른 길로 갔을 가능성은 없소?"

"그럴 가능성은 희박합니다. 형문산 쪽에서 양양까지 가장 빠른 직선길이 바로 이 매양현을 지나는 것이니까요. 여길 돌아 다른 길로 가게 되면 이동 거리도 크게 늘 뿐더러 평야 지대를 벗어나게 되므로 행보가 훨씬 늦어질 수밖에 없습니다. 한시라도 빨리 본진과 합류해야 하는 그들 입장에서는 다른 길을 선택하기는 어려울 것입니다."

경성자가 확신에 찬 어조로 말했다.

"기이한 일이군. 그런데 어째서 아직까지 나타나질 않는 것인가."

장후성은 알 수 없다는 듯 수염을 쓰다듬으며 중얼거렸다.

그때 휘장이 걷혀지더니 무당파 복색의 무사 한 명이 안으로 들어왔다. 명현자의 수제자인 완상공자 명한청이었다.

"무슨 일이냐?"

"척후의 보고가 도착했습니다."

"고하거라."

"예, 보고에 의하면 형문산에 도착한 집마부의 지원군은 오늘 이 시각까지도 그곳에 주둔하고 있다고 합니다."

"아직까지 거기 있다고?"

명현자는 이해할 수 없다는 표정을 지었다.

"알 수 없는 일이군. 지난 오 일간 하루에 삼백 리씩을 주파해 온 자들이 이틀 동안 꼼짝도 하지 않다니……."

경성자가 말했다.

"그들이 그곳에 머물러야 할 하등의 이유가 없습니다. 양양의 대치 상황은 일촉즉발입니다. 어젯밤 혹은 오늘 아침에 첫 교전이 있을 거란 예측이 지배적입니다. 현재 양양에 있는 집마부의 본진은 숫자상으로만 보면 우리 측보다 열세에 있으니 지원군이 한시라도 빨리 그곳으로 가야 하는 상황이고, 이때까지는 그러한 목적에 부합되는 빠른 행보를 보여 왔습니다."

현재 양양으로 간 집마부의 본진은 대략 팔백 명, 여기에 형문산 천의문을 점거하고 있다가 앞서 그곳에 합류한 군룡회의 인원이 오백이었다. 반면 무당, 소림, 종남, 화산, 개방의 최정예와 영호, 남궁, 황보, 제갈, 팽가 등 오대세가의 원군은 아직 전검문과 성검회가 합류하지 않았음에도 이천오백을 상회하고 있었다. 물론 무림의 전투이기 때문에 병력만으로 우열을 논하는 것은 어폐가 있었지만 천 명이 넘어가는 집단 전에서 수적 우열은 결코 무시할 수 없는 사항이었다. 그렇기에 본진에 육박하는 머릿수의 집마부 지원군이 그토록 행보를 빨리해 온 것이고, 무림련에서는 어떻게 해서든 그들의 북상을 막으려 하고 있는 것이었다.

"무슨 변고가 있다고밖에 볼 수 없겠구려."

장후성의 말에 모두 동의하는 빛이었다.

성미 급하기로 유명한 개방의 장로 화염개가 말했다.

"대주, 이때가 기회 아닐까요? 여기에서 기다리지 말고 과감하게 형문산으로 가 선제공격을 하는 것이 어떻겠소? 놈들이 문제를 수습하기 전에 말입니다."

책사 역할을 맡고 있는 경성자가 반대했다.

"좋은 생각이 아닙니다. 형문산의 지원군은 천 명 정도로 집마부 본진보다 머릿수가 더 많습니다. 반면 이쪽은 오백입니다. 수적으로도 밀리는 데다가 강서성에서 서문세가와 영호세가의 동맹군을 단숨에 도륙해 버린 그들의 전력을 고려해 볼 때 사소한 문제가 있다 해도 우리가 이길 수 있는 상대는 아닙니다. 본군의 목적이 저들을 무찌르는 것이 아니라 이동을 저지하는 것임을 명심해야 합니다."

화염개는 그의 반대가 못마땅한 듯 큰 머리를 까딱거리며 말했다.

"경성자께선 지나치게 소극적이오. 본 거지는 지금 그들을 무찌르자고 주장하는 것이 아니오. 선제공격을 감행하되 우리의 기동력을 살려 치고 빠지는 전법을 쓰자는 것이지."

그의 말마따나 이곳에 모인 무림련 병력은 경신술이 뛰어난 무인 위주로 편성되어 있었다. 기습 공격 위주로 집마부의 지원군을 괴롭혀 발을 묶어놓으려는 의도로 조직된 병력이기 때문이었다.

막사 안은 의견이 분분해졌다. 공격하자는 쪽과 기다려 보자는 쪽으로 양분되어 논의가 이어졌다. 보통 이럴 경우 대주를 맡고 있는 명현자가 결단을 내려야 하지만 그는 간부진 전체 의견을 수렴하여 결정을 내리려 하고 있었다.

사실 전투에 임하는 부대에서 이런 식의 과정을 거치는 것은 비정상적인 행태라고 할 수 있었다. 이러한 문제가 일어나는 까닭은 강북 무림련이 출범한 지 불과 한 달이 지난 시점이어서 지휘 체계가 명확히 잡혀 있지 않기 때문이었다. 지휘 체계를 확립하는 과정에서 연합한 각 문파의 자존심이 보이지 않게 팽팽히 대립하고 있는 실정인지라 명현자가 아무리 대주 직을 맡고 있다 해도 이렇게 해라 저렇게 해라 자기 마음대로 명령을 내리기가 어려웠다. 그렇기에 큰 결정에 있어서는 일일이 간부진의 의견을 묻는 것이었다.

의견을 취합한 결과 주전론이 다소나마 우세했다. 아무래도 무인들이다 보니 마냥 적을 기다리는 것이 답답하게 느껴졌던 것이다.

"그럼 일단 발이 빠른 무인 위주로 이백 명을 추려 일차 공격을 강행하는 쪽으로……."

의견을 수렴한 명현자가 결론을 막 맺으려는 순간, 화산파 제자 한 명이 막사의 휘장을 찢을 듯이 제치고는 안으로 구르듯 뛰어들어 왔다.

"크, 큰일입니다!"

같은 화산파인 경성자가 눈살을 찌푸리며 말했다.

"침착하라! 무슨 일이냐?"

"야, 양양 외곽 평야에서 첫 교전이 있었는데……!"

화산제자는 숨이 막히는 듯 잠시 말을 끊었다. 첫 교전이란 말에 침착하라던 경성자는 물론 장내 모든 사람의 얼굴에 긴장감이 흘렀다.

"그래서 어떻게 되었단 말이냐?"

"그게… 완패했답니다!"

커다란 충격이 장내를 휘감았다.

명현자가 믿을 수 없다는 듯 말했다.

"완패라니, 대체 얼마만큼 큰 패배이기에……."

"그냥 패배도 아니고… 궤멸 직전까지 갔다고 합니다. 양양은 적의 손에 완전히 넘어갔고… 패한 우리 측은 무당산까지 쫓겨갔다고 합니다!"

장내의 모든 사람은 자신의 귀를 의심했다. 중원 무림의 이천오백 정예 고수들이 불과 절반의 머릿수밖에 되지 않는 집마부의 마졸들에게 궤멸당했다고?

이어지는 제자의 말은 더 충격적이었다.

"군룡회는 아예 전투에 참가하지도 않았고, 마졸 오백 명만이 집마부주 과 상천의 지휘 하에 나서서 이룬 결과라고 합니다."

"마, 말도 안 되는……."

화염개가 넋이 나간 얼굴로 중얼거렸다. 말이 되지 않는다는 그의 말은 장내 모든 사람의 심경을 대변하고 있었다.

간신히 냉정을 되찾은 명현자가 물었다.

"아군의 정확한 피해는 어느 정도인가?"

"명확히 숫자가 나오지는 않습니다만… 무당산에 도착한 인원이 얼추 오백 정도라고……."

명현자는 두 눈을 질끈 감았다. 단 한 번의 전투에서 이천 명이 쓰러진 것이다. 집마부가 강하다 강하다 소린 들었지만 이 정도일 줄은 정말 꿈에도 상상하지 못했다. 사천의 패자이며 중원에서 가장 강한 문파 중 하나로 꼽히던 전검문이 왜 그렇게 힘 한 번 써보지도 못하고 일패도지한 것인지 이제야 이해할 수 있을 듯했다.

장내에 무거운 침묵이 이어졌다. 모두 할 말을 잊은 채 우두커니 서 있었다.

침묵을 깬 것은 최연장자인 상산노군 장후성이었다.

"여러분, 아직 절망할 상황은 아니오. 피해가 크긴 하나 무당산은 평야 지대인 양양과는 달리 수비하기 좋은 지형이오. 더군다나 서쪽에서 오고 있는 전검문 등 사천 문파들이 좀 더 가깝게 올 수 있는 거리요. 게다가 여기 별동대가 건재하고 우리 성검회의 본진도 있소. 전쟁은 이제부터 시작이니 첫 교전의 패배로 인해 위축되지 맙시다. 싸워서 지고 이기는 것은 어쩔 수 없는 일이지만 사기가 떨어져 싸우기 전에 패배를 자인하는 일은 없도록 합시다."

아직 희망이 있다는 그의 말에 장내의 사람들의 얼굴빛도 조금 밝아졌다.

"맞습니다. 아직 싸울 수 있는 여력은 충분합니다."

경성자가 말했다.

"다만 현 상황에서 별동대의 임무는 무의미해졌으니 일단 무당산으로 속히 귀환하는 게 좋겠습니다."

그의 말에 모두가 수긍하는 빛이었다. 좀 전에 가장 강력하게 선제공격을 주창하던 화염개조차도 반대 의사를 표하지 않았다. 불과 오백 마졸이 무림련의 이천 무사를 도륙한 상황이었다. 그런데 형문산의 집마부는 그 두 배인 천 명, 게다가 양양의 승전보로 사기가 한껏 고양되어 있을 터, 그런 저들을 사기가 바닥에 떨어진 이곳의 육백여 명이 어찌 감당할 수 있겠는가.

명현자가 말했다.

"빈도의 판단 또한 한시라도 빨리 귀환하는 게 좋다는 쪽입니다. 반대하는 분 없으시지요?"

퇴각하는 것 또한 큰 결정이기에 모두의 의견을 묻는 것이었지만 이번에는 반대자가 있을 리 없었다. 모두 퇴각을 준비하러 막사 밖으로 나가려는 찰나, 누군가가 또렷한 목소리로 말했다.

"퇴각하면 안 됩니다. 오히려 당장 형문산으로 쳐들어가 놈들을 쳐야 합니다."

막 막사를 나가려던 간부진의 발걸음이 멈춰졌다. 모두의 얼굴에 극도의 짜증이 서렸다. 이 지경이 된 마당에 섶을 지고 불속에 뛰어들자는 멍청한 자가 있다니!

"잠시만 모두 제자리로 가십시오. 의견을 듣고 회의를 끝냅시다."

명현자가 말했다.

"방금 말씀하신 분이……."

"접니다."

한 사람이 손을 까딱였다. 그에게 시선을 돌린 명현자는 의아한 표정을 지었다. 낯선 얼굴이었기 때문이다. 손은 든 사내는 불과 스물두세 살 정도의 새파란 청년이었다.

경성자가 화를 벌컥 내며 말했다.

"간부진도 아닌 자가 감히 끼어들다니! 자넨 대체 어느 파의 제자인가?"

청년이 대답하기도 전에 새된 목소리가 튀어나왔다.

"단주님! 대체 언제 여기 온 거예요?"

외친 것은 장내에 있는 사람 중에 유일한 여인, 성검회의 성연희였다.

"단주? 저 사람도 성검회의 인물이오?"

명현자가 의아한 표정으로 물었다. 성검회의 인물이라면 얼굴이 낯선 것이 당연한 것이겠지만 그럼에도 이해가 안 가는 것은 저 청년이 대체 언제 이 막사 안에 들어왔냐는 것이다. 회의가 시작되고 나서 막사 안으로 들어온 것은 전갈을 전하러 온 제자 두 명과 장후성 등 성검회의 세 명뿐이었다. 한데 저 청년은 마치 땅에서 솟구치거나 하늘에서 떨어진 듯이 나타났다.

그러한 생각을 하는 것은 그뿐만이 아닌 것 같았다. 상산노군 장후선 또한 귀신이라도 본 듯한 얼굴로 청년을 보며 묻고 있었다.

"항상 사람을 놀라게 하는 친구로군. 여긴 언제 왔고, 이 안에는 대체 언제 들어온 건가?"

"좀 전에 도착했습니다. 십검단 친구들한테 물으니 이 막사로 가셨다기에 들어온 거구요."

경성자가 불쾌한 표정으로 말했다.

"노군, 저 소협을 아시면 저희들에게도 소개를 해주시지요. 그리고 간부회의에 허락없이 들어올 만한 인물인지도 알고 싶군요."

장후성은 뜨악한 표정으로 대답했다.

"다른 사람은 몰라도 경성 도장에게까지 소개해야 될 사람인지 모르겠구려. 어쨌거나 여기 소협은 회의에 참석할 만한 지위를 갖고 있소. 본회의 십검단주인 이천휘 소협이오."

'이천휘'란 말에 몇몇 간부가 탄성을 터뜨렸다.

"오오, 저 청년이 바로 이번에 성검회 입회시험을 유일하게 통과했다는……!"

"화산파의 기린아 이천휘로군!"

탄성이 지나간 후 모두의 시선은 이천휘가 아니라 경성자에게 쏠렸다. 화산의 기린아를 화산파 장로가 몰라보고 왜 들어왔냐고 화까지 내다니, 이게 있을 수 있는 일인가?

경성자의 얼굴은 시뻘겋게 달아올랐다. 그는 머리가 띵해지는 것을 느꼈다.

'올 것이 왔구나!'

각오는 하고 있었지만 하필 이런 시기에 가장 안 좋은 모양새로 문제의 인물과 마주치고 말았다.

그는 이천휘가 술주정뱅이 경빈 사제가 술 한 잔 걸치고 만든 가짜제자라는 것을 문주 경운자에게 들어 잘 알고 있었다.

화산파는 어떻게 해서든 외부에 이천휘의 정체가 밝혀지지 않도록 온갖 대책을 다 세워놓은 상태였다. 특히 성검회의 일원으로 양양 혹은 매양현에 오게 될 그의 신병을 확보하기 위해 만반의 준비를 해놓고 있었다. 일찌감치 발족한 그의 호위대는 절반으로 나뉘어져 양양과 매양현 양쪽에 투입되어 있었다. 호위대의 목적은 한 가지였다. 그것은 이천휘를 경호하는 것이 아니라,

전투에 임했을 때 그의 무공이 화산파의 것이 아니라는 게 들통나지 않도록 그를 꽁꽁 둘러싸고 인의 장막을 치는 것이었다.

준비는 철저했지만 정작 당사자의 얼굴을 알아보지 못했으니 화산파의 이천휘 신분 보호 작전은 시작부터 꼬이고 있었다.

경성자는 떠듬거리며 급히 말을 둘러댔다.

"아… 그것이… 사실 빈도는 여러분과 마찬가지로 이천휘 사질을 오늘 처음 보았습니다. 사질은 개봉부에 적을 두고 있는 경빈 사제의 속가제자이고, 화산에 온 적도 한 번도 없고 하여 빈도는 물론 장문인조차 얼굴을 모릅니다. 어, 어쨌거나 사질, 이렇게 만나니 참으로 반갑네만 때가 때이니만치 인사는 나중에 하기로 하고 왜 형문산으로 가 놈들을 치자는 것인지 말해주겠나?"

경성자는 현재 가장 시급한 사안을 끄집어냄으로써 이천휘와 화산의 수상쩍은 만남에서 사람들의 관심을 돌리려 애썼다. 그 노력은 이천휘가 그의 말을 재빨리 받음으로 인해 소기의 목적을 이룰 수 있었다.

이천휘는 조소인지 미소인지 모를 야릇한 웃음을 지으며 대답했다.

"우선 존장을 알아보지 못한 사질의 예의없음을 너그러이 눈감아주시는 사백의 아량에 감사드립니다. 제가 적의 지원군을 공격하자고 하는 이유는 간단합니다. 지금 공격하면 필승을 거둘 수 있기 때문입니다."

"필승이라… 이 소협, 현재 우리의 상황이 어떤지 알고나 하는 말이오?"

명현자가 탐탁지 않은 표정으로 말했다. 크나큰 전력의 열세와 더불어 사기까지 극과 극을 치닫는 상황에서 이천휘의 발언이 치기 어리게 느껴졌기 때문이었다.

"물론 알고 있습니다. 양양 쪽에서 크게 패했으니 여기에서라도 승리를 거두어야 균형추가 맞을 것 아닙니까?"

"이거 원, 천둥벌거숭이가 따로 없군! 그걸 누가 몰라서 안 한다고 생각하나! 승산이 없으니까 이러고 있는 것이지! 잘난 자네가 천하제일의 무공이라도 발휘하여 당장 형문산에 가 개서추의 목이라도 따오지 않는 한 우리가 이기는 건 불가능해!"

화염개가 참다못한 듯 배알이 뒤틀리는 얼굴로 버럭 소리를 질렀다. 다른 간부들도 현실을 파악하지 못하는 이천휘의 뜬구름 잡는 발언에 모두 불쾌한 기색이 역력했다.

그러나 분위기 파악 못하는 발언을 한 당사자인 이천휘는 전혀 개의치 않는 표정이었다. 그는 등짐에서 둥그런 보퉁이 하나를 꺼내 화염개에게 내밀었다.

"천하제일무공을 가지고 있는 것은 아닙니다만 개서추의 목이라면 여기 있습니다."

"뭐, 뭐라고?"

화염개는 황망한 표정을 지으며 이천휘가 내민 보퉁이를 받아 들었다. 보퉁이의 천이 끌러지자 정말로 그 안에서 사람의 머리가 튀어나왔다.

"무, 무슨 헛소리를 하는 거야? 이게 개서추의 목이라고?"

"그렇습니다."

화염개의 물음에 이천휘는 망설임없이 고개를 끄덕였다.

장내는 잠시 침묵이 흘렀다. 워낙 황당한 상황이 이어지다 보니 모두 할 말을 잊은 때문이었다.

장후성이 화염개가 들고 있는 머리를 유심히 보며 말했다.

"개서추는 한 이십 년 전쯤 운남에서 본 기억이 있지. 얼굴이 대충 비슷하긴 한데 워낙 오래되어서……."

그 말고는 장내에 개서추의 얼굴을 본 적이 있는 사람은 아무도 없었다.

다들 혼란스러워 하는 가운데 명한청만은 곰곰이 이천휘의 얼굴을 뜯어보며 다른 고민에 사로잡혀 있었다.

'이상하군, 분명 어디서 본 듯한 느낌인데…….'

장건과는 익히 교분이 있는 그였지만 지금의 이천휘는 그와 진연이 알고 있는 풍파투도의 얼굴이 아니었다. 장건은 용봉지회 때부터 개봉 지부대인댁 귀공자인 이천휘로 분했기 때문에 명한청에게는 낯선 용모였다. 다만 그의 행동이나 말투가 왠지 모르게 친근한 느낌이 들어 명한청의 머리를 아프게 만드는 것이었다.

명현자가 이천휘에게 물었다.

"이 소협, 소협의 지금 발언과 행동은 본대, 아울러 현 강호대전 전체를 좌지우지할 수도 있소. 조금 신중하게 우리가 이해할 수 있도록 설명을 해주시오. 정말 이것이 개서추의 목이오?"

이천휘는 고개를 끄덕였다.

"정말입니다."

"그를 어디서 만났고 어디서 죽였소?"

"형문산에서 마주쳤고, 거기서 죽였지요."

"소협 혼자서?"

"그렇습니다."

"말도 안 되는! 대주, 더 이상 이자의 헛소리를 들을 시간이 없습니다. 지가 무슨 상산 조자룡도 아니고 천 명이 넘는 마졸들 안을 단신으로 쑤시고 들어가 개서추의 목을 따오는 게 있을 수 있는 일이라고 생각하십니까? 자네 혹시 집마부의 첩자 아닌가? 우리를 그곳으로 꾀려는 수작 아냐?"

화염개가 버럭 화를 내며 끼어들었다. 다른 몇몇 간부도 그에 동의하는 말을 했다. 이천휘의 말이 워낙 현실성이 없게 들렸기 때문이었다.

경성자가 말했다.

"화염개, 말이 너무 심하시오! 본파의 제자에게 첩자라니요."

"지금 같은 파라고 편드는 거요? 도장은 얼굴 한 번 본 적도 없다는 사질이 첩자가 아니라고 어떻게 그리 확신할 수 있소?"

둘의 논쟁이 격해지려는 찰나 명현자가 만류했다.

"자자, 지금 싸울 때는 아닙니다. 그리고 이 소협, 지금의 시국에서 본대의 행보는 한없이 신중해도 모자랄 판이오. 설사 이것이 진짜 개서추의 목이라 해도 소협이 그를 입증할 만한 증거를 제시하지 못한다면 우리는 집마부 지원군을 칠 수 없소."

"그의 말은 내가 증명하지."

막사의 휘장이 걷혀지고 두 명이 걸어 들어왔다. 둘은 부상을 심하게 입고 치료를 받은 듯 몸의 여기저기에 붕대를 감고 있었다.

두 사람에게 시선을 돌린 명현자는 눈을 크게 떴다.

"원외! 정말 자네인가?"

"형님!"

성검회의 반강우도 믿을 수 없다는 듯 소리를 쳤다.

들어온 자는 진원외와 반설우였다.

진원외는 친구 명현자와 반가이 손을 맞잡으며 말했다.

"회포는 나중에 풀기로 하지. 우린 지금까지 형문산에 붙잡혀 있다가 이 소협의 도움으로 탈출했네."

"그렇다면……!"

"그래, 이 소협이 들고 온 목은 정말 개서추의 것일세. 개서추뿐 아니라 형문산 지원군을 지휘하고 있던 집마부의 전 장수가 이 소협의 함정에 걸려 몰살당한 상태일세. 놈들은 지휘부를 잃었기 때문에 꼬박 하루가 지나도록 꼼짝하지 못하고 있었던 게야. 놈들이 정신을 차리고 움직이기 전에 공격을 해야 하네. 이 천재일우의 기회를 놓쳐선 안 돼."

모든 것이 입증된 이상 더 이상 선택을 고민할 이유가 없었다. 명현자는 형문산으로의 전격 진군을 선언했다.

　　　　*　　　　*　　　　*

　호북 무당산.

　청정 도량의 신성한 기운이 흐르고 있던 산에는 지금 흉흉한 살기와 음습한 전장의 기운이 감돌고 있었다.

　이러한 변화는 산으로 올라가는 기슭에서 심화되고 있었다.

　집단과 집단 간의 치열한 전투가 벌어지고 있었다, 산을 오르려는 자들과 오르지 못하게 막으려는 자들 간의.

　"발사!"

　산을 쩌렁쩌렁 울리는 호령이 떨어지기가 무섭게 무수한 화살이 산 아래쪽으로 쏟아져 내렸다. 발사된 화살은 기슭으로 치닫고 있는 한 떼의 무리 위로 빗줄기처럼 쏟아져 내렸다.

　화살비는 끊이지 않고 이어졌다. 빗줄기가 덮친 목표물은 지금쯤 고슴도치가 되어 있어야 정상인 상황, 그러나 실상은 그렇지가 못했다. 기슭 위로 치닫던 무리의 발걸음은 전혀 더뎌지지 않았고, 내리붓는 화살은 그들의 몸을 뚫지 못하고 튕겨 나가고 있었다.

　"제길! 중지하라!"

　무당파 소속의 명진자는 도인답지 않게 욕설을 내뱉으며 화살 공격을 중지시켰다. 지금 그가 있는 위치를 향해 달려오고 있는 적, 화살을 튕겨내는 저 금색의 괴물들, 금각동인(金脚銅人)이라 불리는 저들은 칠십 년 전 무당파가 사교로 몰아 퇴치했던 태환교(太環敎)의 후예들이었다. 태태환환신공(太態還環神功)이란 사공을 극성으로 익히면 몸이 누런색으로 변하고 피부가 강철같이 단단해지는 특징이 있었다. 무공 자체에는 별문제가 없지만 그것을 익히는 과정에서 인간의 내장을 식용하는 절차가 포함되어 있었기에 마교로 몰려 멸문된 사교였는데, 그들이 집마부로 흘러들어 가 한 세력으로 자리매

김하고 있었던 것이다.

"백병전으로 들어간다! 앞서 말했듯이 태환교 누렁이들의 약점은 단단한 신체에 비해 유연함과 민첩성이 떨어진다는 것이다! 무기가 잘 들지 않는 것에 당황하지 말고 침착하게 놈들의 배후로 돌아 약점인 천주혈을 노려라!"

그의 명이 떨어지기가 무섭게 특별히 골라 뽑은 몸이 날랜 무림련 무사 스무 명이 앞으로 나섰다. 명진자는 그들을 이끌고 다가오는 금각동인들을 향해 마주 달려갔다.

막 금각동인들과 충돌하기 직전, 갑자기 명진자는 눈앞이 캄캄해지는 것을 느꼈다. 해가 중천에 떠 있음에도 천지가 어둠으로 잠기고 귓가에 여인의 요사스러운 웃음소리가 메아리쳤다.

'또다시……!'

명진자는 입술을 꼭 깨물었다. 이 현상은 양양의 벌판에서 벌어진 집마부와의 첫 교전에서 겪었던 것이다. 당시 수적 우위를 믿고 승리를 자신하던 무림련은 전투가 시작되자마자 집마부가 펼치는 천지가 뒤집히는 요사스러운 사술에 사로잡혀 변변히 힘 한 번 써보지 못하고 완패를 하고 말았던 것이다.

'이번에는 어림없다. 여기는 신성한 무당산! 네놈들의 사술로 더럽힐 수 있는 곳이 아니다!'

그는 눈앞이 어두워지자마자 본능적으로 옷소매에 손을 집어넣어 검 하나를 꺼냈다. 무기로 쓰는 검이 아니라 주사(硃砂)로 글씨가 새겨진, 제례시 사용되는 나무 칼이었다.

그는 퇴마의 법문을 외우며 나무 칼을 땅바닥에 꽂았다. 보이지도 않고 들리지도 않았지만 다른 동료들 또한 그와 동시에 칼을 바닥에 꽂을 것이었다.

그러자 이내 어둠이 걷히고 요사한 소리가 씻은 듯 사라졌다. 산의 영험한 기운이 마졸들의 사술을 흐트러뜨린 것이었다.

용기백배한 명진자의 검이 눈앞에서 당황하고 있는 금각동인의 연문으로 파고들었다.

*   *   *

"매양현에서 급보가 날아왔습니다."

송천운은 비스듬히 기대고 있던 의자에서 등을 떼고 자세를 바로 갖췄다.

"교전이 있었던가?"

"있었습니다. 게다가, 믿기 힘든 압승을 거두었다고 합니다."

"압승을? 우리가 말인가?"

송천운은 믿기 어렵다는 듯 눈을 크게 떴다.

"교전 결과를 자세히 말해보게."

"집마부 부부주 개서추 이하 오대장로 칠대교령 전원 사망, 천 명의 마졸 중 칠백 명 전사, 삼백여 명 도주, 반면 아군의 피해는 미미했다고 합니다."

송천운은 탄성을 내지르며 말했다.

"믿기 어려운 결과로군. 본회 검단들의 활약은 어느 정도였다던가?"

"그에 대한 자세한 언급은 없었습니다."

전갈을 가져온 회원의 보고가 끝날 즈음 객방 문이 열리고 번교령이 들어왔다.

"번삼좌, 매양현에서 승전보가 날아왔네."

"알고 있습니다. 제가 소식을 처음 받아서 대좌께 보고하도록 시켰습니다."

번교령이 말했다.

"양양에서의 완패가 적잖이 부담이었는데, 어쨌거나 반전의 계기가 마련된 듯합니다."

송천운은 만족한 표정으로 고개를 끄덕였다.

"정말 다행일세. 우리의 촉박한 진군도 다소나마 여유를 가질 수 있게 되었군. 내일 새벽 출발 시간을 반 시진쯤 늦추도록 하게."

"목적지가 양양이 아닌 무당산인데, 여유를 부려도 괜찮을는지요."

"괜찮아. 무당산은 신령한 정기가 흐르는 곳일세. 집마부도 양양에서와 같이 마음 놓고 사술을 부리긴 힘들 게야. 게다가 무당파의 앞마당인지라 수적 열세를 지형적 이점으로 메울 수 있을 거야."

번교령은 보고자를 밖으로 내보낸 후 품속에서 종이 한 장을 꺼내어 송천운에게 내밀었다.

"이게 뭔가?"

"검은 비둘기가 전해온 것입니다."

송천운은 놀란 표정을 지었다.

"검은 비둘기라… 족히 삼, 사 년 만인가……."

"정확히 사 년 칠 개월 만입니다."

송천운은 신중한 표정으로 종이를 펼쳐 읽다가 훗 하고 웃는 소리를 내었다.

"이 친구도 결국 사람이군. 죽기는 싫은가 보이."

번교령은 의아한 표정을 지었다.

"그가 죽을 일이 있습니까?"

"지병이 있지 않나."

"고친 것으로 알고 있습니다만. 사십도 못살 거라 했지만 지금 나이가 불혹을 훌쩍 넘기지 않았습니까?"

"그건 병을 고쳤기 때문이 아닐세. 그저 신묘한 의술로 자기 수명을 조금 늘인 것일 뿐. 그가 자신의 병을 완치하기 위해서는 스스로의 능력 외에도 한 가지가 더 필요하다네."

"그게 무엇인지요?"

"천우신단."

번교령은 알겠다는 표정을 지었다.

"그걸 얻고자 대좌께 연락을 한 거로군요."

송천운은 혀를 차며 말했다.

"나로서는 그를 도와주고 싶지만 과연 그에게 줄 수 있는 천우신단이 세상에 남아 있을지 의문이야. 십오 년 전에도 고작 다섯 개뿐이었고, 지금 남은 게 고작해야 한두 개나 될까?"

번교령이 뭐라 말하려는 찰나, 문을 두드리는 소리가 들렸다.

"들어오게."

회원 한 명이 조심스레 안으로 들어섰다.

"무슨 일인가?"

"무당산에서 급보가 도착했습니다."

"보고하게."

"강북 무림련은 집마부에 대항하기 위해 철무림과 전략적 제휴를 맺기로 했다고 합니다."

"뭐라고?"

번교령이 소리를 질렀다.

"철무림과 말인가? 어째서 우리에게 상의도 하지 않고……."

송천운은 침중한 표정으로 보고자에게 말했다.

"잘 알았네. 그만 나가보게."

보고자가 밖으로 나가자, 번교령은 성마른 목소리로 말했다.

"무림련이 최악의 선택을 하는군요. 이건 멧돼지를 퇴치하자고 승냥이를 끌어들이는 꼴입니다."

"호사다마라더니, 호재 다음에 악재로군. 회원들을 깨우게. 당장 출발해야겠어."

송천운은 혀를 차며 몸을 일으켰다.

"무당산으로 가세. 잘하면 과상천과 관천호를 한꺼번에 상대해야 할지도 모르겠군."

*　　　　*　　　　*

무당산 자소궁 취의청.

"관천호가 내건 조건은 두 가지입니다."

무림련의 총사인 무당파의 명선자가 말했다.

"한 가지는 황하이북, 그러니까 섬서성과 산서성, 하북과 하남성 일부가 걸치는 전 지역의 중계무역을 향후 이십 년간 철무림 계열 상단이 전담하겠다는 것입니다."

"그건 말도 안 되는 얘기요!"

방금 거론된 권역에 걸리는 화산과 종남, 하북 팽가 등의 수장들이 펄쩍 뛰었다.

"물론 액면 그대로 받아들일 수는 없는 조건입니다. 그들 역시 이 문제는 추후 협상을 통해 상의를 하자는 자세를 갖추고 있습니다. 다만 향후 거론된 권역에서의 철무림 계열 상단 활동에 제재를 걸지 않겠다는 대전제에는 동의를 해달라고 하더군요."

"교활한 놈들……."

종남 장문인 조청문이 이해 당사자들의 심정을 대변하듯 읊조렸다.

추후 협상을 하겠다는 철무림의 자세는 얼핏 보면 전향적으로 보였지만 실상은 그렇지 않았다.

해당권역 문파들 계열 상단 중 가장 막강한 재력을 보유하고 있는 것이 철무림 계열의 대림상단(大林商團)이었다. 이들은 최근 몇 년간 보유한 재력을 발판으로 상도를 무시한 마구잡이식의 사업 확장을 하는 바람에 같은 권역 상단들의 피해가 이만저만이 아니었다. 그로 인해 크고 작은 충돌이 끊이지 않고 있었고, 이번에 강북 무림련이 출범하게 됨으로서 화산 종남 팽가 등의 권역 문파들이 힘을 합쳐 그에 대한 견제를 확고히 하려던 참이었다. 문파 간의 연대로 인해 단일 세력인 철무림에 비해 우위를 점하게 되려던 차에 양양에서의 완패 때문에 되레 철무림이 다시 칼자루를 쥐게 되어버린 것이다. 상단의 활동에 제재를 걸지 않겠다는 대전제를 허락한다면 대림상단의 압도적인 재력이 가뜩이나 전쟁 후 위축될 타문파 계열 상단을 깔아뭉개며 황하 이북의 상권을 움켜쥘 것이 불을 보듯 훤했다.

"물론 권역 문파들의 심정이야 충분히 헤아리고도 남음이 있습니다. 그러나 전쟁에 패하게 되면 그나마 철무림과 다툴 상권조차 남아 있지 않게 될 것입니다. 현재 가장 중요한 것은 무엇보다 이 전쟁의 승리라는 것을 잊어선 안 됩니다."

명선자의 말이었다. 황하 이북 문파의 수장들은 불편하기 그지없는 표정을 지으면서도 반박하지는 않았다. 그의 말이 맞다는 것을 모르는 사람은 없기 때문이었다.

무림련주인 소림사의 청진 대사가 겸연쩍은 헛기침을 한 후 명선자에게 물었다.

"두 번째 조건은 무엇이오?"

"천우신단을 달라는 것입니다."

"천우신단이라……."

청진 대사는 곤혹스러운 표정을 지었지만 이내 생각을 굳힌 듯 좌중에게 말했다.

"일단 천우신단을 주고, 첫 번째 조건에 대해서는 빈승이 추후 철무림주와 직접 담판을 하여 이해 당사자 문파들의 피해가 최소한도가 될 수 있도록 노력하겠소. 당장 발등에 떨어진 불을 꺼야 하니 일단 조금만 뒤로 물러섭시다."

황하 이북 문파 수장들은 편치 않은 표정을 풀지 않았지만 어쩔 수 없는 듯 고개를 끄덕였다. 청진 대사가 직접 나서서 협상하겠다는 말은 무림련 차원에서 이 문제를 다루겠다는 것이니 전후의 상권 다툼에서 철무림에게 일방적으로 당하지는 않겠다는 희망이 생겼기 때문이었다.

화산 장문인 경운자가 손을 들었다.

"한데 천우신단을 줄 수 있기는 한 겁니까? 본회 소속 문파에 그 약이 존재하는지요?"

"물론이오."

청진 대사가 모처럼 밝아진 얼굴로 대답했다. 그는 바로 옆 좌석에 앉아 있는 무당 장문인 명송자를 보았다.

명송자는 희미한 웃음을 지으며 대답했다.

"운 좋게도 바로 이 무당산 내에 있소이다."

제8장
장건, 무당산으로 가다

장건, 무당산으로 가다

혼돈지서 제오절

영약의 장

천우신단.

천우신단은 금각신붕의 버장으로 제조한 다른 삼대신약파는 달리 그 영물의 정화라 할 수 있는 버단을 주재료로 했기 때문에 제조 단계부터 여타 신약을 압도하는 신묘한 공능이 존재할 것으로 기대되었다.

완성된 시약이 나오고 그것을 시험한 결과 막 숨이 넘어간 자조차 살릴 수 있는 영험함을 보였으나 광신의나 여타 진검성 사람들이 기대했던 버공 증진의 효과는 지극히 미미했다.

천우신단의 완성하면 자신의 잃어버린 버공을 회복할 수 있을 거라 기대하고 있던 광신의는 실망을 금치 못하고 사대신약 연구도 버팽개친 채 몇 날 며칠을 두문불출했다. 한데 그가 그러고 있는 동안 우연히 그의 제자가 시험을 하다가 뜻밖의 놀라운 결과를 만들어냈다. 약을 완성하고 남은 버단 등 몇 가지 시재료를 배합하다가 오행신단을 웃도는 버공의 증진과 폭룡단을 능가하는 버공의 폭발력을 동시에 얻게 된 것이다. 그 제자는 자기 몸에 약을 시험해 보고 그러한 결과를 얻어냈는데, 잠깐 폭발했다가 시간이 지나면 사그러지는 폭룡단의 효력과는 달리 제자의 버공은 시간이 흘러도 전혀 줄어들지 않았다.

실험 결과를 보고 받은 광신의는 흥분하여 즉시 제자가 사용한 방법을 연구했고, 제자의 실험이 각 신약을 적절한 비율로 배합한 결과라는 것을 깨닫게 되었다. 그 이후 이른바 '합환의 비술'이라는 것의 연구가 진행되었다.

여담(餘談).

내가 이 책에 기재하는 사대신약에 관한 내용은 전적으로 영호진에게서 들은 지식을 기초로 하고 있다. 가장 최근 그에게 들은 바로는 최초의 비술을 사용한 제자가 비술의 부작용으로 인해 사십이 되기 전에 죽을 운명에 처해 있으며, 광신의는 부작용이 없는 비술을 완성하기 위해 전력투구를 하고 있는 중이라고 했다.

영호진은 그러한 광신의의 연구를 썩 탐탁지 않게 생각하고 있었다. 오행신단이나 폭룡단만 해도 지나치리만큼 강한 무인을 만들어버리고 있고, 노력에 의하지 않고 약에 의지하여 손쉽게 얻은 힘은 사람을 그릇된 길로 이끌 가능성이 높다는 것이 그의 지론이었다.

앞서 말했듯 합환의 비술은 그다지 복잡한 수법이 아니다. 네 가지 신약을 특정 비율로 배합하여 복용하기만 하면 되는 것인데, 광신의는 배합의 황금률을 밝혀내기 위해 다양한 비율로 제작된 시약을 진검성의 고수들에게 투여하고 있는 모양이었다.

영호진이 가장 못마땅하게 생각하는 것은 천우신단의 소진이었다.

사람의 생명을 살릴 수 있는 귀한 약을 오로지 복용자의 내공 증진이 목적인 시험에 너무 쓸데없이 소진하고 있다는 것이었다. 그는 내심 천우신단을 낭비하는 비술 시험을 그만 했으면 하는 마음을 가지고 있었다.

반면 광신의의 시험은 그의 바람과는 정반대로 흐르고 있었다.

연구가 진행되면 될수록 천우신단의 비중이 더욱 부각되었다. 일회 실험 시 정량(환단 한 개)의 십분지 일에서 오분지 일 정도만 필요한 여타 신약에 비해 천우신단은 환단 하나를 전부 소진해야 비술의 효과가 나타난다는 연구 결과가 나왔고, 아까운 신단은 실험이 거듭될수록 그 수가 크게 줄었다.

금각신붕이 거대한 크기의 영물이었지만 영물의 정화인 내단은 다른 신약의 재료로 쓰인 내장 등에 비해 양이 적을 수밖에 없었다. 영호진은 천우신단이 다섯 개 남은 시점에서 광신의의 실험을 일단 중지시켰다. 그리고는 그에게 합환의 비술을 완성하여 그의 손상된 내공을 치료하려면 최소 몇 개의 천우신단이 더 필요한지 물었다.

광신의가 대답하길 비술은 거의 완성되었으며, 마지막 실험에 쓰일 한 개와 완성품에 쓰일 한 개 해서 도합 두 개가 필요하다고 했다.

영호진은 그의 의사를 존중하여 천우신단 세 개를 거두고 나머지 두 개를 그에게 다시 내어주었다.

영호진은 이번에 방문했을 때 그중 하나를 가져와 나에게 내어주었다. 불편한 몸을 치유하라는 배려였지만 정중히 거절했다. 이전에 폭룡단을 받았기 때문에 염치가 없기도 했고, 혼돈지서와 비천도법의 집필도 거의 끝나가는 시점인데 지겨운 삶을 몇 년 더 연명해야 할 필요성을 못 느꼈기 때문이었다. 나에게 주려던 것은 당신이 아플 때나 쓰라고 했다.

영호진은 가져온 한 개뿐 아니라 나머지 두 개도 성에 남겨두고 싶은 마음이 없는 듯했다. 하나는 벌써 구대문파 중 한 곳에 선물로 보냈고, 다른 하나 역시 공물로 보낼 작정이라고 했다. 그는 성의 무사들이 쓸데없이 합환의 비술에 현혹되어 그것을 욕심낼까 우려하는 빛이었다. 그래서 비술의 근본이 되는 천우신단을 성에서 아예 없앨 생각을 하고 있는 모양이었고, 그는 심지어 공물로 보낸 신단이 구대문파 중 어느 곳에 갔는지도 성의 사람들이 모르도록 했다고 한다.

*　　　　*　　　　*

푸슛!

심장 깊숙이 틀어박혔던 검이 다시 뽑혀져 나왔다. 검의 혈조를 따라 붉은 선혈이 치솟아올랐다. 영호선은 얼굴을 스치고 지나가는 피의 더운 기운을 느끼며 눈을 찌푸렸다.

단지 그뿐이었다. 양양에서의 교전 때 첫 살인을 한 이후 며칠 동안 잠을 자지 못하고 음식도 먹지 못했지만 그 후 수 차례의 반복된 교전과 되풀이되는 살인을 겪으며 어느덧 타인의 죽음에 무덤덤해지는 그녀였다. 이렇게 된 자신이 한편으론 한없이 서글프면서도 다른 한편으로는 자신을 이렇게 만든 적에 대한 살의가 더욱 솟구치고 있었다.

"정신 차려요, 언니! 낭군 만나기 전에 처녀 귀신 될 일 있어요?"

바로 옆에서 기운차게 외치며 검을 휘두르는 것은 조비연이었다. 두 사람은 장건과 헤어져 양양에 있는 강북 무림련에 합류하여 그들을 애타게 기다리던 가족들과 재회했다. 그 후 무림련과 행보를 같이하며 이곳 무당산까지 와 집마부와 치열한 전투를 벌이고 있는 중이었다.

두 사람은 지금 이십여 명의 무림련 무사들과 함께 무당산 남동쪽 능선 한 자락을 맡고 있었다. 그들이 있는 지점은 산세가 매우 가파르고 길이 좁아서 적은 수의 사람으로 다수의 적을 상대할 수 있는 장소였다. 게다가 산의 영기가 발달된 지역인지라 집마부의 사술이 침투할 여지도 적어 이래저래 방어가

용이한 곳이었다.

두 사람이 이곳에 배치된 까닭은 혼강암에서부터 고초를 겪고 온 탓에 몸 상태가 정상이 아님을 고려한 수뇌진의 배려 덕분이었다.

이 지역을 담당하는 동료 중에는 유독 부상자나 여성의 비율이 높았는데, 지휘를 맡고 있는 무사 역시 여인이었다.

"적이 물러갔다! 경계조 두 명 외에 잠시 휴식!"

조장의 낭랑한 목소리가 떨어졌다. 두 사람은 한숨을 돌리며 검을 내려뜨렸다. 지긋지긋하게 기어오르던 마졸들이 후퇴한 모양이었다.

이번 경계조의 순번은 영호선과 조비연이었다.

두 사람은 높은 바위 위에 올라 자리를 잡고 산 아래쪽을 예리하게 응시하고 있는데 뒤에서 누군가가 다가왔다. 조장이었다.

"수고가 많으세요. 두 분 다 몸도 성치 않으신데."

조비연이 쾌활하게 웃으며 대꾸했다.

"몸 좀 아픈 거야 별거 아니죠. 조장님같이 마음이 불편한 사람도 있는데."

"연매! 뭐하러 그런 소릴……."

영호선이 자그마한 소리로 꾸짖었다. 조장의 소속 문파가 군룡회에 점령당한 것을 굳이 끄집어낼 필요가 있느냐는 책망이었다.

조비연은 영호선의 한 소리에 이크 하는 표정으로 말했다.

"미안해요, 조장. 제가 실수했나 보네요. 워낙 덜렁대서리……."

그러나 조장은 개의치 않는 듯 배시시 웃었다.

"마음 쓰실 것 없어요. 저 말고 다른 동료들도 다 마찬가지잖아요. 전투를 치르면서 동고동락하던 사형제들을 잃고, 아파하고……. 전 그나마 나은 편이라고 생각해요. 제 동료들이 죽는 것을 눈으로 직접 본 것도 아니고, 또 기약이 없긴 해도 그중에 살아서 다시 만날 사람이 있다고 믿고 있으니까요."

조장은 화제를 돌리려는 듯 어조를 밝게 바꾸었다.

"그런데 연매라고 하시니까 꼭 저를 부르는 것 같네요. 제 이름도 연 자를 쓰는데."

조비연이 아는 체를 했다.

"아, 그러고 보니 용봉지회 때 한 번 만난 적이 있죠? 진연이라고 하셨던 가?"

조장은 고개를 끄덕였다.

"맞아요. 천의문의 진연이에요. 또래도 몇 명 없는데 저도 두 분과 편하게 말 났으면 좋겠네요."

"그거 좋죠. 이참에 의자매를 맺어 도원결의처럼 무당결의라도 하는 건 어떨까요?"

호기 어린 조비연의 말에 영호선과 진연은 까르르 웃음을 터뜨렸다.

"그건 그렇고 아까 낭군 어쩌고 하던 건 뭐예요? 선 언니 정혼자라도 있는 건가요?"

진연의 질문에 영호선은 얼굴을 붉히며 말했다.

"아니에요! 그건 연매가 장난하는 거예요. 진짜 정혼자는 연매랍니다."

"말도 안 되는 소리! 그놈은 그저 제 호적수일 뿐이에요! 언젠가 흠씬 두들겨 줄 놈이라고요!"

조비연은 펄쩍 뛰며 말했다.

진연은 눈을 동그랗게 뜨고 사연을 알고 싶다고 했고, 영호선과 조비연은 상대방과 이천휘와의 관계를 고자질이라도 하듯 진연에게 알려주었다.

"흐음… 그러니까 이천휘란 소협을 가운데 두고 두 분이 연적 관계라 이건 가요?"

"무슨 소릴! 대체 지금까지 우리 얘길 뭘로 알아들은 거예요?"

진연의 결론에 두 여인은 펄쩍 뛰며 입을 모아 성토했다.

또다시 수다가 이어지려던 찰나, 세 여인은 약속이라도 한 듯 동시에 입을 다물었다. 산 아래쪽에서 심상치 않은 기색이 느껴졌기 때문이다.

새벽 동이 터오는 시각이라 시야가 확보되지 않은 탓에 정확히 상황을 파악할 수는 없었지만 은은한 병장기 소리가 들려오고 있었다.

"교전인가?"

조비연의 말에 진연이 고개를 갸웃거렸다.

"우리 아래로는 다른 조가 없는데요. 다른 조가 산을 돌아 아래를 친 거라면 몰라도⋯⋯."

무당산을 사수하기에도 벅찬 실정에 공격까지 할 여력은 없었다.

"또 무슨 엉뚱한 수작을 부리는 것인지도 모르지요."

영호선이 경계심 어린 눈빛을 발하며 말했다. 그저께 싸웠던 통천교란 사교에서 나온 놈들은 자기 몸을 자해하면서 덤벼들기도 했으니 또 어떤 기이한 수법을 쓰는 놈들이 나타날지 모를 일이었다.

"오고 있다!"

셋 중 무공이 가장 뛰어난 조비연이 경호성을 발했다. 진연은 대기하고 있던 조원들에게 전투 태세를 명했다.

잠시 후 다른 대원들의 눈에도 아래쪽에서 빠르게 올라오는 다수의 인영이 보이기 시작했다.

상당히 많은 수의 인영이 그들이 있는 곳까지 치달고 있었는데, 같이 행동하는 것이 아니라 양분된 채로 치열하게 싸우고 있는 듯이 보였다. 눈대중으로 보아서는 한 편이 일방적으로 밀리고 다른 한 편이 밀고 올라오고 있는 듯했다.

"내분인가?"

조비연이 눈살을 찌푸리며 말했다. 싸우고 있는 한쪽이 무림련이라면 벌써 이쪽의 위치를 간파하고 신호를 보냈을 것이다. 그런데 아직까지 어떤 신호도 오지 않고 있었던 것이다.

"예의 주시하면서 전투에 대비하도록 한다!"

진연이 명을 내렸다. 아직 동이 트기 전이기 때문에 다투는 무리들이 좀 더 가까이 접근해야 육안으로 상황을 정확히 파악할 수 있을 듯했다.

잠시 후 싸우는 무리들의 이동 속도가 급작스럽게 빨라졌다. 밀리는 무리들이 어느새 경계조가 있는 바위 앞까지 치달았다. 최선두에서 치열하게 싸우고 있는 두 사람의 모습이 눈에 들어왔다.

"저자가 통천교주예요!"

영호선이 외쳤다. 통천교주는 큼지막한 붉은 관을 쓰고 붉은 옷을 입고 있기 때문에 눈에 잘 띄었다. 그는 호리호리한 몸매의 사람과 치열하게 싸우고 있었는데, 언뜻 여인같이 보였다.

통천교주와 싸우고 있으니 아군이 분명한 듯했지만 진연은 선뜻 공격 명령을 내리지 못했다. 아군이라면 무공을 즉시 알아볼 수 있어야 하는 데 여인으로 추정되는 자의 무공은 그녀가 처음 보는 것이었다. 정명해 보이는 검법이었지만 무림련 소속 오대문파, 혹은 오대세가 검법은 아닌 것이 확실했다.

그때 밀리고 있던 통천교주가 갑자기 괴성을 지르며 자기 몸을 여인에게로 들이댔다. 여인의 검은 정확히 교주의 심장을 찔렀다. 그러나 영호선은 그것이 끝이 아님을 익히 알고 있었다.

"조심……!"

그녀의 말이 끝나기도 전에 통천교주의 상처난 가슴에서 피가 분수처럼 튀어나왔다. 솟구친 피는 땅으로 떨어지는 것이 아니라 기이하게도 교주의 온몸을 휘감았다. 통천교 비전의 혈무강신공(血霧降神功)이었다. 이 기공이 발휘되면 피가 호신강기처럼 온몸을 뒤덮을 뿐더러 일시간에 평상시의 두 배 이상의 능력을 뿜어내는 괴력을 발휘하게 된다.

교주의 괴성이 신호인 듯 교전 중이던 통천교인들도 너도나도 피를 흩뿌리며 혈무강신공을 발휘했다.

일방적으로 쏠리던 전세가 확 반전되려는 순간, 산 아래에서 다가온 한 인영이 비호처럼 빠르게 무리 속으로 스며들었다. 그 인영은 마치 물 찬 제비처럼 교전 중인 무리 속을 슥슥 헤치며 전진했는데, 워낙 빨리 움직이는 터라 위에서 내려다보고 있는 진연 등의 눈에 확 들어왔다.

기이한 것은 인영이 지나칠 때마다 그에 스치는 통천교인이 외마디 비명과 함께 자지러진다는 것이었다. 비명이 날 때마다 언뜻언뜻 인영의 손어림께에서 뭐가 반짝이는 것으로 보아서는 암기를 쓰는 모양인데, 일수에 한 명씩 꼬박꼬박 쓰러지는 것이 참으로 경탄하지 않을 수 없는 무공이었다.

그 인영 덕택에 혈무강신공으로 전세를 뒤집으려던 통천교인들의 기세는 완전히 꺾였다. 인영은 엉킨 무리의 중앙을 뚫고 순식간에 최전방까지 치달았다.

전방에서는 통천교주와 여인과의 결투가 치열하게 전개되고 있었는데, 우세를 점하고 있던 여인이 교주의 기이한 신공에 당황한 듯 수세에 몰리고 있었다.

통천교주의 피안개가 막 여인의 다리를 감싸 쥐는 순간, 뒤에서 다가오는 인영이 그들에게 도달했다. 외마디 비명이 울리고, 세 명은 한 무더기로 뭉쳐진 채 진연들이 서 있는 바위 위까지 뛰어올랐다.

진연과 조비연, 영호선은 반사적으로 검을 빼 들었다.

그러나 빼 든 검을 쓸 기회는 없었다. 바위 위에 뛰어오르자마자 바닥으로 쓰러진 것은, 아니, 인영에 의해 내동댕이쳐진 것은 통천교주였기 때문이다. 그는 목이 꺾인 채로 절명한 상태였다.

워낙 순식간에 일어난 일이라 영호선, 조비연, 진연은 멍한 표정으로 전면에 우뚝 선 인영을 바라보았다. 그는 통천교주와 싸우던 여인을 한 팔로 안아 들고 있었다. 동이 서서히 트고 있었지만 인영이 해를 등지고 있었기 때문에 얼굴을 금방 식별하기 어려웠다.

"다, 단주님, 됐어요. 이제 내려주세요."

여인의 당황한 음성이 새어 나왔다.

인영은 안고 있던 여인을 가만히 내려놓았다.

"아… 아얏."

여인은 발을 디디자마자 짧은 비명을 지르며 절뚝였다.

"금방 걷기 어려울 것 같소."

인영은 비틀거리는 여인을 재빨리 두 손으로 다시 들어 안았다.

그때 간신히 정신을 가다듬은 진연이 한 발 앞으로 나섰다.

"누구신지 소속을 밝혀주세요. 본련의 동지인가요?"

가까이서 보니 상당히 잘생긴 그녀 또래의 청년이었다. 낯선 얼굴이었지만 눈빛이나 목소리가 이상하게 낯익은 느낌이었다.

청년은 진연의 얼굴을 살피더니 희미하게 웃으며 말했다.

"성검회의 이천휘요."

"아, 성검회 분들이셨구나. 어쩐지……."

진연은 그제야 여인의 무공을 금방 알아보지 못한 이유를 알 수 있었다.

'가만, 그런데 이천휘……?'

그러고 보니 바로 좀 전에 들었던 이름 아닌가?

진연이 손바닥을 탁 치는 사이 이천휘는 내려달라고 바동거리는 여인을 안은 채로 그녀를 지나 영호선과 조비연에게로 다가갔다.

"둘 다 오랜만이군."

이천휘는 그 말 한마디만을 남긴 채 넋을 잃은 듯 멍하니 서 있는 조비연과 영호선 사이를 지나 여인을 안고 휘적휘적 산 위로 올라가 버렸다.

진연은 입을 벌린 채 이천휘가 사라진 길을 바라만 보고 있는 조비연과 영호선에게로 다가갔다.

"이천휘라던데… 아까 말한 그분 아녜요?"

조비연과 영호선은 할 말을 잊은 듯 복잡미묘한 표정을 짓고 있었다.

그때 한 떼의 사람들이 우르르 바위 위로 몰려왔다.

"저기 간다!"

"소협! 같이 가오!"

진연이 보니 그들은 모두 화산파 복색을 하고 있었다.

"화산파? 그럼 매양현에서 온 사람들인가?"

진연은 깜짝 놀라 그들을 붙잡고 자초지종을 물으려 했다. 그러나 화산파 도장들은 그녀의 손을 뿌리치고 이천휘를 애타게 부르며 그가 사라진 쪽으로 달려갔다.

"대체 이게 무슨 소동이야?"

진연이 어안이 벙벙해하고 있을 때 누군가가 그녀의 등을 쳤다.

"연아!"

돌아본 진연은 그를 알아보고는 놀라며 외쳤다.

"한청아! 무사했구나!"

그는 그녀의 죽마고우인 명한청이었다.

"대체 왜 이렇게 귀환이 늦은 거야? 매양현의 별동대 소식이 끊어져서 다들 걱정하고 있었는데."

"그렇게 됐다. 집마부의 지원군을 치고 오느라고 늦었어."

"정말이야?"

진연은 크게 놀랐다. 무림련의 본진도 집마부의 오백 마졸에게 일방적으로 당했는데 부족한 전력의 별동대가 천 명이 넘는 지원군을 쳤단 말인가?

"자세한 얘기는 나중에 해줄게. 일단 우리가 이겼고, 진 숙부까지 구했다는 것만 알아둬."

"정말이야? 아빠를 구했어?"

진연은 뛸 듯이 기뻐했다.

"그래, 지금 여기로 오고 계시는 중이야. 우리는 본산이 걱정되어 별동대에서 발이 빠른 고수 오십 명만 추려 먼저 달려온 거야."

"그랬구나."

그때 진연의 뒤에서 식식거리며 서 있던 조비연이,

"진 소저, 나 먼저 올라가요."

하는 말 한마디만을 남기고 횅하니 산 위로 올라가 버렸고, 뒤이어 영호선도,

"곧 교대 시간이니 먼저 이만……."

하고 조비연의 뒤를 따라 가버렸다.

"휘유— 저 여자들 누구야? 둘 다 대단한 미인인걸?"

명한청이 휘파람을 불며 말하자 진연은 키득거리며 말했다.

"꿈 깨라. 벌써 딴 남자한테 콩깍지가 단단히 씌어진 모양이니, 둘 다."

"콩깍지가 씌어? 그게 무슨 말이야?"

"큭큭, 넌 몰라도 돼. 좀 전에 그 표정 정말 볼 만했어. 딴 여자를 안고 가니까 둘 다 멍해져 가지고……."

어리둥절한 표정을 짓던 명한청은 갑자기 진연의 귀에 대고 조그마하게 속삭였다.

"참! 너 좀 전에 올라간 이천휘란 사람 봤니?"

진연은 명한청까지 이천휘를 언급하자 신기해하며 말했다.

"봤어. 너 그 사람 알어?"

"알다마다. 이번에 대단한 활약을 했지. 그 사람이 진 숙부도 구했고."

"정말이야?"

명한청은 놀라는 진연의 귀에 대고 작게 속삭였다.

"그건 그렇고, 나도 진 숙부에게 들어서 알게 된 건데 말이지…… 이천휘

가 바로 풍파투도야."

"뭐, 뭐야?"

진연은 대경실색한 표정을 지었다.

"그 사람이…… 풍파투도라고?"

"응. 워낙 변장술이 뛰어나잖니. 도둑이란 신분 숨기느라고 개봉의 귀공자로 행세하나 보더라고."

그 순간 진연의 표정이 기묘하게 변했다. 멍해진 그녀의 표정은 좀 전의 조비연, 영호선의 표정과 꼭 닮아 있었다.

*   *   *

자소궁 취의청에서 열리고 있는 무림련 간부 회의에는 오랜만에 밝은 기운이 감돌고 있었다. 무당산으로 쫓겨올 때만 해도 궤멸 직전이었지만 벌써 이틀째 견고한 방어에 성공하고 있는 데다가 별동대의 믿어지지 않는 쾌승이 절망적이던 전세를 역전시킬 수 있다는 희망을 던져 주었기 때문이다.

"…그리하여 별동대의 본진은 내일 오전까지는 무당산에 도달할 것입니다."

명한청의 보고가 끝마쳐지자 이례적으로 박수 소리까지 흘러나왔다.

무림련주 청진 대사 역시 흡족한 미소를 띤 채 박수를 쳤다.

"정말 수고 많았네. 별동대가 정말 큰일을 해주었군. 특히 결정적인 순간 참가하여 큰 활약을 해주신 성검회의 영웅들께 진심으로 감사드리는 바입니다."

그는 성검회의 대표로 회의에 참여한 상산노군 장후성에게 정중히 허리를 숙였다.

"노부야 별로 한 것도 없소. 화산 출신인 이천휘 소협이 정말 큰일을 해냈지. 그가 몰래 적진에 잠입하여 집마부 부부주 개서추의 목을 베지 않았더라면 승리는 없었을 것이오."

"정말 그렇습니다. 화산에게도 큰 감사를 드려야겠구려."

청진 대사는 물론 너나 할 것 없이 입을 모아 화산파에 인물이 났다며 치하를 했다. 이쯤 되면 이천휘의 출신인 화산파를 대표하는 장문인 경운자의 어깨에는 힘이 잔뜩 들어가야 정상일 텐데 경운자는 군웅들의 칭찬이 거북스러운 듯 별것 아니라며 겸양을 떨었다.

사실 지금 그의 속은 바짝바짝 타 들어가고 있었다. 긴급회의만 아니라면 지금 당장에라도 이천휘에게 달려가 경빈 진인과 대질시켜 둘 다 파문을 시키든 아니면 잘 구슬러서 정식 제자로 삼든, 둘 중에 하나를 택하고 있을 것이었다. 물론 지금은 일이 기기묘묘하게 꼬여 이천휘가 영웅으로 급부상하고 있는 판국이니 파문은 어림도 없고, 무조건 제자로 받아들여야 하는 상황이 되고 말았다.

'그전에 놈이 화산파가 아니라는 사실이 절대 탄로나서는 안 돼!'

만일 일이 잘못되어 가짜 제자라는 정체가 드러나기라도 한다면… 추후 이어질 망신살은 상상만 해도 끔찍했다. 다행히 별동대에 파견되었던 '이천휘 경호조'가 그를 물샐틈없이 경호하며 본산까지 왔다고 하지만, 이천휘의 경신법이 워낙 빠른 탓에 오는 내내 그를 쫓아다닌 경호조는 벌써 탈진 상태에 이르러 있었다.

'다음 전투부터는 장로들을 전부 경호조에 투입시키는 수밖에 없겠어.'

경운자가 엉뚱한 고민에 머리가 하얗게 새어가고 있는 가운데, 다른 간부진은 향후 대책 마련에 부심하고 있었다.

무림련의 총사인 무당파의 명선자가 앞으로 벌어질 전황을 설명하고 있었다.

"별동대가 가져온 개서추의 목을 지금 막 집마부의 본진에 보냈습니다. 그것을 받게 되면 기세등등한 집마부주 과상천도 기가 한풀 꺾일 것입니다. 그들이 지원군의 패배를 조사하고 대책을 마련하기까지 걸릴 시간이 우리에게는 천재일우의 기회입니다. 그 약간의 여유 동안 포섭할 수 있는 세력을 최대한 끌어 모아 반격에 나서야 합니다."

간부진에서 질문이 날아들었다.

"전검문과 성검회의 본진은 대체 언제 도착하는 거요?"

"상산노군께서 앞서 말씀하셨듯이 성검회 본진은 이틀 후에 도착할 것입니다. 그리고 전검문 등 사천문파는… 빨라도 열흘 후에나 올 수 있을 것이라 합니다."

그 말이 끝나자 여기저기에서 불만에 찬 소리가 터져 나왔다.

"이해가 안 가는 군. 호광성 바로 옆에 있는 중경에서 출발한 전검문이 복건성에서 오고 있는 성검회보다도 늦게 오다니, 이게 있을 수 있는 일이오?"

"싸움에는 늦게 참여하고 생색만 내겠다는 수작 아닌가?"

명선자는 난처한 표정을 한 채 좌중을 진정시켰다.

"자자, 다들 고정하십시오. 여기에는 노군도 계시지 않습니까."

상산노군 장후성은 전검문과 직접적인 연관은 없지만 그가 보필하고 있는 상관인 성검회의 대좌 송천운이 전검문주였기 때문에 무림련의 불평은 그에게 불편하게 들릴 수도 있다는 의미였다.

청진 대사도 입을 열었다.

"전검문 등 사천문파의 행보가 늦는 것은 어느 정도 이해를 해줍시다. 그들은 사천에서의 격돌로 인해 우리보다 훨씬 큰 피해를 이미 입은 상태가 아니오? 상처를 보듬고 전열을 가다듬으며 여기까지 오는 것은 무척 힘든 행보일 것이외다. 열흘 후 그들은 우리의 큰 원군이 되어줄 터, 그때를 기대하도록 합시다."

청진 대사의 말에도 불구하고 간부들의 표정은 여전히 좋지 않았다. 집마부가 지원군의 패배 충격을 추스르고 무당산에 본격적인 공세를 가할 시점은 열흘은 고사하고 사흘도 채 걸리지 않을 것이다. 이틀 후 도착할 성검회 본진도 도움이 될지 안 될지 모르는 상황에서 열흘 후에 백만 대군이 온들 무슨 소용이 있겠는가.

모두의 생각을 대변하듯 종남 장문인 조청문이 입을 열었다.

"별동대가 큰 승리를 낚았지만 전황은 여전히 우리에게 불리합니다. 지난 이틀 동안 산의 영험한 기운 덕택에 사술의 힘을 빌린 적들의 술법 공격을 잘 막아왔지만 말일 성검회와 전검문이 도착하기 전에 양양에서처럼 생사를 도외시한 놈들의 총공세가 시작된다면 필패할 가능성이 높습니다."

"본좌가 있는 한 그렇게는 안 되지."

취의청 문이 벌컥 열리며 한 사나이가 뚜벅뚜벅 걸어 들어왔다. 그의 갑작스런 등장에 문 근처에 있던 몇몇 간부가 병기를 잡고 벌떡 일어섰다.

들어선 사나이는 칠 척의 장신에 강철 같은 눈빛을 발하고 있었다. 그의 얼굴을 본 간부진 중 누군가가 신음하듯 뇌까렸다.

"일도절혼 관천호……!"

다른 몇몇도 그를 알아본 듯 소리쳤다.

"맞다!"

"철무림주다!"

장내에는 순간적으로 팽팽한 긴장감이 감돌았다. 비록 원군으로 합류했지만 전쟁 이전까지는 무림련 소속 문파들과 분란이 끊이지 않았던 철무림이 아닌가. 게다가 현재 송천운과 더불어 천하양대고수로 꼽히고 있는 절대자인 관천호는 등장만으로도 무림련 간부진에게 강한 압박감을 주었다.

"어서 오시오, 관 대협. 예정보다 빨리 오셨구려. 미처 마중 나가지 못한 비례(非禮)를 용서하시오."

청진 대사가 정중히 합장을 하며 말했다.

관천호는 인사도 귀찮은 듯 손을 한 번 휘젓고 뚜벅뚜벅 빈 의자에 걸어가서 털퍼덕 앉았다. 그리고 두 발을 들어 탁자 위에 걸쳤다.

"저런 건방진……!"

무림련주를 무시하는 행태에 몇몇 간부가 눈에서 불을 뿜었다. 반면 청진 대사는 전혀 개의치 않는 듯 표정의 변화 없이 넉넉한 눈빛으로 관천호를 주시했다.

관천호는 자신을 노려보는 간부들을 귀찮다는 듯 눈으로 한 번 훑고는 입을 열었다.

"본좌는 시간을 낭비하는 쓸데없는 설왕설래를 가장 싫어한다. 그대들이 본좌의 무력을 필요로 한다 하니 주겠다. 대신 앞서 약조한 것을 내어놓도록."

다시 몇몇 간부가 꿈틀거렸지만 청진 대사가 손을 들어 그들을 만류했다. 그리고는 명송자에게 말했다.

"장문인, 신단과 서류를 준비해 주시겠소?'

명송자는 알겠다고 하고는 취의청을 나섰다.

명송자가 돌아오길 기다리는 사이, 총사 명선자가 관천호에게 말을 걸었다.

"관 대협, 산의 관문을 어떻게 통과하여 올라오셨습니까? 제자들에게 도착을 알리셨다면 진작에 보고가 있었을 텐데."

"말했잖나. 시간 끄는 것은 질색이라고. 그냥 지나쳐 왔다."

"알겠습니다. 대협의 무위라면 제자들이 못 본 것도 무리가 아닐 테지요. 한데 그럼 다른 철무림 무사들은 지금 어디에 있는지요?'

"본진은 무당산 외곽 오십 리 지점에서 대기 중이다. 산을 오른 것은 본좌와 이십 명의 본 림 고수뿐일세."

"어째서 같이 오시지 않고……."

관천호는 피식 웃었다.

"산꼭대기에 잔뜩 모아놓았댔자 전투가 제대로 될 것 같나? 만약 과상천이 여길 올라와 일전을 치르겠다는 결심을 한다면 그자 역시 백 명 이상은 데려오지 않을걸. 양양 평야에서의 전투는 지형도 넓게 트인 벌판이고 참여한 인원도 워낙 많아서 무림인의 결투라기보단 군부의 병정놀이에 가까웠다. 그렇기 때문에 십여 개 문파가 이권에 목이 메여 대충 연합한 그대들이 조직력에서 몇 수 위인 집마부에 일방적으로 깨진 것이지. 어쩔 수 없는 선택이었겠지만 이 산으로 기어올라 온 것은 탁월한 결정이었다. 이런 지형에서는 그야말로 소수 정예의 싸움, 고수가 빛을 발할 수 있는 환경이다. 본 림은 싸움의 주최자가 아니니 본좌 이하 이십 명이면 충분하다. 어중이떠중이가 연합한 그대들의 문파에도 쓸 만한 자가 몇몇은 있겠지. 미리 한 팔십 명만 추려놓도록. 그러면 본좌가 친히 이끌고 나가 과상천을 도륙 내주겠다."

관천호의 말은 사태의 핵심을 찌르고 있었지만 무림련 입장에서는 참으로 모욕적인 언사가 아닐 수 없었다. 몇몇 간부는 식식거리며 칼을 뽑을 태세를 취했지만 다른 간부들의 만류로 간신히 분을 삭였다. 사실 말리지 않았더라도 정말 무기를 뽑는 자는 없었을 것이다. 장내 있는 사람들 중 그 어느 누구도 관천호를 이길 수 있다고 자신할 수 있는 자가 없기 때문이다.

그때 취의청 문이 열리고 천우신단을 가지러 갔던 명송자가 모습을 드러냈다. 그런데 그는 안으로 들어오지 않고 청진 대사를 향해 손짓했다. 잠깐 나와보라는 신호였다.

청진 대사는 의아한 얼굴을 한 채 총사 명선자를 대동하고 취의청 밖으로 나왔다.

"무슨 일인지요? 혹시 천우신단에 변고라도……."

명송자는 곤혹스러운 얼굴로 말했다.

"신단은 지금 빈도가 가지고 있습니다."

"그런데 왜 들어오지 않고……."

"성검회에서 보낸 전서구가 방금 막 도착했습니다."

"전서구가요? 무슨 내용이었기에……."

"송천운 대좌의 친필이었습니다. 절대 철무림과 협상하지 말고 자신이 도착하길 기다리라는 내용입니다."

명송자는 들고 있던 서신을 내밀었다.

청진 대사와 명선자는 서신의 내용을 훑어보고는 명송자와 똑같이 곤혹스러운 표정을 지었다.

"철무림이 집마부와 결탁했을 가능성이 있다는 것을 언급하고 있구려."

명선자가 말했다.

"이 얘기는 전쟁 초기부터 돌던 소문입니다. 본련에서는 신빙성이 없다고 판단한 내용입니다."

"그렇긴 하오만 다른 사람도 아닌 송 대좌의 말인지라……."

"련주, 바로 송 대좌의 말이기에 마냥 귀담아듣기가 어려운 것입니다. 송천운과 관천호, 이 두 사람이 진검성 당시부터 앙숙이라는 것은 세상 사람 모두가 알고 있는 사실이 아닙니까. 송 대좌 입장에서는 호적수인 관천호가 자신에 앞서 무림련과 관계를 맺는 것이 탐탁지 않게 느껴지겠지요. 기실 우리 입장에서도 둘 중 하나를 택하라면 그나마 공명정대하다고 알려진 성검회가 철무림보다 나은 게 사실입니다. 하나 지금 성검회는 멀리 있고 철무림은 가까이 있으며, 전쟁은 일촉즉발, 언제 전면전으로 이어질지 모르는 상황입니다."

명송자가 말했다.

"하나 신중하라는 송 대좌의 말을 마냥 무시할 수는 없는 상황 같소. 련주, 일단 오늘 성급하게 천우신단을 건네지 말고 하루 정도 협상의 시간을 끄는 것이 어떨는지요. 서신에 보면 송 대좌가 최대한 빨리 오겠다 했으니 내일이면 도착할 것입니다. 개서추의 목이 이제 막 집마부에 전달되었을 테니 그들 역시 지원군의 패배를 의식해 오늘 무슨 일을 벌이지는 않을 것이고요. 시간을 끌어볼 여지는 분명히 있습니다."

청진 대사는 곤란한 듯 신음성을 내었다.

"으음, 여유가 있긴 하나 관 대협의 화급한 성격에 과연 시간 끄는 것을 용납할지 모르겠소. 화를 내서 자리를 박차고 떠나기라도 하는 날에는 정말 곤란해질 수 있는 상황이 아니오."

세 사람이 이러지도 저러지도 못하고 머리를 감싸쥐고 있을 때, 무당파 제자 한 명이 헐레벌떡 복도를 가로질러 뛰어왔다.

"무슨 일이냐?"

명선자의 물음에 제자는 하얗게 질린 얼굴로 외쳤다.

"크, 큰일입니다! 집마부의 공세가 시작되었습니다! 남서로가 뚫렸고, 벌써 산중턱까지 올라왔다고 합니다!"

"뭣이?"

세 사람은 대경실색한 얼굴이 되었다.

"마졸 숫자는 대략 백이삼십 정도인데, 과상천이 직접 진두지휘하고 있다고 합니다! 본련 무사들이 속속 투입되고 있지만 투입되는 부대마다 몇 수를 버티지 못하고 무너지고 있습니다!"

청진 대사는 침중한 눈빛을 발하며 말했다.

"더 이상 무사들을 투입하지 말고 후퇴시켜라. 과상천이 직접 나섰다면 그 백이십 명은 집마부의 최정에 고수일 터, 그렇다면 본련의 최고수들이 상대할 수밖에 없다."

"존명!"

제자는 소리치며 달려나갔다.

"개서추의 목을 보낸 것이 위압이 된 것이 아니라 화근이 되었나 봅니다."

명선자의 말에 다른 두 사람은 묵묵히 고개를 끄덕였다. 과상천의 분노가 취의청까지 전달되는 듯 느껴졌다.

천진 대사가 탄식을 발하며 말했다.

"이젠 선택의 여지가 없구려. 관천호에게 신단과 상권 협상 서류까지 모두 내어주시오. 간부진에게도 통고하여 미리 선별해 놓은 각파 고수들을 해검지에 집결시키라 명하시오. 정사대전의 결말은 그곳에서 결정합시다."

*   *   *

"이천휘! 야, 이천휘! 어디 갔냐, 이천휘!"

조비연은 눈에 쌍심지를 키고 객청이 떠나가라 소리를 쳤다. 조비연의 뒤를 따르던 영호선은 얼굴을 붉히며 그녀를 만류했다.

"연매! 제발 목소리 좀 낮춰. 남들이 욕하겠어!"

"언니도 참! 새벽에 한 번 보고 지금까지 반나절 넘도록 코빼기도 안 비치는 녀석이 괘씸하지도 않아요? 기껏 걱정해 준 사람들한테 한다는 소리가 뭐어쩌고 어째? 둘 다 오랜만이네? 게다가 정혼녀는 내팽개치고 어디서 여시 같은 계집애 하나 끼고 나타나가지고서는 낯짝도 두껍지… 야, 이천휘! 빨리 안 튀어나와?"

버럭 소리를 지르는 조비연을 보며 영호선은 쓴웃음을 금치 못했다. 명목상으로만 정혼녀라고 주구장창 주장하던 그녀가 갑자기 자신의 권리를 주장하는 것이 우습기도 하고 왠지 동질감이 느껴지기도 했기 때문이다.

고개를 돌리고 웃던 영호선은 아까부터 자신들의 뒤를 따르고 있는 진연을 보고는 눈에 이채를 띄었다.

"진 소저, 저희한테 무슨 볼일이라도……."

진연은 머뭇거리며 대꾸했다.

"아니오, 별것은 아니고… 그 이천휘라는 소협 어디 갔나요?"

영호선은 고소를 지으며 말했다.

"저희도 찾고 있는데… 잘 모르겠네요. 이 공자한테 용건이 있으신가요?"

"아니에요. 그저 예전에 한번 본 적이 있는 것 같아서… 확인 좀 할 게 있어서……."

진연은 계속 말을 더듬었다. 영호선이 고개를 갸웃거릴 찰나, 객청이 갑자기 부산스러워졌다. 바깥에서 적이 왔음을 알리는 신호 소리가 들려왔기 때문이었다.

"적이 쳐들어왔나 봐요!"

진연이 외쳤다. 셋은 이천휘 찾기를 중단하고 급히 객청 문밖을 향해 달렸다.

그때 누군가가 문을 열고 안으로 들어와 나가는 세 여인과 마주쳤다.

세 여인은 흠칫하며 걸음을 멈췄다. 들어선 여인은 새벽에 장건이 안았던 바로 그 여인이었기 때문이다.

여인은 진연 등을 보고 반색을 하며 물었다.

"저, 우리 단주님 못 보셨나요?"

조비연은 뻐딱한 어조로 대꾸했다.

"우리가 당신 단주님을 어떻게 알겠어요? 당신 소속도 잘 모르는데."

여인은 아차 하는 표정을 지으며 말했다.

"죄송합니다. 전 성검회 십검단 부단주인 성연희예요. 저희 단주님인 이천휘 소협과 안면이 있으신 분들 같아서 여쭙는 거예요."

성연희의 겸손한 태도에 조비연은 다소나마 누그러진 표정으로 대꾸했다.

"우리도 찾고 있는 중이에요. 그런데 지금 밖에 비상 상황 아닌가요?"

"단주님을 찾고 있는 것은 그 때문이에요. 지금 집마부주 과상천이 직접 지휘하는 집마부의 정예고수들이 본련의 관문을 뚫고 산중턱까지 치달았다고 해요. 그래서 각 문파의 고수들이 해검지로 긴급 소집되고 있는데, 단주님만 보이질 않아서…….”

성연희는 곤혹스러운 표정으로 말끝을 흐렸다.

세 여인은 과상천이 직접 쳐들어오고 있다는 말에 모두 놀라움을 금치 못했다.

“그럼 이러고 있을 때가 아니네. 우리도 빨리 해검지로 가야겠어요.”

조비연이 말했다. 그녀는 종남파가 미리 선별한 대표에 포함되어 있어 해검지로 당장 가야 하는 상황이다.

“해검지에 가야 하는 건 나도 마찬가진데, 우선 이 공자를 찾는 것을 도와주는 게 좋을 것 같아.”

영호선이 침착한 어조로 말했다. 이천휘―실은 장건―의 실력을 누구보다 잘 아는 그녀였다. 과상천과 집마부의 정예가 쳐들어왔다면 무림련에 장건이 있고 없고에 따라 승패가 결정될 수도 있다는 것이 그녀의 판단이었다.

조비연도 그녀의 의중을 알아차린 듯 성연희에게 이천휘를 같이 찾아보자고 했다. 진연도 머뭇거리다가 그녀들에 합세하여 네 여인이 객청을 이 잡듯 뒤지며 이천휘를 찾기 시작했다.

그러기를 일각여, 벌써 객청에 있던 수많은 무사들은 모두 빠져나갔고 이천휘의 이름을 부르고 있는 그녀들만이 남게 되었다.

“아무래도 해검지로 가야겠어요. 이렇게 찾아도 없는 것을 보니 어쩌면 길이 엇갈려 해검지에 먼저 가 있을 것도 같아요.”

성연희의 말에 모두 동의했다. 네 여인은 부랴부랴 객청을 나섰다. 그런데 객청 문을 열고 밖으로 나오는 순간 안으로 들어가려는 이천휘와 딱 마주치고 말았다.

네 여인은 뜬금없이 나타난 그를 보고 깜짝 놀라 잠시 할 말을 잃었고, 이천휘는 의아한 표정으로 그녀들의 어깨너머를 살피며 말했다.

"무슨 일 있나? 갑자기 주위가 한산해졌군."

그의 태평한 소리에 조비연은 어이가 없는 표정을 짓다가 소리를 빽 질렀다.

"대체 어디 있다 지금 나타난 거야!"

"귀 아프게 왜 소리는 지르고 그래? 무당산에 처음인지라 주변 경관도 볼 겸하여 산책하고 오는 길이야."

조비연은 어처구니가 없는 듯 말을 잇지 못했고, 대신 성연희가 쏘아 붙였다.

"어디 가면 간다고 말을 해야죠! 집마부주 과상천이 휘하 고수들을 이끌고 산을 오르고 있어요! 당장 해검지로 집결하라는 명이 떨어졌다고요!"

"그런 일이 있었군."

전면전이 벌어진 판국이라 하는데도 이천휘는 대수롭지 않은 표정이었다.

네 여인은 지나치게 태평한 그를 사방에서 닦달하며 해검지로 달려갔다.

해검지에서는 벌써 전투가 벌어지고 있었다.

일반 무사들이 해검지 주변을 멀찍이 둘러싸고 있었다. 영호선은 무사들이 지나치게 뒤로 물러서 있는 것이 아닌가 하는 생각이 들었다. 그런데 그들을 헤치고 앞으로 나가보니 무사들이 왜 그렇게 있어야 하는 지 깨닫게 되었다. 그것은 해검지에서 들려오는 소음 때문이었다.

끼이이잉— 기이이잉—

악기가 내는 소리 같기도 하고 한 맺힌 여인의 귀곡성 같기도 한 귀를 울리는 소음. 듣자마자 미세한 현기증이 이는 것으로 보아 일종의 음공(音功)임이 틀림없었다.

괴음파는 양진영 고수들이 대치한 해검지 앞의 너른 평지에서 발생하고 있었다.

"심환소(心換笑)로군."

장건이 중얼거렸다.

"이 음공을 아세요?"

성연희가 물었다.

"사십 년 전 광동을 주름잡던 적심문이란 사파의 비전수법이오. 사람이 아닌 심환령이라는 악기로 내는 소리인데, 일정 수준 이상의 내공을 쌓은 자에게는 큰 지장을 주지 않지만 그 기준이 매우 높소. 일반 무사들이 견뎌내긴 힘들 거요."

심환소를 들으며 계속 전진하자 일행 중에 내공이 가장 처지는 진연이 힘든 기색을 했다. 그녀는 해검지에 소집된 대표 중에 속하지도 않았으므로 일행의 무운을 빌며 뒤로 빠졌다.

심환소의 효과로 인해 무림련의 수적 우세는 없는 것이나 마찬가지가 되어버렸다. 되레 해검지 집결 고수 중에도 심환소에 지장을 받는 사람이 있어서 철무림이 참전하지 않았다면 집마부에게 일방적으로 밀릴 뻔한 상황이었다.

심환소가 시끄럽게 울리는 가운데 해검지 앞 평지에서는 전투가 치열하게 전개되고 있었다. 중앙에서는 집마부주 과상천과 그의 호위대가 청진 대사와 명송자를 비롯한 무림련의 최고수들과 한 치의 양보 없는 접전을 벌이고 있었고, 한쪽 구석에서는 관천호가 이끄는 철무림의 고수들이 진법을 펼치고 있었다.

철무림의 진법은 어쩐지 공격보다는 방어에 치중하는 듯한 느낌이었다. 그들을 가로막고 있는 것은 금강불괴지신의 경지에 다다랐다고 알려진 태환 교주와 그가 이끄는 금각동인들이었다. 그들 역시 공격보다는 철무림 무사들이 과상천에 접근하지 못하도록 진로를 막는데 주안을 두고 있는 듯 보였다.

전세는 조금씩 집마부에 유리하게 흐르고 있었다. 승패를 결정짓는 요지인 중앙의 전투에서 과상천과 그의 호위대가 무림련의 고수들을 몰아붙이고 있기 때문이다.

과상천과 그의 호위대 또한 기묘한 사술을 펼치고 있었다. 그들의 몸 주위에는 검은 안개 같은 것이 감돌고 있었는데, 이 안개가 무림련 고수들의 검기와 장풍의 위력을 현저히 감소시키고 있었다. 무림련 고수들은 하는 수 없이 바싹 붙어 접근전을 전개했는데, 이 역시 검은 안개로 인해 움직임이 둔화되면서 무림련 측의 부상자가 속출하고 있었다.

"마교의 암향류(暗香流)로군."

장건이 중얼거렸다.

"저자들이 마교의 수법까지 익혔다는 건가요?"

영호선이 놀라 외쳤다. 집마부가 사파의 옛 전설인 마교의 비전을 이어받았다는 소문은 들었지만 그게 진짜인 줄은 몰랐던 것이다.

"이대로는 곤란하겠군. 변화를 줘야겠소."

장건은 말이 떨어지기가 무섭게 번개처럼 움직여 전장에 뛰어들었다. 그가 가장 먼저 치달은 곳은 철무림의 진로를 막고 있는 태환교의 배후였다.

서걱!

땀을 비질거리며 금각동인들을 독려하고 있던 태환교주의 목이 하늘로 치솟았다, 금강불괴지신이라던 명성이 무색하게.

"교주!"

금각동인들의 비명이 울렸다. 강철같이 단단한 육신을 가진 그들이었지만 정신적 지주인 교주를 잃은 타격은 그들에게 육신의 단단함을 무력하게 만드는 치명상을 입혔다. 혼란에 빠져 우왕좌왕하던 금각동인들은 전진하기 시작한 철무림의 진에 짓밟혀 순식간에 전멸하고 말았다.

"저놈……?"

철무림의 진 맨 끝에 서 있던 관천호의 눈이 순간적으로 번득였다. 태환교주의 배후로 침투해 일합에 목을 따낸 자의 움직임이 눈에 익었기 때문이다. 워낙 재빨리 나타났다 사라졌고 태환교주의 신형에 가려 얼굴을 확인할 수 없었지만 치고 빠지는 재빠른 몸가짐이 어디선가 본 듯한 느낌을 주고 있었다.

빠져나간 자를 찾으러 이동하던 그의 시선에 중앙에서 활약하고 있는 과상천과 호위대의 모습이 들어왔다. 그들은 승세를 점한 듯 서서히 일방적으로 무림련 간부들을 몰아붙이고 있었다. 간부들 중에는 검은 안개에 휘말려 쓰러지는 자가 속출하고 있었다.

과상천은 청진 대사와 명송자를 동시에 상대하고 있었는데, 절정에 다다른 암향류를 사용하여 무림의 태산북두라 칭해지는 무당과 소림의 최고수를 압도하는 무위를 선보이고 있었다.

관천호는 오랜만에 호승심이 이는 것을 느꼈다. 기실 지금까지는 전투에 임하면서도 별 감흥이 없어 움직이질 않고 있었는데 과상천의 위용을 보고 있자니 그의 천성인 거칠 것 없는 투지가 들끓기 시작한 것이다.

"중앙으로 전진하라! 과상천을 처단하겠다!"

철무림의 진이 검은 안개를 향해 움직이기 시작했다.

푹!

"크윽!"

땅 밑에서 단말마의 비명과 함께 검붉은 피가 땅을 적시며 솟구쳐 올라왔다. 장건은 땅속 깊이 박아 넣었던 검을 빼내고는 귀에 손을 대고 눈을 지그시 감았다. 그리고는 다시 움직였다.

그는 태환교주를 쓰러뜨려 철무림에게 길을 터준 뒤 싸움터 주변을 돌며 심환령의 소리를 발생시키는 자들을 처치하고 있는 중이었다. 이들은 지둔술을 사용하여 땅속에서 움직이고 있었다. 모습도 보이지 않는 데다가 계속 움직이고 있기 때문에 추적에 어려움이 있었지만 장건은 형문산 음양조화의 방에서의 수련 이후 몸속의 오행신단을 완전히 용해시켜 내공이 급상승한 상태였다. 그로 인해 땅속의 적도 쉽게 발견하여 처단하는 것이 가능했다.

대여섯 놈쯤 처단하고 나니 심환소의 소리는 크게 줄어들어 있었다. 이제 남은 놈은 두엇밖에 없는 듯했다.

잠시 눈을 돌려 전황을 살피니 철무림의 진이 마침내 중앙의 과상천과 격돌하고 있었다. 검은 안개, 암향류는 한층 짙어져 무사들의 움직임이 잘 보이지 않을 정도였고, 부상당한 무림련 간부 몇몇은 안개에 휘말려 피를 토하며 쓰러지고 있었다.

'위험하군!'

장건은 안개에 뛰어들 작정으로 발을 옮겼다. 저 검은 안개 속에서 무슨 변수가 작용할지 알 수가 없기 때문이다.

그런데 그가 막 발을 떼려는 순간, 누군가가 그의 어깨를 손으로 꽉 잡았다.

장건은 놀라며 뒤를 돌아보았다. 중앙의 전투에 정신을 빼앗기긴 했으나 자신의 등 뒤까지 소리없이 다가올 수 있는 자가 있다니 놀랄 수밖에 없는 일이었다.

그의 어깨를 잡은 자는 송천운이었다.

"대좌님."

장건은 침착한 어조로 말했지만 속으로는 무척 놀라고 있었다. 내일에나 도착할 예정이라던 그가 벌써 여기까지 왔다니, 대체 어떻게 된 일인가?

송천운은 급히 달려온 듯 다소 피로한 안색을 하고 있었다. 그는 긴장된 어조로 말했다.

"십검단주, 자네가 풍파투도인가?"

장건은 번득이는 눈으로 그를 노려보았다. 자신의 정체를 어떻게 안 것인가.

"그걸 누구한테 들으셨습니까?"

"삼절서생 조휴에게 들었네."

"조휴가 지금 쓰고 있는 이름을 아십니까."

"범 자, 생 자를 쓰고 있지."

장건은 그제야 표정을 풀었다.

송천운은 중앙을 보며 말했다.

"지금 검은 안개 속으로 들어간 게 철무림인들인가?"

"그렇습니다."

"관천호도 그 안에 있을 테지."

"그렇습니다."

"십검단주, 관천호를 막아야 하네. 그가 과상천을 죽게 해서는 안 돼."

"어째서입니까?"

"자세한 설명을 여기서 하기는 어렵네. 다만 가장 중요한 한 가지만 말하자면, 과상천이 죽게 되면 강호에 피바람이 몰아치게 될 걸세. 그는 중원에서 변방으로 쫓겨간 수십 개의 사교를 아우르며 그들을 제어하고 있는 존재일세. 강호에서 가장 위험한 인물이기도 하지만 또한 그가 있기 때문에 세상이 평화롭기도 한 것일세. 만일 그가 여기서 죽는다면 벌써 강남으로 진입하고 있다는 수십 개의 사교가 중원 깊숙이 침투하여 이전과 같은 온갖 방종을 벌이며 강호인들은 물론 일반 백성까지도 혼란과 도탄에 빠뜨릴 걸세. 그렇게 되면 그 혼란을 틈타 이 전쟁을 꾸민 자들이 득세를 하겠지."

장건은 송천운을 뚫어지게 바라보며 물었다.

"전쟁을 꾸민 자가 누군지 아십니까?"

"어렴풋이나마. 수겸이 분란을 주도했고, 관천호는 이용당하는 것인지, 그가 실질적인 주동자인지 잘 모르겠네. 자네가 나를 의심하는 것 또한 알고 있네. 그러나 어찌 되었든 과상천을 여기서 죽여선 안 돼. 앞서 내가 말한 이유를 믿지 못하겠나? 그저 자네를 이용하는 거라 생각하나?"

장건은 말없이 그를 바라보기만 했다.

이용하는 거라 생각하느냐고? 그럴 가능성을 결코 간과하지 않고 있었다. 그러나 방금 송천운이 말한 과상천을 죽이면 안 된다는 그 이유는 분명 타당성이 있는 말이었다. 온갖 사교를 망라하고 있는 집마부가 와해되어 분열된다면 가장 큰 피해를 입는 것은 그네들이 아니라 강호의 일반 백성들이란 것은 부인할 수 없는 사실이었다.

장건은 일단 송천운의 말을 듣기로 했다.

"알겠습니다. 그럼 관천호와 과상천을 떼어놓아야겠군요."

"섣불리 움직인다면 우리가 되레 적의 간자로 의심을 받을 걸세. 자네의 능력은 잘 알고 있네. 자네가 은밀히 안개 속으로 침투하여 관천호와 과상천을 떼어놓게. 관천호는 성미가 불같은 자이니 자신을 방해하는 자를 감지하면 즉시 공격할 걸세. 조금만 시간을 끌어주면 내가 과상천을 상대해 그를 생포하겠네."

검은 안개 속의 공방이 심화되고 있었다. 더 이상 고민할 시간이 없다는 것을 깨달은 장건은 암향류를 향해 움직였다. 평지 외곽에 있던 그의 신형은 눈 깜짝할 새에 중앙의 안개에까지 치달았다. 송천운 또한 그에 뒤지지 않는 신법으로 따라붙었고, 둘은 동시에 안개 속으로 파고들었다.

제9장
장건, 관천호와 다시 맞붙다

장건, 관천호와 다시 맞붙다

암향류의 검은 안개 속으로 들어서자 주변의 사물이 거의 보이지 않을 지경이었다.

'그러나 마졸들은 똑똑히 이쪽의 모습을 보고 있겠지.'

장건이 생각하는 찰나, 측면에서 미세한 살기가 포착되었다. 장건은 피하지 않고 가만히 서 있었다. 예리한 검세가 그의 옆구리로 파고들었지만 검은 그의 살갗을 뚫지 못하고 부러지고 말았다. 지금 장건의 몸에는 연혼갑이 입혀져 있고 그 위로는 연혼갑의 능력을 극대화시키는 연혼무상신공의 기운이 흐르고 있었다. 웬만한 공격 가지고서는 그를 터럭만큼도 손상시킬 수 없었다.

검이 부러지면서 노출된 마졸의 위치로 장건은 망설임없이 검을 찔러 넣었다.

"크윽!"

단말마의 비명과 함께 마졸이 쓰러졌다. 그러자 눈앞을 깜깜하게 만들던 안개의 농도가 다소 줄어들어 시야가 좀 더 확보되었다.

'마졸들의 암향류가 중첩되어 이렇게 깜깜했던 거로군!'

안개의 특질을 파악한 장건은 망설임없이 전진하며 걸리는 마졸들을 차례차례 쓰러뜨렸다. 다섯 명쯤 쓰러뜨리니 앞이 훤히 보이기 시작했다.

그가 있는 위치에서 몇 발짝 떨어지지 않은 곳에 일대접전이 벌어지고 있었다. 관천호와 과상천이 일 대 일로 맞붙고 있었는데, 과상천이 일수를 뿌릴 때마다 시꺼먼 암향류가 사방으로 뻗어나가고 있었다. 뻗어나간 암향류에 휩싸인 몇몇 고수가 피를 토하며 쓰러진 후, 그들 주변 오 장 거리에는 사람이 없는 상태였다.

장건은 심호흡을 하며 싸움에 끼어들 준비를 했다. 그에게는 연혼무상신공이 있으므로 사방으로 뻗치는 암향류 정도는 문제가 되지 않았다.

기실 과상천보다 더 큰 문제는 관천호였다. 과상천은 현재 암향류 등 마교 무공의 기묘함을 무기로 우세를 점하고 있는 듯 보였지만 장건의 눈에는 관천호에게 밀리고 있음이 여실히 느껴졌다. 관천호의 엄청난 내공과 만도의 고절한 위력은 시간이 흐를수록 본연의 힘을 발휘해 과상천을 궁지에 몰아넣고 있었다. 그냥 놔둔다면 오십 초 이내로 결판이 날 싸움이었다.

장건은 불사동에서 있었던 관천호와의 대전을 똑똑히 기억하고 있었다. 그가 강호 출도 이후 일 대 일 대결에서 그렇게 일방적으로 몰렸던 것은 그때가 유일했다.

'내가 과연 그를 막아설 수 있을까?'

순간적으로 의문이 들었다. 그러나 결과를 미리 예측하며 겁을 내는 것은 그의 성미와는 맞지 않았다. 그는 떠올랐던 의문과 회의를 단숨에 털어버리며 결전이 벌어지는 한복판으로 뛰어들었다.

번천제룡환이 제룡섬으로 화하여 빛살 같은 속도로 튀어나갔다. 제룡섬의 목표는 관천호가 아닌 과상천의 목이었다.

안간힘을 쓰며 관천호를 막아서고 있던 과상천은 자신의 목을 향해 섬전같이 날아오는 물체를 알아채고는 즉시 암향류를 가동시켜 전면을 차단했다. 그러나 물체는 관천호도 완벽히 뚫지 못하던 암향류의 철벽 방어를 비집고 들어와 그의 목으로 파고들었다.

과상천은 침음성을 흘리며 뒤로 물러섰다. 그러나 다가오는 물체에서 이미 벗어날 수 없는 상황이었다. 죽지는 않더라도 치명상을 피하지 못하리라고 생각한 순간, 물체가 궤도를 이탈하여 휘어져 나갔다.

제룡섬을 막아낸 것은 다름 아닌 만도였다. 관천호는 자신과 과상천의 결투를 누군가가 방해하는 것을 용납할 수 없었던 것이다.

"어떤 놈이 감히……."

시선을 돌리던 그는 제룡섬을 거두는 장건을 발견했다.

"네놈은… 그때의 애송이?"

관천호는 눈을 번득였다.

"네놈이 왜 내 행사를 방해하는 거지?"

"글쎄, 아마도 당신 하는 짓거리가 아니꼬운 탓에 그렇다고 해두지."

장건의 대꾸에 관천호는 차갑게 웃었다.

"후후후, 건방짐이 하늘을 찌르는구나. 그래, 네놈에겐 천우신단의 빚이 있었지. 오늘 그걸 받아내야겠군."

그 순간 뒤쪽에서 암향류가 마구잡이로 뻗어 나와 둘에게로 다가들었다.

"또 뭐야?"

관천호는 귀찮은 듯 만도를 휘둘러 안개를 떨쳐 내며 시선을 돌렸다. 그의 눈이 갑자기 커졌다. 암향류를 뿜어내는 과상천과 격돌하는 송천운의 모습이 눈에 들어왔기 때문이었다.

"송천운, 이놈!"

관천호는 눈에서 불을 뿜으며 송천운에게로 달려가려 했다.

장건이 재빨리 신법을 발휘하여 그의 진로를 차단했다.

"어딜 가려고. 당신 나서는 꼴 못 본다고 했잖아?"

"멍청한 놈! 죽는 게 소원이라면 들어주마!"

만도가 주인의 심정을 아는 듯 화려한 빛을 번득였다. 선연한 광채의 도강이 뿜어져 나와 장건에게로 들이닥쳤다.

장건은 이검 대신 번천제룡환을 제룡검화하여 그것으로 맞섰다. 제룡검에서 뽑혀져 나온 황금빛 검강이 도강과 충돌했다.

콰앙!

격돌의 결과는 동굴에서와 같았다. 장건과 관천호의 내공은 큰 차이가 없었지만 만도의 공능으로 인해 증폭된 도강이 장건의 검강을 힘에서 압도하며 밀어붙였다.

그러나 이어진 상황은 동굴과 또 달랐다. 장건은 끝까지 버티지 않고 재빨리 내공을 풀었다. 그러자 검강을 내뿜고 있던 제룡검이 스르르 형체가 늘어지며 제룡편화하여 만도를 비껴나 관천호의 하체를 노렸다.

천하의 관천호였지만 방금까지도 검강을 내뿜고 있던 상대의 검이 돌연 채찍으로 화하여 자신의 하체를 휘감는 기기묘묘한 상황은 겪어본 일도 없었고, 상상한 적도 없었다. 전혀 예측하지 못한 공격인지라 그로서도 어쩔 수 없이 몸을 뒤로 날려 상대의 공격권을 벗어나야만 했다.

장건은 관천호가 주춤하는 틈을 놓치지 않았다. 그는 승천탈영보를 극한으로 발휘하며 관천호에게 바싹 따라붙었다. 양 소매에서 튀어나온 마흔여덟 개의 승표가 종횡으로 어지럽게 난무하며 관천호의 사지를 결박하려 했다.

"어리석은!"

관천호는 빠르게 후퇴하며 만도를 휘둘러 휘감아 오는 승표의 밧줄을 모두 토막 내버렸다.

승표의 다음은 암기였다. 장건이 떨쳐 낸 우모침과 표창이 팔방을 시커멓게 뒤덮으며 관천호를 덮었다. 관천호는 반격을 할 기회를 잃고 다가드는 암기들을 쳐내는 데 주력해야 했다.

다음은 독이었다. 장건의 양 소매에서 튀어나온 검은 연기, 흑미분이 주변을 뒤덮고 있는 암향류의 검은 안개와 뒤섞여서 관천호를 위협했다.

관천호는 이대로 마냥 상대의 공세에 휘말려서는 안 된다는 것을 깨닫고는 귀식공(龜息功)을 발휘하여 호흡을 멈춘 채로 움직였다. 그의 무공은 귀식공을 쓰면서도 위력이 평상시와 다름없을 정도의 수준에 이르러 있었다. 관천호는 주변에 자욱하게 깔린 독을 뚫고 장건에게로 달려들었다.

장건은 다가오는 그에게 맞서지 않고 빠르게 물러서며 그를 유인했다. 관천호는 잔뜩 독이 오른 눈빛을 발하며 거침없이 그에게 다가들었다. 장건은 후퇴하며 힐긋 중앙 쪽을 바라보았다. 그와 관천호는 송천운과 과상천이 격돌하고 있는 지점에서 점점 멀어지고 있었다.

관천호가 장건에게 걸려 지체하는 사이 송천운은 관망하던 청진 대사와 명송자까지 끌어들여 과상천을 협공하고 있었다. 비겁하게 보일 수도 있었지만 어떻게든 그를 생포하려는 의도로 그러한 공격을 감행한 것이었다.

세 명에게 일방적으로 밀려 궁지에 몰린 과상천은 촉망 중에도 주변을 돌아보았다. 그가 적들에게 휘말리고 있는 사이 상황은 완전히 반전되어 있었다. 해검지를 뒤덮고 있던 심환소의 소리는 그친 지 오래였고, 마졸들은 무림련과 철무림, 그리고 뒤늦게 참전한 성검회의 고수들에게 일방적으로 주살되고 있었다.

그는 눈을 희번덕이며 흉소를 흘리기 시작했다.

"크흐흐흐흐, 네놈들이 감히 나를 속이다니. 간교하기 그지없는 중원의 망종들아. 그래, 오늘 본좌가 세상을 뒤집어주마."

그는 양팔을 활짝 뻗은 채 공중을 향해 사자후를 토해냈다. 공세를 멈추지 않던 송천운 등 세 명은 그 소리에 밀려 잠시 주춤했다.

끊이지 않는 포효를 토해내는 과상천의 전신을 암향류가 휘감기 시작했다. 검은 안개의 회오리는 빠르게 회전 반경을 넓히며 점점 커져 나갔다.

송천운이 다급한 목소리로 외쳤다.

"저건 암향폭풍류(暗香爆風流)! 막아야 하오! 놈이 자폭이라도 하는 날에는 산 전체가 마기로 뒤덮일 거요! 그 안에서는 아무도 살아남지 못해!"

청진 대사가 다급히 물었다.

"송 대좌! 어떻게 해야 막을 수 있소?"

"두 분께선 자파의 항마기공을 극한으로 발휘해 한곳을 집중적으로 공격해 주시오! 폭류의 회오리에 틈이 생긴다면 내가 그 안으로 파고들어 놈을 잡겠소!"

청진 대사와 명송자는 급히 자파의 항마기공을 준비했다.

잠시 후 소림의 항마번천장과 무당 태극혜검의 검기가 미친 듯이 휘몰아치는 회오리의 한곳을 강타했고, 그로 인해 생긴 작은 틈으로 송천운이 뛰어들어 갔다. 그가 파고든 직후 그 틈은 즉각 메워지고 검은 안개의 폭풍은 하늘 높이 치솟았다.

슈슈슛! 슈슈슈슛!

모두가, 심지어 장건과 관천호까지도 싸움을 멈춘 채 치솟는 검은 폭풍을 지켜보았다. 얼마나 시간이 흘렀을까, 회오리가 서서히 잦아들기 시작했다. 이내 바람이 멎고, 안개의 농도가 옅어져 완전히 사그라졌다.

두 사람의 모습이 보였다. 한 명은 서 있고 한 명은 무릎을 꿇고 있었다.

서 있는 것은 과상천, 꿇어앉아 있는 것은 송천운이었다.

과상천은 송천운을 내려다보더니 갑자기 앙천광소를 터뜨렸다.

"크하하하! 크하하하하!"

웃음의 끝은 기침과 토혈이었다. 그는 몇 사발의 피를 토해내고는 고꾸라지듯 쓰러졌다.

"부주!"

집마부의 마졸들이 다급히 그에게 다가섰다. 그들의 앞을 청진 대사와 명송자가 가로막았다.

송천운은 천천히 몸을 일으키고는 과상천에게 다가갔다. 그는 자세를 낮추고 과상천의 안위를 살핀 후 고개를 들었다.

"죽지 않았소. 기절한 것뿐이오."

그의 말을 들은 청진 대사는 안도의 한숨을 내쉬었다. 그 역시 과상천의 죽음이 불러올 결과를 누구보다도 잘 알고 있기 때문이다.

청진 대사는 명송자에게 눈짓을 했다.

명송자는 기다렸다는 듯 고개를 끄덕이고는 마졸들을 향해 우렁차게 외쳤다.

"집마부의 마졸들은 들어라! 우리가 이겼고 너희가 패했다! 패배를 자인한다면 더 이상의 살육은 없다! 집마부주에게도 위해를 가하지 않겠다! 이자를 살리고 싶다면 전향적인 자세로 종전협정에 임하라!"

절대자인 집마부주가 적의 수중에 들어간 이상 마졸들에게는 더 이상 버틸 힘이 남아 있지 않았다. 결국 집마부는 항복을 선언했다.

믿어지지 않는 승리에 환호하는 무림련 무사들의 우렁찬 함성이 무당산이 떠나갈 듯 울렸다.

환호성의 한가운데에서 관천호는 바로 앞에 선 장건에게 말을 건넸다.

"결국 송천운의 개였나."

장건은 아무런 대꾸도 하지 않았다.

"후후후, 네놈들 뜻대로 만사가 풀렸다곤 생각지 마라. 전쟁은 아직 끝나지 않았어."

관천호는 조소하며 몸을 돌렸다.

장건은 해검지를 떠나는 그와 철무림의 무리를 미묘한 눈으로 바라보기만 했다.

제10장
장건, 부름을 받다

장건, **부름을 받다**

　　　　　　　종전협정은 미결된 채로 다음날 계속하기로 결정
되었다. 집마부 측의 책임자인 과상천이 아직 의식이 돌아오지 않고 있었기
에 그가 깨어날 때까지 협정의 진행이 어려웠기 때문이었다.

　무당파의 경내는 믿어지지 않는 승전에도 불구하고 조용한 편이었다. 청
정도량인 무당파의 경내에서는 흥청망청한 잔치를 벌일 수가 없기에 일반 무
사들은 해검지 밖으로 나가 술판을 벌이고 있는 중이었고, 도가나 불가의 제
자들은 산문 내에서 대기하며 조용히 자축을 하고 있었다.

　장건은 면담 좀 하자며 귀찮게 따라붙는 화산파 도사들을 피해 자신의 숙
소로 들어와 있었다.

　침상에 누운 채 눈을 감고 있던 그는 인기척에 눈을 번쩍 떴다.

　문을 두드리는 소리가 들렸다.

　"누구요?"

　"……."

문을 두드린 자는 아무 말이 없었다.

장건은 다시 말했다.

"용건이 없으면 문을 두드리지 마시오."

그때 목소리가 들려왔다.

"오빠, 저예요."

장건은 몸을 벌떡 일으키고는 성큼성큼 문으로 다가가 문고리를 움켜쥐었다.

문이 벌컥 열렸다.

문밖에는 증미미가 서 있었다.

"네가 어떻게 여길……."

증미미는 그를 보자마자 눈물을 주르륵 쏟아내더니 이내 무릎을 꿇은 채 두 손으로 얼굴을 감싸 쥐고 엉엉 울기 시작했다.

"미안해요, 오빠. 정말 미안해요. 소진이를 살리기 위해 너무 몹쓸 짓을 많이 했어요. 오빠가 이 자리에서 저를 쳐 죽인다 해도 할 말이 없어요……."

장건은 착잡한 눈으로 그녀를 내려다보았다.

"이러지 마라. 우선 앉자."

그는 그녀를 일으켜 의자에 앉기를 권유했다.

증미미는 도리질을 하며 말했다.

"여기 이러고 있을 시간이 없어요. 오빠, 염치 불구하고 마지막 부탁을 하려고 해요. 부탁을 들어주기 싫다면 지금 이 자리에서 절 죽여주세요."

"널 죽일 이유가 없다, 네 사정을 모르는 것도 아니고. 일단 왜 여기 왔고 부탁이 무엇인지부터 말해라."

증미미는 눈물을 글썽이며 말을 이었다.

"지금 저와 함께 가서서 한 사람을 만나셔야 해요. 그리고… 그 사람이 시키는 일을 한 가지 해주셔야 해요."

"그 사람이… 누구냐?"

"수겸이에요."

'역시!'

어느 정도 예측하고 있던 일이었다. 모든 음모를 꾸몄음에도 불구하고 모습을 드러내지 않던 수겸, 그가 비로소 행동을 개시하려는 모양이었다.

"그자가 소진이도 데리고 있나?"

장건의 질문에 증미미는 고개를 끄덕였다.

"알겠다. 가자."

장건은 망설임없이 몸을 일으켰다.

방을 나서려는 그의 옷소매를 증미미가 붙잡았다.

장건은 의아한 눈으로 그녀를 돌아보았다.

증미미는 눈물이 그렁그렁한 눈으로 그를 바라보다가 입술을 꽉 깨물고 말했다.

"오빠, 그자는 오빠를 이용하고 죽이려 할 거예요. 부탁을 응해준 다음에는 즉시 도망치세요."

장건은 피식 웃으며 손으로 그녀의 볼을 토닥였다.

"걱정 마라. 그 정도쯤이야 이미 예측하고 있다."

증미미는 도리질을 쳤다.

"그렇게 쉽게 생각하지 마세요. 지금 이곳에 있는 모든 사람들은 그의 손아귀에 놀아나고 있어요. 그는 오빠의 실력을 누구보다도 정확히 파악하고 있으니 이미 만반의 준비를 해놓았을 거예요."

장건은 물끄러미 그녀를 바라보다가 말했다.

"미미야, 내 스승 중의 한 명이 이런 말을 했다, 힘을 가진 자는 그 힘에 책임을 져야 한다고. 난 그 말에 크게 구애받지 않고 자유롭게 살아왔지만 적어도 내가 벌인 행위에 대해서는 책임을 져야 한다고 생각한다. 너희가 갖은 고통을 당하며 불행한 삶을 살아온 것은 누가 뭐라 해도 그릇된 인간에게 너희들을 넘긴 내 책임이다. 그 과오를 만회하기 위해서라면 무슨 일이든 할 각오가 되어 있다. 그러니 내가 어떻게 되든 간에 넌 너와 소진이의 안위에만 신경을 써라. 네 짐은 그것으로 충분하다. 내 짐은 내가 알아서 할 테니 전혀 마음 쓸 것 없다."

장건은 말을 마치고는 바깥으로 뚜벅뚜벅 걸어나갔다.

그를 뒤따르는 증미미의 눈에서는 눈물이 하염없이 흘러내렸다.

늦은 밤의 천주봉은 거센 바람이 휘몰아치고 있었다.

증미미가 장건을 데려간 곳은 천주봉 정상 아래 위치한 옛 도관의 터였다.

곧 무당파의 새로운 도관이 설립될 예정인 이곳은 옛 도관의 잔해가 약간 남아 있는 것 외에는 텅 비어 있는 장방형의 분지였다.

한 사나이가 서서 뒷짐을 진 채 분지의 끝에서 아래를 내려다보고 있었다. 사내의 발아래는 급경사의 내리막이었고, 까마득한 아래쪽에는 무당파 상청궁의 지붕이 조그맣게 보이고 있었다.

상청궁은 늦은 밤임에도 불이 훤히 밝혀진 모습이었다.

상청궁을 내려보는 사나이의 입가에 차가운 미소가 서렸다. 그때 뒤에서 자박거리는 발자국 소리와 함께 증미미와 장건이 다가왔다.

사나이는 몸을 천천히 돌렸다.

"총사, 풍파투도를 데려왔어요."

증미미가 말했다.

사나이는 장건을 보고는 반갑게 두 팔을 벌리며 말했다.

"어서 오게, 풍파투도. 자네 얘긴 귀에 못이 박히도록 들어왔건만 항상 아슬아슬하게 교차하는 바람에 오늘에야 얼굴을 보게 되는군. 정말 반갑네."

장건은 냉랭한 목소리로 말했다.

"너는 처음일지 몰라도 난 구면이다, 수겸."

그는 형문산 오행조화의 방에서 몰래 수겸을 본 적이 있었다.

사나이, 수겸은 껄껄 웃으며 말했다.

"오오, 그랬던가? 그럼 더욱 반갑고. 깊어가는 밤에 즐거운 대화가 될 것 같군. 미미, 이리 오너라."

수겸은 증미미에게 손짓했다. 그에게 가려 하는 증미미를 장건이 붙잡았다.

"잠깐, 소진이의 얼굴을 보고 싶다. 그의 안위까지 확인한 후 네 부탁을 들어주겠다."

수겸은 피식 웃으며 말했다.

"내 부탁이 뭔지나 알고 그런 소릴 하는 건가?"

장건은 고개를 끄덕였다.

"상청궁 뒷 기슭으로 부른 것을 보니 대충 알겠다. 저곳으로 내려가서 치료를 받고 있는 과상천을 죽여 달란 말 아닌가?"

수겸은 홍소를 터뜨렸다.

"하하하! 예상대로 자네는 정말 말이 잘 통하는 친구로군. 그래, 바로 그걸세! 과상천이 치료를 받고 있는 상청궁 내는 지금 더없이 삼엄한 경계가 펼쳐져 있지. 그 안으로 잠입해 들어가 그를 소리없이 죽이고 나올 수 있는 자는 천하에 풍파투도 자네밖에 없을 거야."

장건은 번득이는 눈빛으로 수겸을 응시하며 말했다.

"그를 죽여 강호를 혼란에 불어넣을 작정이로군. 그 틈을 타 득세하겠다는 의도인가?"

"역시, 똑똑해."

장건은 물끄러미 그를 노려보다가 이윽고 고개를 끄덕였다.

"증미미와 증소진을 자유롭게 풀어준다면 응하겠다."

수겸은 그럴 줄 알았다는 듯 껄껄 웃으며 박수까지 쳤다.

"협의지사로고! 옛 인연을 잊지 않고 그들을 구하기 위해 견마지로를 다하겠다는 거로군! 자네 같은 의인이 도둑질이나 해먹고 살기에는 너무 아까운 일이 아닌가? 차라리 내 밑으로 들어오는 건 어때?"

"객쩍은 소리 그만 하고 소진이를 보여줘라. 그를 실혼인에서 원상 복귀할 방법이 없다면 이 자리에서 네놈을 죽여 버리겠다."

수겸은 낄낄거리며 한 손을 들어 딱 소리나게 손가락을 튕겼다.

잠시 후 분지를 둘러싸고 있는 숲 속 한 켠에서 한 사람이 걸어나왔다. 달빛에 모습을 드러낸 자는 얼굴에 아무런 표정이 없는 젊은 청년이었다.

"소진아!"

증미미가 떨리는 목소리로 부르짖었다.

"불러 봐야 못 알아듣는다. 그는 지금 내 명령 외에 타인의 말은 전혀 들리지가 않는 상태이다."

장건은 무거운 어조로 물었다.

"그를 정상으로 되돌릴 방법이 있긴 한 것이냐."

"설마 그런 방법도 없이 자네를 불렀겠나?"

"수겸, 나에게 허장성세는 통하지 않는다. 정상으로 되돌릴 구체적이고 명확한 방법을 제시하지 않으면 당장 이 자리에서 네놈을 죽이겠다. 난 결정은 신중히 하지만 어쩔 수 없이 포기해야 할 때는 망설이지 않는다."

"이거 무서워 죽겠군."

수겸은 비아냥거리며 품속에서 작은 책자를 꺼내 장건에게 던졌다.

장건은 그것을 받아 펼쳐 보았다. 책에는 실혼인에 관한 내용이 담겨 있었다.

"이게 무어냐?"

"요불반선이 남긴 실혼대법총서(失魂大法總書)의 요약본이다. 실혼인을 정상으로 되돌리는 환원대법에 대한 부분만 발췌한 것이다."

장건은 책과 수겸을 탐색하는 눈초리로 바라보았다.

'놈이 지금까지는 거짓을 말하고 있지 않다.'

기실 그는 형문산 흑룡동에 두 번째로 잠입했을 때 술법사 중 하나로 변장하여 실혼인을 정상으로 돌리는 방법을 조사했었다. 워낙 시간이 촉박해 완벽하게 조사할 수는 없었지만 실혼대법총서라는 것이 있고 그 안에 실혼인에 관한 모든 것이 담겨 있다는 정보까지는 얻어낼 수 있었다.

"이걸 선뜻 내어주는 것은 의외로군. 이것 외에 또 필요한 게 있겠지?"

장건의 말에 수겸은 키득거리며 고개를 끄덕였다.

"역시 눈치가 빠른 친구야. 환원대법의 첫 과정이자 가장 중요한 절차는 실혼인을 조종하는 술법사의 정언(定言)이다. 실혼인은 조종자에게 영혼이 귀속되어 있다. 그 귀속된 영혼을 해방시킨다는 조종자의 선언이 있어야 환원대법이 비로소 시작될 수 있는 것이다. 그리고 이 친구를 조종하는 술법사는 바로 나이지."

결국 수겸의 허락이 떨어져야 증소진은 정상으로 돌아올 수 있단 얘기였다.

"자, 알아들었으면 이제 상청궁으로 가라. 밤이 짧으니 시간이 없다. 네 능력을 잘 알고 있으니 기대해 보겠다!"

수겸의 말이 떨어지고, 장건은 무거운 발걸음을 상청궁으로 돌렸다.

"오빠, 조심하세요."

증미미가 걱정스러운 목소리로 말했다.

막 출발하려던 장건은 돌연 걸음을 멈추었다. 그리고 수겸을 다시 돌아보며 말했다.

"한 가지만 더 묻자. 네가 속한 곳이 어디냐? 군룡전인가?"

수겸은 코웃음을 쳤다.

"그걸 알아서 뭐 하려고? 바보 같은 소리말고 썩 가거라!"

그러나 장건은 움직이지 않고 질문을 이었다.

"너 혼자서 모든 것을 꾸몄을 리는 없을 거고, 네 배후에는 강호를 쥐락펴락할 의도를 갖고 있는 야심가가 도사리고 있겠지. 그자가 누구냐?"

"풍파투도, 마지막에 나를 실망하게 만드는구나. 중미미와 증소진을 살리고 싶지 않으냐? 정녕 내가 너에게 그걸 가르쳐 주리라 생각하는 게냐?"

"그가 안 된다면 본좌에게 좀 가르쳐 주지 그래."

갑지가 들려온 낯선 목소리에 중미미가 깜짝 놀라며 뒤를 돌아보았다.

숲 속에서 한 사람이 뚜벅뚜벅 걸어나왔다.

수겸은 전혀 놀라지 않은 표정이었다. 그는 걸어나온 사람을 향해 깍듯이 포권지례를 취했다.

"절묘하게 때를 맞추셨군요, 전주님."

달빛에 모습을 드러낸 것은 관천호였다. 그는 냉소를 머금으며 말했다.

"수겸, 이제 와서 전주 대접을 해주겠다는 것인가. 본좌의 부하임을 자인한다면 네놈에게 해줄 것은 한 가지뿐이다. 감히 역모를 꾀했으니 이 자리에서 즉결 처분이다."

수겸은 여유를 잃지 않으며 유들유들하게 대꾸했다.

"고정하십시오, 전주님. 절 죽이려 하는 마음은 충분히 헤아려 드리겠습니다만, 현실적으로 어려울 겁니다."

그의 말이 끝나기가 무섭게 네 개의 검은 인영이 그의 배후에 출현했다. 모습을 드러낸 자들 역시 증소진과 같은 표정없는 실혼인들이었다.

관천호는 코웃음을 쳤다.

"그깟 넋 나간 시체 몇 구로 감히 본좌를 막을 수 있다고 생각하는 거냐?"

"전주님이야 자부심을 가져도 좋을 실력을 가지고 계시죠. 하나 애들을 우습게보면 큰 코 다칠 겁니다. 강호의 괴걸 요불반선의 필생의 정화가 이 애들

다섯에 집중되어 있거든요. 그의 호언장담으로는 오행조화의 방에서 완성된 실혼인 두 명이면 능히 전주님 정도의 고수와 상대할 수 있고 셋이 힘을 합치면 가볍게 제압할 수 있을 거라 하더군요."

관천호의 눈빛이 꿈틀거렸다. 그는 살기가 뚝뚝 떨어지는 냉소를 흘리며 말했다.

"크흐흐, 오늘 본좌가 인내심의 한계를 시험받는구나. 네놈을 당장 오체분시해도 시원치 않지만 네놈에 앞서 처리해야 할 자가 있으니 조금만 더 눈 감아주마."

수겸은 호기심 어린 눈빛을 발하며 물었다.

"그자가 누굽니까?"

관천호는 차갑게 코웃음을 치고는 공터 오른편의 숲 속에 대고 외쳤다.

"송천운! 언제까지 쥐새끼처럼 숨어 있을 참이냐?"

그러자 수풀이 흔들리더니 한 사람이 걸어나왔다.

"오랜만이구려, 관 림주."

모습을 드러낸 사람은 송천운이었다. 그는 미묘한 미소를 띤 채 공터 중앙으로 걸어와 우뚝 섰다.

"수겸, 자네도 오랜만이군. 이렇게 무이고 보니 진검성 시절이 생각나는구면."

수겸은 그가 아는 체를 하자 공손히 허리를 굽혔고, 관천호는 의혹이 서린 눈빛을 띠며 말했다.

"또 무슨 개수작이냐? 이놈은 네 부하가 아닌가?"

장건 또한 내심 놀라고 있었다. 분명 송천운과 관천호 둘 중 하나가 수겸을 조종하고 있다고 판단하고 있었는데 이 둘은 지금 둘 다 수겸과 자신이 관련이 없다는 듯한 행동을 취하고 있지 않은가.

송천운은 착잡한 표정으로 말을 받았다.

"나는 사실 수겸이 관 림주 당신의 사주를 받고 있다고 굳게 믿고 있었소. 한데 근간에 벌어진 모든 상황과 오늘 여기서 당신들 둘이 나눈 대화까지 종합해 보니 그게 아니었더구려."

그는 수겸에게로 시선을 돌렸다.

"수겸, 해체된 지 벌써 팔 년이 지난 군룡전을 유지하고 있던 것이 바로 자네였나?"

수겸은 너털웃음을 터뜨렸다.

"정답입니다. 역시 전주님보단 송 대협이 머리가 좋군요."

관천호는 눈을 번득이며 외쳤다.

"무슨 개소리들을 하는 거냐!"

송천운이 말했다.

"진정하시오, 관 림주. 우린 둘다 저 수겸에게 휘둘린 거요. 아니, 우리뿐 아니라 강호 전체가 휘둘렸던 거요."

"그게 무슨 말인가 대체?"

송천운은 장건을 보며 말했다.

"십검단주, 자네가 이 사태의 제대로 된 결말을 듣는 유일한 증인이 될 것 같군. 관 림주와 더불어 자네도 알아듣기 쉽게 설명하겠네."

송천운은 옛 이야기 하듯 말을 시작했다.

"십오 년 전, 진검성이 해체된 후 성의 소속원들은 각자의 방회를 설립하기 위해 강호로 뿔뿔이 흩어져 나갔네. 이때껏 진검성이라는 거대한 보호체 안에 있다가 검 한 자루 허리에 차고 강호 한복판으로 뛰어들고자 하니 두렵지 않았다면 거짓말이었겠지. 그래서 우리 진검성의 분파들은 각자가 강호에서 확고한 위치를 점할 때까지 상호불가침을 하자는 협약을 맺었네. 이것은 강호에 소문이 돌았던 이야기니까 자네도 알고 있을 걸세."

물론 장건도 잘 알고 있는 소문이었다.

"그런데 독립한 분파 중에 우리 군룡전의 소속원들은 따로 모여 한 가지 협약을 더 맺었네. 그것은 군룡전을 해체하지 말고 당분간 비밀결사의 형태로 유지하며 소속원 각각의 방회가 정착되기까지 군룡전의 힘을 보조해 준다는 약속이었네. 즉, 한 소속원의 방회가 그 지역의 호적수와 힘을 겨루게 되면 여유가 있는 다른 소속원들이 힘을 모아 그를 지원해 준다는 식이었지. 이 약속은 초창기에는 잘 지켜져서 군룡전 소속원들의 분파가 타 분파에 비해 급속도로 발전하는 디딤돌이 되었네."

장건은 송천운의 말이 사실이라는 것을 알 수 있었다. 군룡전 소속이었던 전검문, 철무림, 군룡회 등의 빠른 성장의 이유가 설명이 되는 발언이었기 때문이다.

송천운은 말을 이었다.

"그러나 상호불가침 협약이 시간이 흐를수록 유명무실해진 것처럼 군룡전의 단합 또한 점차 약화되었네. 그렇게 된 이유는 몇 가지가 있는데, 하나는 나와 관 림주 계열로 나뉜 파벌 때문이었고, 또 하나는 각 분파가 자신들의 지역에 확고하게 자리를 잡으면서 점차 군룡전 비밀결사를 유지하기 위해 갹출해야 하는 비용, 무력지원 등에 비협조적이 되었기 때문일세. 자파의 기반이 확립된 상황에서 더 이상 군룡전에 얽매일 필요가 없다고 판단했기 때문이었지. 결국 성에서 나온 지 오 년이 흐르자 군룡전은 유명무실한 존재가 되어버리고 말았네."

"쓸데없는 잡설은 집어치우고 본론을 얘기해!"

이야기가 길어지자 관천호가 짜증이 치미는 듯 소리를 질렀다.

송천운은 개의치 않은 표정으로 말을 이었다.

"한데 최근 요 몇 년 새에 군룡전의 활동이라고밖에 볼 수 없는 몇몇 사건이 강호에서 일어나더군. 강호삼대살수의 왕성한 활동이 눈에 띄었네. 그들은 본래 군룡전에서 특별히 암살조로 육성되던 자들인데, 군룡전이 해체되면서 청부살수로 독립한 것으로 알고 있었네. 한데 그들의 암살 행태는 청부에 의한 것이라기보다는 어떤 특정 목적을 띤 것이라는 느낌을 강하게 받았어. 그들을 같은 목적으로 이끌 수 있는 단체는 그들의 원 주인인 군룡전일 거라 판단했네."

송천운은 수겸과 관천호를 보며 말했다.

"군룡전 해체 당시 전주를 맡고 있던 사람이 바로 관 림주고, 책사를 수겸이 맡고 있었지. 그래서 나는 이들이 군룡전을 해체하지 않고 계속 이끌고 있구나! 하는 판단을 했네. 군룡회와 철무림의 잦은 충돌은 세인의 눈을 가리기 위한 속임수라고 믿었지."

관천호가 어처구니가 없는 듯 중얼거렸다.

"말도 안 되는! 본좌는 당연히 당신이 군룡전을 이끌고, 수겸이 당신의 지시를 받아 본 림에 깐죽거리는 것이라 생각했다."

송천운은 고소를 지으며 말했다.

"그렇게 우린 서로를 의심했던 거요, 관 림주. 당신이나 나나, 군룡전을 조종할 수 있는 인물은 서로밖에 없다고 믿었던 거지. 수겸은 바로 그 맹점을 이용한 거요. 그는 해체 직전의 군룡전을 추스린 후 전주를 우리 둘 모두로 설정했소. 당신도 알다시피 비밀 결사로 운영되는 군룡전은 철저한 점조직이고, 모든 교신체계는 흑화(黑話)로 쓰여진 서신으로만 이루어지오. 해체 당시 이 교신 체계를 전담하고 있던 자가 바로 수겸이었소. 그는 복잡하기 짝이 없어 재확인이 불가능한 흑화 교신의 맹점을 이용하여 철무림과 전검문 두 단체를 제외한 전 분파를 조종했던 거요. 철무림 계열 분파에는 당신이 전주인 것처럼, 전검문 계열 분파에는 내가 전주인 양 행세를 하며 군룡전에 쓸 자금과 무력을 끌어 모았소."

"그렇다고 해도 십 년 가까이 들키지 않았다는 것은……."

"그렇소. 아무리 흑화교신이 복잡하다 해도 십 년 동안 모든 사람을 속일 수는 없었을 거요. 간혹 낌새를 눈치챈 소속원들이 있었겠지. 그러나 의심을 확인하는 과정에서 교신 체계를 틀어쥐고 각 분파에 자신의 귀를 심어놓은 수겸에게 발각되는 것을 피할 수 없었을 거요. 그렇게 발각된 자들은 입을 막을 자들이 방문했을 거요. 그게 누구인지는 당신도 짐작할 수 있을 거고."

"삼대살수로군!"

"맞았소. 강호삼대 살수의 지난 십여 년간의 행보 중 대부분이 소속원의 입막음에 쓰였을 거요. 그리고 소속원 중 다수가 오행신단 복용자였으니 그들의 시체에서 빼낸 미용해된 오행신단 또한 적절한 쓰임새에 쓰였겠지. 안 그런가, 수겸?"

송천운의 말에 수겸은 키득거리며 대답했다.

"못 보던 새에 무공뿐 아니라 지혜 또한 놀랍도록 증진되셨습니다그려. 대단하십니다, 송 대협!"

관천호가 살기 어린 눈빛을 발하며 한 발 앞으로 나섰다.

"결국 우리가 서로 견제를 하며 발이 묶인 사이에 네놈이 온 강호를 휘젓는 것도 모자라 집마부까지 끌어들였다는 거로군?"

"정답입니다. 전주님도 이제야 머리가 트이시는군요."

송천운이 말했다.

"자네의 의도는 집마부로 인해 무림련이 와해되고, 또 우리 둘은 서로를 의심한 끝에 전면전을 벌여 양패구상하길 바란 거겠지? 그렇게 모든 세력이 약화된 틈을 타 득세를 하겠다, 이런 계획이었나?"

"정확합니다. 송 대협은 독심술이라도 익히신 것 아닙니까?"

관천호는 어이가 없는 듯한 표정으로 수겸에게 한 발짝 다가섰다.

"수겸, 이제 실성을 했나 보구나. 음모가 밝혀지고 우리 둘이 네 앞에 있는데 감히 당당한 것을 보면 말이다. 설마 저 시체 인형 몇 구와 숲 속에 쥐새끼마냥 웅크리고 있는 당가의 머저리들로 뭔가 반전이 이루어지리라 믿는 것은 아니겠지?"

그의 말이 끝나기가 무섭게 공터를 둘러싼 주변 풀숲이 흔들리더니 십 수 명의 인영이 모습을 드러냈다.

그중 한 명이 숲 밖으로 걸어나왔다.

"두 분 대협을 뵙게 되어 영광이오. 사천당가주 당소 인사드리오."

관천호는 차갑게 코웃음을 쳤고, 송천운은 살짝 두 주먹을 쥐어 인사를 받으며 말했다.

"당가주, 어리석은 선택은 지금이라도 거두는 게 어떻겠소?"

당소는 고개를 저었다.

"본 가는 지난 십여 년간 송 대협의 전검문에 치여 사천의 모든 기반을 잃었소. 마귀에게 혼을 팔아서라도 이러한 상황을 반전시키고자 하는 게 전 가문의 소망이오."

당소가 손가락을 튕기자, 갑자기 분지 주변에 바람 소리가 거세졌다.

송천운과 관천호, 장건은 눈에 이채를 띄었다. 귀를 어지럽히는 바람 소리가 예사롭지 않았기 때문이다. 흡사 귀곡성 같기도 한 기이한 파공음이 일면서 정신을 흐트러뜨리고 있었다.

관천호가 짜증스러운 표정으로 말했다.

"뭐냐, 이것은? 당가가 요새는 음공도 개발했나?"

대꾸는 당소가 아닌 수겸이 했다.

"지금의 소리는 제 부하들이 내는 것입니다. 집마부에 속한 적심문의 비급을 훔쳐 옛 마교의 음공과 결합하여 만든 수법입니다. 사령풍(死靈風)이라 이름 붙였습니다."

"음공 따위로 본좌를 해할 수 없다는 것은 네놈이 더 잘 알 텐데."

"아, 전주님을 해하고자 사용하는 것은 아니니 걱정 마십시오. 저건 그저 이곳에서 행여 일어날 소음을 원천 차단하기 위한 수단이니까요. 사령풍이

이 분지를 둘러싼 이상 여기서 폭발이 일어나도 아래쪽 무당파에서는 감지할 수 없을 겁니다. 혹여 멋모르고 여길 올라오는 놈들이 있다 해도 내공 일 갑자가 넘지 못하는 자는 사령풍이 부는 공간 내부로 진입할 수가 없으니, 귀찮은 파리 떼가 꼬일 염려는 없게 되는 것이지요."

관천호는 냉소를 흘리며 말했다.

"수겸, 교활한 네놈이 자충수를 두는구나. 차라리 음공을 끄고 이제라도 외부에 도움을 요청하는 것이 좋으련만. 겨우 이따위 것들로 감히 본좌와 송가를 해하려 하다니, 참으로 가소롭구나."

당소가 말을 받았다.

"미리 말씀드리지만 천하를 울리는 두 분이라 해도 호락호락 당하지는 않을 거요. 본 가의 팔대극독과 팔대금용암기가 모두 동원되어 있소. 본가주의 신호 한 번이면 이 공터는 죽음의 지대로 변할 것이오."

관천호는 거칠게 코웃음을 쳤다.

"가지가지 하는군. 당소 네놈은 수겸 다음 차례다."

그때 수겸이 갑자기 정색을 하며 물었다.

"전주님, 정말 저를 죽이실 작정입니까?"

"그걸 말이라고 묻느냐? 감히 본좌를 조롱한 대가가 어떤 것인지 몸으로 느끼게 해줄 것이다."

관천호가 만도를 빼 들었다. 칼을 빼 든 것만으로도 경력이 휘몰아쳐 분지 바닥의 먼지를 흩날리게 만들었다. 그러나 수겸의 여유로운 표정은 여전히 변하지 않았다.

"전주, 저를 죽여서 뭐 하시겠습니까? 그래서 전주가 얻을 수 있는 이득이 무엇입니까?"

"네놈의 모가지를 얻을 수 있겠지."

수겸은 진지한 어조로 말을 이었다.

"농담이 아닙니다. 전주님이 지금 저를 죽여 얻을 수 있는 것은 아무것도 없습니다. 경쟁 세력을 쓰러뜨리는 것도 아니니 권력을 얻을 수 있는 것이 아니요, 금전적 이익이 있는 것도 아니고, 명예는 더 더욱 아니지요. 천하의 두 절대고수가 제 손에 놀아난 것이 알려지면 명예는커녕 그야말로 대망신이 아닙니까?"

"적어도 본좌를 조롱한 놈이 어떤 꼴로 죽어 자빠졌는지는 만천하에 내보일 수 있을 게다."

"그래 보았자 전주님이 얻을 수 있는 것은 없습니다. 이미 세상 사람들은 전주님을 충분히 두려워하고 있으니까요. 그러나 만약 저를 죽이겠다는 마음을 돌리신다면 크나큰 것을 얻을 수 있습니다."

관천호는 미간을 찡그렸다.

"아직 수작 부릴 게 남아 있느냐?"

"예, 남아 있습니다. 그것은 전주님께도 꽤 괜찮은 수작이 될 수 있습니다."

"무엇이냐?"

"합환의 비술입니다."

"……!"

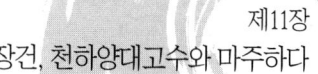

제11장
장건, 천하양대고수와 마주하다

장건, 천하양대고수와 마주하다

　　"합환의 비술? 그것을 네가 알고 있다고?"

　수겸은 확신에 찬 표정으로 고개를 끄덕였다.

　　"그렇습니다. 전주님이나 송 대협이나 자신의 무공이 감소될 시기가 얼마 안 남았다는 것은 잘 아실 겁니다. 팔 년 전 삼절서생과 담청기가 마련한 함정에서 반룡객 조이천이 광분하던 모습, 똑똑히 기억들을 하실 겁니다. 불과 일 년 후에 미완성된 비술의 부작용이 일어 공력이 소멸될 것이라는 삼절서생의 말에 죽기를 각오하고 발광하다 결국 최후를 맞이했지요. 그 끔찍한 결과는 결국 두 분께서도 피할 수 없는 것이 아닙니까? 그 결과를 피할 수 있는 것은 제대로 된 비술을 다시 행하는 수밖에 없지요."

　　그의 말에 관천호는 물론 송천운조차 얼굴에 동요하는 빛을 비쳤다. 제아무리 천하를 울리는 절대고수라 해도 본인의 모든 것이라 할 수 있는 공력이 사라진다는 현실 앞에서는 당혹감과 무력감을 느낄 수밖에 없었던 것이다. 실제로 이들에게 부작용이 나타날 시기는 삼 년 앞으로 다가와 있는 실정이었다.

"네놈이 그 비술을 알고 있다고? 개소리 마라. 완성된 비술은 광신의의 머릿속에 있다가 놈이 죽어 자빠지면서 소멸되었다. 그건 딴 사람이 아니라 그의 수제자인 삼절서생이 한 소리가 아니냐?"

"맞습니다. 삼절서생조차 그렇게 알고 있지요. 그러나 전주님이 간과하시는 게 한 가지 있습니다. 바로 쌍검난측 고태붕의 존재입니다."

"……!"

"그는 전주님의 충복으로 활동하며 철무림의 건물까지 건설한 인재였지요. 한데 결국 군룡전, 즉 제 첩자임이 발각되어 고초를 겪다 죽었지 않습니까? 그런데 그자는 십오 년 전 성주가 죽은 날, 동산에서 광신의의 시체를 발견해 그의 제자들에게 인계한 사람이었지요."

"그럼 그가… 광신의에게서 뭔가를 얻어냈단 말인가?"

"맞습니다! 그는 광신의의 시체를 인계하기 전에 광신의의 품속에서 몇 개의 알 수 없는 숫자가 적힌 쪽지 하나를 발견하고 저에게 넘겼습니다. 저는 오랜 시간의 연구 끝에 그게 바로 사대신약 비율의 황금수, 즉 합환의 비술의 완성형을 암시하는 숫자라는 것을 깨닫게 되었지요."

관천호는 적잖이 충격을 받은 얼굴이었다. 그는 수겸의 말이 사실이라는 것을 잘 알고 있었다. 심복 부하로 두었던 고태붕이 성주가 죽던 날 무슨 일을 했는지 예전에 그에게 고했기 때문이었다. 물론 그가 설명할 당시에는 종이 쪽지에 대해서는 일언반구도 얘기하지 않았고, 결국 나중에 군룡전—실은 수겸—의 첩자임이 밝혀졌다.

잠시 말이 없던 관천호는 번득이는 눈으로 수겸을 바라보며 말했다.

"널 살려주면 합환의 비술을 알려주겠다는 것이냐?"

"하하, 그건 좀 곤란하죠. 전 제가 의도한 이 전쟁이 제 계획대로 끝을 맺기를 바랍니다. 아, 물론 두 분이 양패구상하는 것만 빼고요. 전 저 아래 상청궁의 집마부주와 무림련의 요인들이 공멸하기를 바랍니다. 사실 여기 가져온 당가의 극독은 그들에게 쓰일 작정이랍니다. 두 분께서 이 작업에 협력하신다면, 저들을 전멸시키는 것은 아주 손쉬운 일이 되겠지요. 그리고 나서는 말 안 해도 아시겠지요? 각자의 영역으로 돌아가 천하를 삼 등분하는 겁니다. 전주님, 송 대협, 강호는 충분히 넓습니다. 삼 등분을 해서 나눠 가진다 해도 각자의 몫은 충분하니 제가 계획한 이 거사, 해볼 만하지 않겠습니까?"

관천호는 이미 결심이 선 듯 즉각 대답했다.

"좋다. 본좌야 어차피 손해 볼 것 없는 장사다, 저 송가가 어떤 마음을 먹느냐가 문제지. 진검성에서 갈라질 때처럼 가식을 떤다면 본좌가 직접 나서서 처리하겠다."

수겸은 송천운에게 시선을 돌렸다.

"송 대협, 어떻습니까?"

장건은 송천운이 뭐라고 대답할까 궁금하여 그를 보았다. 송천운도 수겸에게 대답하기 앞서 눈치를 살피듯 장건을 보고 있었다. 서로의 눈이 마주쳤고, 장건은 송천운의 눈이 전에 없이 흔들리는 것을 발견했다.

잠시 후, 송천운이 장건의 시선을 피하며 말했다.

"미안하네, 십검단주. 나이가 들고 보니 세상에 두려운 게 참으로 많아지더군. 삼절서생이 예언한 내 내공의 종말은 앞으로 삼 년밖에 남질 않았네. 지금 내게 남아 있는 유일한 목표는 유성도천하를 파훼하고 성검회의 회주가 되는 것뿐일세. 그것을 이루기 위해서는… 내공을 잃을 수 없네."

장건은 차갑게 그를 바라보았다.

"일세검협이니 뭐니 하는 것은 다 헛소리였구려."

송천운은 고소를 지으며 말했다.

"그저 한심한 촌부일 뿐이지. 어쨌거나 이들을 설득해 집마부와 무림련의 최상층만 처리하고 일반 무사들의 피해는 가급적 적도록 하겠네."

장건은 혀를 차며 고개를 저었다.

"관천호의 말을 이제야 이해하겠군. 여기 모인 자 중에 당신이 가장 한심하고 못났소. 끝까지 위선을 떨어 대체 누구에게 뭘 보여주겠다는 거요?"

송천운은 더 이상 아무 말도 하지 않고 눈을 감았다.

관천호가 냉소를 흘리며 말했다.

"애송이, 보는 눈은 있구나. 내가 이래서 저자를 싫어하지. 수겸, 더 이상 할 얘기 없으면 행동을 취하자꾸나. 일단 애송이부터 입을 막아야겠지?"

"예, 그래야겠죠. 한데 그전에 앞서, 전주님이 협조해 주셔야 할 게 있습니다."

"그게 무어냐?"

"전주님도 대략 아실 겁니다. 합환의 비술을 사용할 때 가장 중요한 신약은 천우신단이란 것을."

"그래서?"

"성이 무너질 당시 남아 있던 천우신단의 숫자는 다섯 개였습니다만 두 개는 광신의가 썼고 한 개는 성주가 누군가에게 선물로 주었다고 하는 데 소재를 파악할 수가 없습니다. 그래서 현재 세상에 남아 있을 것으로 정확히 파악된 숫자는 두 개입니다. 그중 하나는 성주께서 구대문파에 공물로 보냈고, 또 한 개는 관부에 공물로 보내졌습니다. 한데 관부에 선물로 보내진 공물을 운반한 것이 바로 전주님이었지요. 한데 제가 당시 접한 미확인된 정보에 의하면 전주께서는 그 공물을 가짜로 바꿔치기하고 진짜 천우신단을 빼돌리셨습니다. 그게 사실입니까?"

관천호는 고개를 끄덕였다.

"사실이다."

"그리고 구대문파 중 어떤 문파로 보내진 천우신단은 이번에 전주께서 무림련에 합류하면서 그에 대한 보상으로 요구하셨고, 전투 직전에 받으셨다고 하는 데, 맞습니까?"

"그렇다."

"그럼 비술에 필요한 천우신단 두 개를 모두 전주께서 확보하고 계시군요. 그중 하나를 송 대협에게 동맹의 증표로 건네주시지요. 송 대협께서 그래야 이번 행사에 적극 가담하실 것 아닙니까?"

관천호는 대답에 앞서 힐긋 장건을 보았다. 사실 그가 지금 소유하고 있는 천우신단은 어제 무림련에 도움을 주는 대가로 받은 한 개뿐이었다. 원래 가지고 있던 한 개는 장건이 훔쳐갔고, 불사동에서 대화한 바에 의하면 죽어가는 환자에게 썼다고 하니 되찾을 길도 없었다.

'그러나 저놈의 입만 다물게 하면 두 개 다 내가 가지고 있는 것으로 송가가 알 것이니, 추후 그것을 빌미 삼아 놈에게 여러 모로 우세를 점할 수 있겠지.'

관천호나 송천운이나 합환의 비술의 정확한 비율까지는 몰랐지만 비술에서 가장 중요한 재료가 천우신단임을 잘 알고 있었다.

관천호와 송천운이 성에서 갈려져 나온 후 그렇게 반목한 이유도 송천운이 겉으로는 공명정대한 자세를 취하면서도 뒤로는 수하들을 풀어 관천호의 천우신단을 호시탐탐 노렸기 때문이었다. 사실 쌍검난측 고태붕의 정체가 발각된 것도 그가 보고에 남몰래 잠입해 천우신단을 훔치려 걸렸기 때문이었다. 관천호는 그가 송천운의 부하임을 확신하고 당시 극도의 분노를 표했었다.

생각을 정리한 관천호는 시치미를 떼고 말했다.

"알겠다. 하나는 송가에게 주도록 하지. 하나 지금 당장은 줄 수 없다. 어차피 합환의 비술에 필요한 신약을 비율대로 모으려면 천우신단 외에도 각각이 모자라고 남는 신약이 있을 것이다. 나중에 그것을 합산하고 주고받을 때 건네도록 하겠다. 만에 하나 본좌 측에 모자란 약재가 있을 수도 있지 않나."

수겸은 맞는 말이라고 고개를 끄덕이며 송천운에게 동의를 구했고, 송천운은 어차피 칼자루는 관천호가 쥐고 있다며 그의 뜻에 따르겠다고 했다.

"좋습니다. 이제야 모든 게 정리되었군요. 그럼 거사의 첫 장을 열기로 합시다. 우선 저 눈엣가시를 처리해야겠군요."

수겸이 합장한 두 손을 장건에게로 가리켰다.

관천호가 말했다.

"설마 송가나 본좌가 나설 필요는 없겠지. 네가 데리고 있는 인형들의 무공을 한 번 견식해 보자꾸나."

평상시 같으면 누가 뭐래도 장건을 직접 처리할 그였지만 언제 적으로 돌아설지 모를 송천운을 배후에 둔 채 홀로 나설 수는 없었다. 송천운 역시 별로 나서고 싶어하지 않는 눈치였다.

당소도 난처한 얼굴로 말했다.

"저놈은 본가의 독이 통하지 않소. 아마도 현명단을 복용한 듯하오. 놈이 독을 쓰면 중화는 시킬 수 있겠지만 그 이상은……."

수겸은 걱정할 것 없다는 투로 말했다.

"그렇다면 어쩔 수 없이 우리 실혼인들이 나서야겠군요. 사실 저놈은 갖은 고생을 하며 만든 실혼인 삼십 명을 도륙한 놈이라 선뜻 이 애들을 쓰기가 꺼려집니다. 하나 여기 있는 아이들은 놈의 손에 쓰러진 것들과는 차원이 다른 완성품이니 같은 결과가 나오진 않겠지요. 자, 얘들아!"

수겸의 부름을 받은 실혼인이 장건을 향해 움직이기 시작했다.

그때 장건이 말했다.

"잠깐, 나도 할 말이 있다."

수겸은 손을 들어 실혼인들을 멈추게 했다.

"마지막 유언은 들어줘야 미덕이지. 말해보게."

"관천호는 조금 전에 거짓말을 했다. 저자가 빼돌린 천우신단은 철무림에 있지 않다."

"그럼 어디 있단 말인가?"

"내가 훔쳤으니 내 손안에 있지."

수겸은 놀란 표정으로 관천호를 보았다.

"전주님, 정말입니까?"

관천호는 뜨끔했지만 이 정도 상황에 당황할 그가 아니었다.

"놈의 허장성세다. 본좌가 허언을 하는 것을 들은 적이 있나, 수겸?"

장건이 말했다.

"허장성세는 관천호가 부리고 있다. 수겸, 쌍검난측 고태붕이 감옥에서 탈옥하여 철무림 외곽까지 나와 죽었다는 것을 알고 있나?"

수겸은 고개를 끄덕였다.

"알고 있다."

"그를 탈옥시킨 것이 바로 나다. 철무림의 성에서 그를 대동하고 보고에 들어가 훔쳤지. 거기에서 훔친 것은 그뿐이 아니다."

장건은 장포 자락을 슬쩍 들어올렸다. 접혀진 우산 같은 모양의 병기가 모습을 드러냈다.

"제석천!"

수겸은 놀란 어조로 부르짖었다. 제석천이 철무림에 보관되어 있다는 것은 진검성 출신자들이 익히 알고 있는 사실이었다.

"전주, 설마……."

"놈의 말에 넘어가지 말라니까. 저건 가짜야. 모양만 비슷하다고 다 제석천인가?"

관천호는 여전히 시치미를 떼었다.

혼란해하던 수겸은 갑자기 정신을 차린 듯한 얼굴이 되더니 장건에게 말했다.

"그래, 네가 정말 하고픈 말이 뭐냐? 천우신단을 거래라도 하자는 건가?"

장건은 고개를 끄덕였다.

"그렇다. 난 사실 강호가 어떻게 되든 별 상관이 없다. 그저 내가 아끼는 사람들과 잘 먹고 잘살고 싶을 뿐이다. 미미와 소진이를 풀어준다면 천우신단도 내놓고 입 꾹 다문 채 사라지겠다. 그렇게 한 후 당신들은 당신들대로 볼일을 보면 될 게 아닌가."

미심쩍은 눈초리로 장건을 보던 수겸은 이내 야릇한 미소를 짓더니 중소진을 불러 자신의 옆에 세웠다.

"이놈을 풀어주면 천우신단을 주겠다는 말인가?"

"그렇다. 내 부탁을 들어주지 않는다면 천우신단을 없애 버리겠다. 지금 내 손안에 든 것을 으깨 버리게 되면 그대들의 동맹은 무효화 될 것 아닌가?"

"호오, 천우신단이 자네 손에 들어 있단 말인가? 좀 보여주겠나?"

장건은 소매 속에 감춰져 있던 손을 슬쩍 내밀었다. 꽉 쥐어 있던 그의 손바닥이 펴지자 붉은 빛이 감도는 환단이 달빛 아래 모습을 드러냈다.

"빛깔은 참으로 그럴듯하군. 진짜 같네, 정말."

"진짜라니까. 얻고 싶거든 어서 소진이를 풀어주어라."

"이거 별수없군. 가장 중요한 물건이 그대 손에 있으니 시키는 대로 할 수밖에."

수겸은 멀뚱히 서 있는 중소진의 귀에 입을 가져갔다.

"잘 들어라. 너의 주인이 정언을 선포하겠다. 이제부터 너는 저 사람을……."

수겸의 손이 장건을 가리켰다.

"죽여!"

그의 선언이 떨어지기가 무섭게 중소진의 신형이 쏜살같이 장건에게로 달려들었다. 나머지 네 명의 실혼인 또한 보조를 맞추어 그에게로 치달았다.

장건은 후퇴하며 퇴로를 모색했지만 실혼인들의 속도가 워낙 빨랐다. 그는 삽시간에 다섯에게 둘러싸여 공격을 당하기 시작했다.

당소가 재빨리 수겸에게로 다가와 물었다.

"괜찮겠소? 저자의 말이 사실이면 어쩌려고……."

수겸은 피식 웃으며 말했다.

"걱정 붙드시오. 놈이 설사 진짜로 천우신단을 철무림에서 훔쳤다고 해도 여기 가져왔을 리 없고, 또 설사 가지고 있다 해도 손에 있는 것은 분명 가짜였을 거요. 실혼인에게 둘러싸인 이상 놈은 이미 약을 으깨 버릴 기회를 잃었소. 일단 놈을 죽이고 나서 몸을 뒤져 약이 나오면 좋은 거고, 또 여기 없다해도 추후 놈의 소속인 장이회를 차근차근 뒤져가다 보면 언젠가는 약이 나오게 될 수밖에 없소."

"음, 역시……."

당소는 수겸의 기민한 대처에 감탄을 금치 못했다.

그때였다, 귀를 찢을 듯한 엄청난 폭발음과 함께 대낮처럼 온 천지가 환해진 것은.

당소와 수겸은 다급히 눈을 돌렸다. 분지 끄트머리까지 밀려간 장건과 실혼인들이 있던 곳에서 거대한 화염이 폭발하고 있었다. 그로 인한 충격파가 그들이 있는 자리까지 덮쳐 왔다.

분지에 있는 사람치고 무공이 뒤떨어지는 자는 없었다. 모두 화염을 피해 경신술을 발휘해 빠르게 뒤로 후퇴했다.

폭발로 인해 족히 백 장이 넘는 분지의 절반이 붕괴되고 있었다. 깨알같이 으깨진 돌무더기들이 상청궁 쪽으로 굴러 떨어져 내렸다.

"저건 대체 뭐야?"

수겸은 놀라 말을 잇지 못했다.

당소가 넋이 나간 얼굴로 중얼거렸다.

"놈이 실혼인들과 자폭했나 보오. 그렇다고 해도… 믿기 어려운 화력이군. 진천뢰 기백 개를 모아 터뜨려도 저 정도는 아닐 텐데."

옆에 있던 관천호가 신음하듯 뇌까렸다.

"놈은 자폭하지 않았어."

그의 말에 수겸과 당소는 화들짝 놀란 표정을 지었다.

"그럼 놈은 어디에?"

"하늘이다."

수겸과 당소는 눈을 들어 하늘을 보았다.

정말 하늘에서 뭔가가 하강하고 있었다.

"저놈이……!"

수겸은 놀라 입을 쩍 벌렸다. 솟구치는 연기를 가르며 천신과도 같이 유유히 공중에서 내려오고 있는 것은 장건이었다.

장건은 실혼인이 자신을 둘러싼 순간 일반적인 수단으로는 그들을 이길 수 없다는 것을 깨닫고 분지의 가장자리까지 유인했다. 그리고는 그들이 사방에서 달려드는 순간 승천탈영보를 극한으로 발휘해 글자 그대로 승천하듯 공중으로 칠 장 이상을 치솟았다. 그와 동시에 아래를 향해 마지막 한 발 남은 마탄을 발사했고, 그 결과 네 명의 실혼인은 마탄의 폭발에 휘말려 완전히 가루가 되고 만 것이다.

"소진아!"

증미미가 울부짖으며 그에게로 달려왔다. 그녀는 바닥에 널브러진 실혼인들의 잔해를 보고는 비명을 지르며 장건에게 매달렸다.

"오빠! 소진이는… 소진이는……!"

장건은 그녀의 귀에 대고 속삭였다.

"저 아래 내리막으로 가봐라."

증미미는 어리둥절하여 그를 바라보다가 그가 가리킨 방향으로 즉시 뛰어내려갔다.

손을 쓰지 않으면 자신이 죽을 수밖에 없는 상황이었지만 장건은 증소진만은 차마 죽일 수 없었다. 그래서 그는 마탄을 발사한 직후 승표 두 개를 날려 폭염에 휘말리고 있는 증소진의 두 팔을 묶었다. 그리고는 내리막 방향으로 힘차게 끌어당겨 폭발의 중심에서 벗어나게 만든 것이다. 물론 마탄의 폭발에서 완벽히 벗어날 수는 없었겠지만 강철같이 단련된 그의 신체를 고려하면 죽지 않았을 가망성이 높았다. 장건은 그렇게 믿고 싶었다.

장건이 털 끝 하나 다치지 않은 채로 바닥에 착지하자 수겸과 당소는 귀신이라도 본 듯한 표정을 지었고, 관천호와 송천운도 경탄한 눈빛을 발했다.

"애송이, 전에도 느꼈지만 정말 제법이로구나. 아직 보여줄 수가 남아 있나?"

관천호의 말에 장건은 씩 웃으며 대꾸했다.

"물론, 당신 목을 따낼 수법도 아직 충분하게 남아 있지."

"크하하하!"

관천호는 호탕하게 웃었다.

"그래, 어디 한 번 구경해 보자꾸나. 과연 본좌의 목을 딸 수 있을지 말이다."

그는 음모의 작당으로 인해 잠시 잊고 있었던 특유의 불같은 호승심을 발동하기 시작했다.

"모두 참견하지 마라. 이놈과 일 대 일로 승부를 결하겠다."

"그건 곤란합니다."

수겸의 말에 관천호는 눈을 치떴다.

"수겸, 감히 본좌를 제재하겠다는 것이냐?"

"그게 아닙니다. 방금의 폭발이 워낙 강력했던 탓에 사령풍의 장벽이 일부 깨어졌습니다. 폭발 소리가 저 아래쪽까지 들렸을 겁니다. 파리 떼가 꼬이기 전에 우린 한시라도 빨리 저놈을 처리하고 이 자리를 떠야 합니다."

하긴 그 엄청난 폭발음에 산사태까지 일었으니 무당파가 발칵 뒤집힌 상태일 것이다. 관천호가 아래쪽을 내려다보니 상청궁은 물론 무당파 경내의 온 건물에 불이 환하게 밝혀지고 있었다.

"놈들이 올라오겠군."

"사령풍의 장벽은 다시 복구했습니다. 거기에 당가주께서 수고해 주신다면 어느 정도 시간을 벌 수는 있을 겁니다."

수겸은 당소를 보며 말했다. 당소는 고개를 끄덕이더니 수하들에게 수신호를 했다.

그러자 풀숲에 대기하고 있던 당가 무인들이 즉시 움직였고, 잠시 후 공터 주변에는 매캐하고 음습한 냄새가 진동하기 시작했다.

"방원 이 백 장내로 접근하는 자는 죽음을 면치 못할 거요."

수겸은 관천호와 송천운에게 말했다.

"무림련 놈들이 독과 사령풍으로 인해 접근하지 못할 동안 놈을 한시라도 빨리 처치해야 합니다. 놈을 처리하고 나면 두 분은 따로 빠져나가서 각자의 세력을 이끌고 독을 살포하고 있는 저희에게 집중되어 있을 무림련의 배후를 치시면 됩니다."

수겸의 작전은 상황에 맞는 적절한 것이었다. 관천호는 갖은 인상을 썼지만 장건을 한시라도 빨리 처리하지 않으면 거사가 모두 탄로날 수도 있는 상황이니 선택의 여지가 없었다.

관천호와 송천운이 장건의 앞으로 나섰다. 그리고 당소가 특수기병으로 중무장한 심복 두 명을 이끌고 장건의 퇴로를 막아섰다.

"애송이, 천하양대고수로 꼽히는 우리 둘을 동시에 상대하게 된 것을 영광으로 생각해라. 물론 오 초 이내에 끝날 영광이겠지만 말이다."

관천호는 살기가 뚝뚝 떨어지는 어조로 말했다.

송천운은 아무 말 없이 눈을 번득이며 자신의 검을 뽑았다. 달빛같이 푸르른 검기가 검신을 예리하게 감돌았다.

장건은 심호흡을 한 번 하고 양 소매를 바닥으로 향했다. 진신 무공으로만 따지자면 한 명씩 상대하기에도 벅찬 상대들이었다.

과연 이길 수 있을까? 대답은 늘 같았다. 일단 부딪쳐 봐야 답이 나올 질문이었다. 장건은 이상하게도 패배의 두려움이 전혀 일지 않았다.

충돌의 직전, 송천운이 입을 열었다.

"십검단주, 늘 궁금했는데, 자네 사문이 어디인가? 어느 스승이 이렇게 대단한 제자를 키운 것인지 궁금하군."

장건은 씩 웃으며 대답했다.

"공공자 당진량이오."

"공공자? 혼돈지서를 저술한?"

"그렇소."

"그랬었군. 그가 자신의 유일한 맞수라던 성주의 말이 허언이 아니었군."

"그건 헛소리요. 당진량을 잘 알고 있는 내가 보장하겠소. 그는 감히 영호대협에 비견할 만한 인물이 아니오."

끼어든 것은 당소였다.

"당소, 부끄럽지도 않나? 자신의 아버지에게 그따위 소리밖에 할 수 없나?"

장건의 말에 당소는 얼굴이 시뻘겋게 되어 버럭 소리를 질렀다.

"개소리 마라! 그는 내 아버지도 뭣도 아니다! 독과 암기의 조종인 본 가의 이념을 거스른 그는 축출된 이단자일 뿐!"

장건은 그의 뿌리 깊은 고정관념에 혀를 찼다. 더 이상 그를 설득할 재주는 없을 듯했다.

관천호는 흥미가 이는 듯 일렁이는 눈빛으로 말했다.

"공공자의 제자라니, 모처럼 재미있겠구나. 어디 그 잘난 혼돈지서가 무슨 내용을 담고 있는지 지루하지 않게 펼쳐 보여다오."

말이 끝남과 동시에 그가 움직였다. 움직임에 보조를 맞추듯 송천운도 움직였다.

좌우 양쪽에서 다가드는 두 절대고수의 서릿발 같은 기세가 장건에게로 도달했다. 전신의 혈관에 터질 듯한 압박감이 느껴졌다.

장건 또한 움직였다. 첫발을 뗀 방향은 좌측, 관천호에게로였다.

장건과 관천호, 양쪽에서 치닫는 둘의 거리가 순식간에 좁혀졌다. 만도에서 뿜어져 나오는 무시무시한 도기가 장건을 향해 직선으로 뻗어왔다.

장건의 장포가 순간적으로 펄럭였다. 허리에 차여져 있던 제석천이 어느 순간엔가 이미 그의 손에 들려 있었다.

제석천이 불을 뿜었다. 제석천에서 빠져나온 네 발의 산뢰전이 여덟—열여섯—서른 두 발로 갈라지며 관천호를 덮쳤고, 뒤이어 화염과 독연이 걸리는 모든 것을 태우고 녹일 듯 뿜어져 나왔다.

전방이 온통 연기로 뒤덮였지만 장건은 관천호가 산뢰전의 공격을 막아내고 화염과 독연을 뚫고 다가오고 있음을 알 수 있었다. 그는 지체하지 않고 제석천을 크게 원을 그리며 휘돌렸다.

촤앙!

활짝 펴진 제석천의 날개에서 뿜어져 나온 수백 수천의 육각형 조각들이 공중으로 비산했다. 광영비산의 절초였다.

기이이잉!

광영비산이 끝나기가 무섭게 날개 부위가 맹렬하게 자전하며 전방으로 튀어나갔다. 연이은 탈명환의 공세였다.

쩌어엉!

이제 몸통만 남은 제석천이 장건의 손길을 따라 여덟 조각으로 갈라졌다.

장건은 독연과 광영비산에 휩싸이고 탈명환의 회전에 갇혀 버린 관천호의 주위를 빠르게 원을 그리며 돌았다. 그의 손에 들려 있던 제석천의 여덟 조각은 차례차례 관천호가 묶여 있는 연기 속으로 빨려 들어갔다. 하나는 일직선으로, 하나는 바닥에 깔려서, 하나는 회전하며, 하나는 불규칙하게 움직이며, 하나는 수십 조각으로 갈라져서, 하나는 강기를 발산하며, 하나는 보이지 않는 은형사(隱形絲)를 흩뿌리며, 하나는 폭발하며⋯⋯. 한번 걸리면 빠져나갈 자가 없다는 제석천의 최종 절초, 팔극강림(八極降臨)이었다.

눈 한두 번 깜빡할 정도의 짧은 시간 동안 산뢰전으로 시작하여 팔극강림까지 제석천의 모든 초식을 남김없이 시전한 장건은 숨 돌릴 틈도 없이 그를 쫓아온 송천운과 격돌했다.

위이이잉!

송천운의 검에서는 장건이 이제껏 본 중에 가장 선명하고 또렷한 검강이 모습을 드러내고 있었다. 검강은 장건의 몸통을 두 동강 낼 듯한 기세로 파고들었다.

장건은 눈을 번득이며 오른손을 떨쳐 냈다. 손목에 채워져 있던 번천제룡환이 제룡검의 형태로 변하며 튀어나왔다. 제룡검에서 검강이 솟구쳤다.

검강과 검강이 충돌했다.

콰아아앙!

엄청난 내기의 충돌로 인해 둘이 디디고 있는 땅바닥이 움푹 패이며 균열이 생겨났다. 송천운은 먼저 검강을 발출한 기세를 살려 힘으로 강하게 장건을 밀어붙였다. 장건은 힘이 부치는 듯 뒷걸음질치기 시작했다. 기세를 탄 송천운은 더욱 강력하게 내기를 발출했고, 한결 거세진 그의 검강은 장건의 검강을 찍어 누르며 그를 압사시킬 듯 닥쳐 왔다.

가아아아아앙─

장건의 제룡검이 한계에 달한 듯 떨리기 시작했다. 그의 검강이 점차 빛을 잃기 시작했다. 반면 송천운의 검강은 한층 선명한 빛을 발하며 장건을 압박해 왔다.

마침내 제룡검에 균열이 생기기 시작했고, 마침내 견딜힘을 잃은 듯 퍽! 하는 소리와 함께 검이 산산조각으로 분해되었다.

송천운은 득의의 눈빛을 발하며 무기를 잃은 장건을 향해 일검양단의 기세로 검을 내리그었다.

믿기 어려운 상황이 발생한 것은 그 다음 순간이었다. 거칠 것이 없을 것 같던 송천운의 검강이 산산이 흩어졌고, 내리긋던 그의 검은 장건을 두 동강 내기는커녕 그의 어깨에 걸린 채로 더 이상 전진하지 못하고 있었다.

상상도 못한 괴사에 송천운은 경악한 눈빛으로 장건의 어깨에 걸려 있는 자신의 검을 바라보았다.

검강이 사라진 그의 검에는 우둘투둘한 가시가 돋쳐 있었다. 아니, 그것은 가시가 아니었다. 그의 검을 칭칭 감고 있는 것은 좀 전까지 검의 형태를 띠고 있던 장건의 무기, 번천제룡환이었다. 검강과 검강이 격돌한 마지막 순간, 제룡검은 부서진 것이 아니라 장건의 조종에 의해 수십 개의 마디로 갈라지며 제룡편으로 변하여 그의 검을 뱀처럼 감아버린 것이었다.

'교활한 놈……!'

송천운은 손목에 강한 통증을 느끼며 당황함을 금치 못했다. 놈은 자신의 검신을 휘감은 제룡편의 끄트머리에 집중적으로 내력을 가하여 검병을 잡고 있는 자신의 손목에 타격을 가한 것이다. 그 덕분에 검신으로 전달되어야 할 그의 내력의 줄기가 시작점에서부터 끊어져 버리고 말았다. 검강이 사라졌다 해도 그의 검은 금석을 두부처럼 자르는 보검이었지만 검신을 휘감고 있는 제룡편의 마디 때문에 풍파투도의 어깨를 파고들지 못한 채 걸려 버리고 만 것이었다.

장건은 송천운이 당황한 틈을 놓치지 않았다. 그는 송천운의 검을 속박하고 있는 제룡편을 자기 쪽으로 끌어당기며 송천운의 품으로 뛰어들었다.

최악의 상황이었지만 이대로 호락호락 당할 송천운은 아니었다. 그는 좌수의 검결지로 장건의 공세에 맞섰다. 그의 머리를 노리고 장건의 소매 속에서 튀어나온 대봉수를 손가락 두 개로 관절 부위를 쳐서 분질러 버린 후 빠른 반격을 개시해 장건의 팔꿈치 요혈을 노렸다.

장건은 재빨리 팔을 뒤틀어 송천운의 공격을 피한 후 목의 울대를 움켜쥐려 했고, 다시 송천운의 검결지가 그의 손을 차단했다. 둘은 얽히고설킨 제룡편과 검을 한 손으로 끌어당기며 다른 한 손으로는 치열한 박투를 펼쳤다.

순식간에 삼십여 초가 흘러갔다. 그때 장건의 등 뒤에서 사자후가 터져 나왔다.

"애송이! 네놈이 감히!"

관천호의 포효였다. 장건은 송천운과의 박투를 계속하면서도 한 손으로 제룡편을 끌어당겨 중심을 슬쩍 이동하여 소리난 쪽을 곁눈질했다. 제석천이 만들어낸 화염과 독연이 사라지며 관천호가 모습을 드러내고 있었다.

그의 꼴은 말이 아니었다. 전신에는 광영비산과 팔극강림의 잔해로 보이는 쇳조각들이 고슴도치처럼 빽빽이 박혀 있었고, 온몸은 화염에 그슬려 새까맣게 되어 있었다. 입가에 선혈이 흐르고 있는 것으로 보아 내상이 꽤 있는 듯했다.

그럼에도 불구하고 장건에게 못 박힌 그의 눈에서는 번들거리는 살광이 뻗쳐 나오고 있었다. 상처는 심할지언정 천하제일의 살상무기인 제석천의 공세를 결국 견뎌낸 것이다.

"죽인다, 죽여 버린다!"

관천호는 전신 가득히 살기를 발하며 장건을 향해 날아들었다.

그 순간 장건은 제룡편을 쥐고 있는 오른팔에 강한 통증을 느꼈다.

'이런!'

장건은 아차 싶었다. 관천호에 잠시 한눈을 파는 새에 송천운이 제룡편에 붙들려 있는 자신의 검에 내기를 불어넣고 있었던 것이다.

기이이잉―

그의 검에 검기가 충천하기 시작했다. 검신을 칭칭 동여매고 있던 제룡편의 조임이 검신으로 끊임없이 주입되는 송천운의 웅혼한 내력에 떠밀려 서서히 느슨해지고 있었다.

그러는 새에 관천호는 그의 등 뒤까지 치달았다. 내상 때문에 도강까지는 발현하지 못했지만 휘두르는 그의 만도에서는 위협적인 도기가 번쩍였다.

앞은 송천운, 뒤는 관천호, 그야말로 절체절명의 상황이었다. 장건은 찰나의 순간 느슨해지고 있는 제룡편을 송천운의 검에서 빼냈다. 그리고는 비룡번신(飛龍翻身)의 수법으로 몸을 뒤집으며 관천호에게 제룡섬을 날렸다.

스팟!

관천호는 심장으로 파고드는 제룡섬을 몸을 뉘이며 피함과 동시에 만도를 휘둘러 그것의 마디 중간을 정확히 끊어버렸다.

제룡섬을 끊어낸 관천호는 중심을 잡고 무기를 잃은 장건에게로 재차 뛰어들려 했다. 그런데 그 순간, 그의 등 뒤에서 날카로운 무언가가 파고들어 옆구리로 튀어나왔다.

"커헉!"

관천호는 신음을 발하며 무릎을 꿇었다.

그는 옆구리를 꿰뚫은 것을 내려다보았다. 그것은 그가 끊어낸 제룡섬의 앞부분이었다.

'놈… 애초부터 이걸 노렸구나!'

끊어진 제룡섬이 뒤에서 무슨 조화를 부려 자신의 등으로 파고든 것인지는 알 수 없었다. 그러나 지금 그가 전투를 지속할 수 없을 만큼 치명적인 상처를 입었다는 것만은 명약관화했다.

관천호는 피를 토하며 제자리에 쓰러졌다.

그와 동시에 장건의 등에 송천운의 일검이 틀어박혔다. 관천호를 상대하기 위해서였다고는 해도 송천운과 같은 절대고수에게 등을 내준 이상 그의 일검을 피할 길은 없었던 것이다.

완벽한 일격을 먹였음에도 송천운의 눈에는 만족의 빛이 아닌 경악의 빛이 흘러나오고 있었다. 이번에도 그의 검은 또다시 장건을 베지 못하고 어깨에서 진행을 멈추었기 때문이다.

송천운이 경악을 금치 못하고 어쩔 줄 몰라 하고 있을 때 장건의 몸이 기쾌하게 회전했다. 그리고 지근거리에 있는 송천운의 가슴을 향해 매서운 일장을 발출했다.

송천운은 급작스레 다가오는 장력을 향해 다급히 좌수를 뻗었다. 장력과 장력이 충돌하는 순간, 장건의 손에서 붉은 실선이 튀어나와 송천운의 장력을 타고 올라왔다. 그리고 그의 손바닥을 뚫고 들어갔다.

"크윽!"

송천운은 짧은 비명을 지르며 손바닥을 감싸 쥔 채 무릎을 꿇었다. 제아무리 그리고 해도 최절정의 경지에 도달한 장건의 비핵표를 피할 수 없었던 것이다.

"어… 어떻게, 이런 일이……."

송천운은 자기가 당한 것을 믿을 수 없는 듯 장건을 올려다보며 중얼거렸다.

워낙 근거리에서 빠른 공격을 취하다 보니 검강까지 일으킬 여력은 없었다. 그러나 충천한 검기를 가득 담은 그의 검이 못 자를 것은 천하에 없다고 자부할 수 있었다. 그런데도 또다시 놈의 맨 몸뚱어리를 못 베고 말았다. 놈이 설마 전설상의 금강불괴라도 된단 말인가?

푸스스스—

장건의 내려뜨린 옷소매에서 거죽조각 같은 것이 점점이 부서져 흘러내렸다.

"대체… 어떻게 된 거지?"

"연혼갑의 조화였소."

파리한 안색으로 답하는 장건의 말에 송천운은 어처구니없는 표정을 지었다.

"고작 연혼갑이 내 일검을 막아냈다고?"

물론 그런 것은 아니었다. 그의 공격을 막아낸 것은 연혼갑과 조화를 이룬 공공자 당진량의 호체신공인 연혼무상신공의 공능이었다.

장건은 송천운의 마지막 일격이 격중한 순간 자신의 온몸을 보호하고 있던 연혼무상신공이 깨어지는 것을 느꼈다. 신공이 깨어짐과 동시에 신공과 조화하고 있던 연혼갑도 큰 손상을 입어 분해되어 버리고 말았다.

신공은 깨어졌지만 마지막까지 그의 몸을 보호해 준 덕에 치명상을 면할 수 있었고, 송천운의 반격이 이어지기 전에 몸을 돌려 비핵표의 공세를 성공시킬 수 있었던 것이다.

"이것이 혼돈지서의 힘이오. 공공자의 절학이 당신들 둘을 침몰시킨 것이지."

주저앉아 있는 송천운도, 쓰러진 채 꿈틀거리고 있는 관천호도 모두 믿기지 않는 패배에 넋이 나간 표정이었다.

장건은 두 사람을 놔둔 채 멍하니 자신을 바라보고 있는 당소에게로 뚜벅뚜벅 걸어갔다.

"이제 당신 아버지의 진정한 실력을 알겠나? 그의 무도 인생이 실패한 게 아니라는 것을 지금의 결과를 보고도 깨닫지 못한다면 당신은 눈 뜬 장님이나 다름없다."

할 말을 잃은 듯 기가 질린 얼굴로 주춤주춤 뒷걸음질을 하던 당소는 돌연 눈에서 독기를 내뿜으며 외쳤다.

"나, 난 인정할 수 없다! 본가주는 인정할 수 없어!"

그의 손의 손에 들린 대롱이 장건에게로 향했다. 그와 동시에 사방에서 나타난 열 명 남짓한 당가 무사들의 손에서 당가의 자랑인 팔대금용암기가 다량으로 쏟아져 나왔다.

그러나 그 모든 암기가 당가 무사들의 손아귀에서 채 떠나기도 전에 장건이 흩뿌린 유엽도 열 두 자루가 그들의 미간 중앙에 한 자루씩 정확히 꽂혔고, 당소의 두 팔에도 꽂혔다.

"크흑!"

미간에 유엽도가 박힌 수하들은 끽 소리도 못한 채 절명했고, 당소는 대롱을 놓친 채 비명을 지르며 무릎을 꿇었다.

당가의 인물들을 처리한 장건은 마지막 남은 수겸을 찾아 시선을 돌렸다. 이윽고 수겸의 모습이 포착되었다. 그러나 그는 혼자가 아니었다.

"후하하하! 풍파투도! 무기를 버려라. 그렇지 않으면 이 계집의 목숨은 없다!"

그는 어느새 증미미를 붙잡아 자신의 방패막이로 세워놓고 있었다. 증미미의 목에는 시퍼런 비수가 대어져 있었다. 그녀는 혈도를 점혈당했는지 두 눈만 깜빡일 뿐 아무런 저항의 몸짓도 하지 못하고 있었다.

수겸은 관천호와 송천운의 패배에 적지 않게 충격을 받은 듯 좀 전의 여유는 온데간데없이 눈이 까뒤집혀 있었다. 평상심을 잃었기에 증미미가 더욱 위험해 보였다.

"수겸, 부질없는 짓 그만해라. 이미 끝난 상황이다."

"개소리 마라! 아직 남은 수는 무궁무진하다! 당장 무기를 버리지 못하나!"

장건은 한숨을 내쉬며 소매 속에 재워져 있던 암기들을 떨어냈다. 그리고 차고 있던 구 이검마저 끌러서 수겸의 발 앞에 던졌다.

수겸은 장건이 무기를 놓았음에도 어떻게 대처할 바가 생각나지 않는 듯 벌벌 떨며 그를 노려보기만 했다.

기묘한 대처가 이어지는 가운데 시간이 흘렀다.

제12장
장건, 음모에 넘어지다

장건, 음모에 넘어지다

휘이이잉— 기이이잉—

사령풍의 바람 소리는 여전히 거셌지만 당가의 인물들이 전멸한 탓에 분지 주변을 뒤덮고 있던 독기는 서서히 가시고 있었다.

수겸과 대치하고 있던 장건은 눈을 들어 분지 외곽을 보았다. 멀리 횃불의 불빛이 다가오는 것이 보였다. 무당파 경내에 있던 무림련의 사람들이 올라오고 있는 것이 분명했다.

그러나 그들보다 먼저 분지에 나타난 자가 있었다.

"장 공자."

장건은 그를 알아보고 반색을 했다.

"선생님, 오셨군요."

장건은 놀라고 반가워하며 그를 맞았다.

범생은 분지에 쓰러진 사람들을 보고는 놀라며 물었다.

"자네가 저 둘을 무찌른 건가?"

"아직 이긴 것은 아닙니다. 저놈이 남아 있으니까요."

장건은 증미미를 붙잡고 있는 수겸을 가리켰다.

범생은 긴 한숨을 내쉬며 말했다.

"저 소녀를 일찍 올려 보내는 게 아니었는데… 자네를 부르라고 올려 보냈더니 저자에게 붙잡힌 거로군."

"저 아래에서 미미를 만나셨었습니까?"

"올라오는 길에 크게 다친 한 청년을 붙잡고 앉아 있더군. 그런데 그가 실혼인이라며?"

"그렇습니다. 그의 상태는 어떻습니까?"

"상처가 크긴 하나 워낙 강철 같은 신체인지라 치명상은 피했네."

"다행이군요."

장건은 안도의 한숨을 내쉬었다.

"그런데 그를 정상인으로 되돌리려 한다고?"

"예, 환원대법까지 얻어놓았습니다. 다만 저자가 정언을 풀어줘야 시작할 수 있는데……."

"대법에 필요한 것은 그뿐만이 아닐세."

"또 뭐가 더 있어야 합니까?"

"그렇다네. 사실 실혼인은 요불반선이 창안한 것이 아니라 이백 년 전 멸망한 밀교의 수법이라네. 그 실혼인에 대해서는 내 사부께서도 생전에 관심을 두셨던 터라 공부한 적이 있네만, 실혼인이 정상으로 돌아오기까지는 생과 사를 넘나드는 몇 번의 단계를 겪어야 하네. 인간의 육신으로는 견디기 어려운 고통이 뒤따르는데, 사부의 말씀에 의하면 그 고통을 견딜 방법은 전무하다 할 수 있지만 천우신단을 복용하면 감내할 수 있을 거라 하셨네."

"그렇다면 천우신단을 얻어야겠군요."

천우신단의 소유자는 지금 이 자리에 있었다.

장건은 관천호에게로 다가갔다.

쓰러져 있던 관천호는 몸을 반쯤 일으킨 상태였다. 그러나 여전히 패배가 믿어지지 않는 듯 초점없는 눈을 하고 있었다.

그는 장건이 다가오자 돌연 킬킬거리기 시작했다.

"애송이, 하는 얘기 다 들었다. 천우신단을 가지고 싶나?"

장건은 고개를 끄덕였다.

"그렇소."

"후후후, 그건 지금 내 손아귀 안에 있지."

관천호는 주먹을 쥔 손을 슬쩍 펴 보였다. 붉은 광채가 감도는 환단이 놓여 있었다. 무림련에서 전달받은 천우신단임이 분명했다.

그때 수겸이 외쳤다.

"풍파투도! 이 계집을 살리고 싶으면 그걸 빼앗아 이쪽으로 던져라!"

장건은 긴 한숨을 내쉬었다. 사실 지금 그가 관천호에게 천우신단을 내어 달라 하는 것은 또 다른 의도가 숨어 있었다. 한데 수겸이 끼어들어 방해를 하고 있는 것이었다.

장건은 관천호에게 손을 내밀었다.

"신단을 건네시오. 그걸 주면 목숨은 살려주겠소."

"목숨은 살려주겠다? 크하하하하!"

관천호는 앙천광소를 터뜨렸다.

"내 비록 패배자일망정 목숨을 구걸하는 개로 전락할 마음은 없다. 죽이고 싶으면 당장 죽여라. 다만 천우신단은 이 손아귀에서 으스러진 다음일 것이다."

그는 천우신단을 내어줄 마음이 전혀 없는 듯했다.

장건은 답답한 눈빛으로 그를 노려보았다. 신단이 그의 손아귀에 있는 이상 빼앗을 재간이 없었다. 아무리 큰 상처를 입었다고 해도 관천호 정도의 고수가 손에 쥔 환약 따위를 없애지 못하고 다른 사람에게 빼앗길 가능성은 전무한 일이었다.

둘이 서로를 노려보고 있을 때, 분지 외곽에서 횃불의 빛이 반짝였다. 무림련의 사람들이 이제야 도착한 듯했다.

그러나 분지에는 여전히 사령풍의 소리가 휘몰아치고 있었다. 수겸의 말대로라면 사령풍을 뚫고 이 안까지 들어올 자는 얼마 되지 않을 것이다.

잠깐의 시간이 흐른 후 분지 안으로 몇 개의 인영이 다가섰다.

처음 모습을 드러낸 사람은 무림련주인 청진 대사와 무당파 장문인 명송자였다. 무림의 태산북두로 일컬어지는 소림과 무당의 장문인답게 사령풍에 구애받지 않고 분지 내부로 들어서고 있었다.

그들은 큰 상처를 입은 채 주저앉아 있는 관천호와 송천운을 보고, 그리고 당가 무인들의 시신을 보고 크게 놀란 기색이었다.

"대체 이게 무슨 일인가?"

무림련주 청진 대사가 믿을 수 없는 듯 눈을 치뜨며 말했다.

"림주!"

두 사람의 뒤를 이어 내부로 진입한 철무림의 좌산 이하 다섯 명의 장로가 관천호에게 몰려와 그를 부축했다.

"대좌!"

성검회의 검객들도 안으로 들어서서 송천운에게 다가갔다. 강호에서 손꼽히는 실력파로 인정되는 단체답게 사령풍을 뚫고 안으로 들어선 고수의 숫자가 가장 많았다. 십대검객 여섯 명을 포함하여 모두 열한 명이 분지로 들어선 상태였다.

뒤를 이어 화산, 종남 등 오대문파의 장문인들과 오대세가의 가주들이 들어섰다. 그들 중 몇몇은 사령풍에 영향을 받는 듯 인상을 찡그리며 귀를 틀어막고 있었다.

들어선 자들은 모두 송천운과 관천호의 신색을 보고 경악을 금치 못했다. 그리고 그들의 시선은 곧 장내에 멀쩡하게 서 있는 유일한 인물인 장건에게 집중되었다.

명송자가 장건에게 물었다.

"이천휘 소협, 이게 대체 어떻게 된 상황인지 설명해 주겠소?"

장건이 입을 열기도 전에 다른 쪽에서 고함 소리가 터져 나왔다.

"여러분! 저놈이 이 모든 사태의 원흉입니다! 저놈은 이천휘가 아니라 풍파투도라는 악명 높은 도적입니다! 놈이 여기서 상청궁으로 들어가 과상천을 암살하려고 하는 것을 송 대좌와 관 림주가 막으려다 두 사람 다 놈의 함정에 당해 저 꼴이 되고 만 것입니다! 놈을 당장 죽여야 합니다!"

수겸의 고함이었다. 그는 용의주도하게 증미미의 목에 대고 있던 비수를 감추고는 마치 그녀와 일행인 양 바싹 붙어서 나란히 서 있었다.

청진 대사는 놀란 기색으로 장건에게 물었다.

"이 소협, 저 말이 사실이오?"

장건이 아무 말을 하지 않자 이번에는 명송자가 화산파 장문인 경운자에게 던졌다.

"이 소협은 화산 제자가 아니오? 이게 어떻게 된 일입니까?"

경운자는 시뻘게진 얼굴로 더듬거리며 말했다.

"실은 제 사제가… 신분을 명확히 확인하지 않고 받은 자입니다. 개봉 지부대인 댁 귀공자라는 신분이… 어쩌면 가짜일 수도……."

그때 철무림 측의 좌산이 외쳤다.

"놈은 풍파투도가 맞소! 일전에 본 림에 막심한 피해를 끼치고 내 한 팔을 자른 것이 바로 저놈이오!"

장내가 크게 술렁였다. 천하십대고수의 일인으로 꼽히는 쌍비수천하 좌산이 외팔이가 된 사건은 근자에 강호의 큰 화두였는데, 그 원인이 바로 이천휘, 아니, 풍파투도라는 사실이 드러났기 때문이었다. 좌산 정도 되는 고수가 자신의 치부를 드러내면서까지 남에게 누명을 씌울 가능성은 희박한 일이었다. 고로 이천휘가 풍파투도라는 말은 무림련 사람들에게 점점 사실로 받아들여지고 있었다.

장건은 사람들을 향해 말했다.

"난 풍파투도가 맞소. 그러나 집마부주를 죽이려 한 것은, 또한 집마부를 꼬드겨 이 전쟁을 획책한 것은 내가 아니라 여기 쓰러져 있던 자들이오."

"거짓이오! 놈이 계획된 음모를 꾸미고 주도면밀한 함정을 이곳에 설치하지 않았다면 천하양대고수가 동시에 쓰러지는 것이 가당키나 한 일이오이까?"

수겸이 다시 외쳤다. 확실히 그의 말은 좌중에게 그럴듯하게 들렸다. 천하양대고수로 꼽히는 송천운과 관천호가 동시에 쓰러져 있다는 것은 눈으로 믿기 어려운 상황이었다. 풍파투도가 치밀한 함정을 꾸미지 않고서야 이들이 이렇게 당했을 리는 없을 거고, 또한 그런 함정을 꾸민 자라면 집마부주를 암살하고 전쟁을 뒤에서 조장한 인물일 수도 있다는 판단으로 거부감없이 비약될 수 있었던 것이다.

장건이 다시 말했다.

"저 떠드는 놈이 바로 군룡회의 수겸이오. 놈이 전쟁을 획책한 주범이고, 송천운과 관천호가 마지막에 그와 타협하여 무림련을 해하려 한 것이오."

"거짓이오! 난 수겸이 아니라 전검문의 사람이오! 문주님의 명을 받고 풍파투도를 지금껏 조사해 왔고 놈의 음모를 파헤치려 여기까지 쫓아온 것이오!"

수겸은 장건이 말하는 즉시 반박했다.

"송 대좌, 사실이오?"

청진 대사는 혼란스러운 어조로 성검회 요인들의 부축을 받으며 이제 막

몸을 일으키고 있는 송천운에게 물었다.

송천운은 힘겹게 고개를 끄덕였다.

"보시오! 놈이 거짓말을 하는 거요! 당장 저 흉수를 처단해야 합니다!"

수겸은 의기양양하게 외쳤다.

"거짓말을 하는 자는 저놈이오. 저놈이 바로 수겸이오."

엉뚱한 곳에서 들려온 소리에 인상을 쓰며 시선을 돌린 수겸은 좌중 앞으로 걸어나오는 자를 바라보고는 당황한 기색이 되었다.

그는 영호세가의 가주인 영호관웅이었다.

"얼굴 본 지 십오 년이 지났지만 진검성의 가신들 얼굴은 똑똑히 기억하고 있소이다. 본가주가 보장하겠소. 저놈은 군룡회의 책사인 교룡 수겸이외다. 그리고 풍파투도는 익히 나와 교분이 있소. 그는 놈이 꾸미는 흉계를 파헤치려 작년부터 동분서주해 왔소. 이천휘로 신분을 꾸민 것 또한 일을 진행하는 상황에서 피치 못해 벌인 일이오."

장내는 다시 한 번 술렁였다. 다른 사람도 아닌 영호 가주가 자신의 가신이었던 자를 잘못 알아볼 리가 없었기 때문이다.

잠시 당황한 기색을 내비치던 수겸은 금세 낯빛을 바꾸고는 반박했다.

"자 보시오! 영호 가주 또한 놈과 내통한 것을 자인하고 있소! 그는 이전에 가신이었다가 독립하여 자기보다 잘나가고 있는 송 문주님과 관 림주를 늘 질시하고 음해하려던 자가 아니오? 이참에 풍파투도와 결탁하고 집마부를 끌어들여 무림을 전복하려는 흉계를 꾸민 배후인물이 바로 영호 가주요!"

장내는 더욱 혼란스러워졌다.

난감한 표정을 짓고 있던 청진 대사는 다시 관천호와 송천운 쪽으로 시선을 돌렸다. 아무래도 가장 존재감이 큰 두 사람이 이 상황을 명확히 설명해주는 것이 옳다고 판단한 때문이었다.

"송 대좌, 관 림주, 두 분은 대체 어떻게 그 모양이 된 것이오? 정말 저자의 함정에 당한 거요?"

송천운은 말없이 힘겹게 고개를 끄덕였다.

관천호는 더없이 비통한 표정을 짓고 있었다. 비록 효웅이긴 하나 무도인의 혼을 가지고 있는 그로서는 직접 입으로 패배를 자인하고 또 거짓말까지 해야 한다는 것이 죽기보다 힘들었기 때문이다.

그는 당당하게 우뚝 서 있는 장건을 노려보았다. 멀쩡한 그에 반해 온몸에 상처를 입은 채 수하들의 부축을 받으며 간신히 몸을 지탱하고 있는 자신의 모습이 한없이 초라하게 느껴졌다.

그는 이 모든 상황을 초래한 장건에게 맹렬한 적개심을 느꼈다. 그는 구차한 자신의 모습을 벗어나려는 듯 수하들을 뿌리치고 앞으로 나섰다. 온몸이 비명을 질렀지만 이를 악문 채 우뚝 서서 장건을 노려보았다.

'이대로 죽을 수는 없다. 반드시 살아 합환의 비술로 몸을 회복한 후 놈과 다시 맞붙어야 한다. 그래서 꺾어야 한다.'

그러자면 지금은 일단 자존심을 꺾어야 한다. 패배를 자인하고 거짓말까지 하는 굴욕을 감내하고라도 놈과 다시 붙을 수 있는 기회를 잡아야 한다. 그러자면 수겸과 송천운의 같잖은 연극에 짝짜꿍을 해주는 수밖에 없었다. 그래야 합환의 비술을 얻을 수 있기 때문이었다.

그는 품속에 있는 천우신단을 꽉 한번 움켜쥔 후 놓았다.

'놈이라면 누명을 써도 이곳을 탈출할 수 있겠지. 반드시 탈출하거라.'

관천호는 속으로 장건의 탈출을 기원하며 입을 열었다.

"함정이든 아니든 놈에게 당한 것은 사실이니 가타부타 할 생각은 없다. 본좌와 송가는 놈에게 당했고, 또한 놈은 집마부주를 죽이려 했다. 지금 말한 것은 모두 사실이다."

허언을 하지 않는다는 그의 명성은 발언에 신빙성을 더했다. 청진 대사는 한숨을 내쉬며 말했다.

"조사를 좀 더 해야 원인 규명을 명확히 할 수 있겠으나 빈승으로서는 신분을 속이고 화산파의 제자로 가장한 이 소협을 일차적으로 의심할 수밖에 없겠소. 이 소협, 일단 본련의 조사를 거부하지 말고 응하길 부탁하오."

말이 부탁이지 포박을 받고 심문을 받으라는 말이었다.

결국 무림련의 인물들은 관천호와 송천운, 그리고 수겸의 농간에 넘어가고 말았다. 기실 장내에 장건을 지지하는 사람은 사실 관계를 어렴풋이나마 알고 있는 영호관웅뿐이니 힘과 권력이 가장 큰 권위를 지니는 강호의 생리상 어쩔 수 없는 상황이라 할 수 있었다.

무림련의 요인들이 장건을 둘러싸며 다가왔다.

'일단 이곳을 빠져나가야겠군.'

무림련의 조사가 도둑인 자신에게 호의적으로 진행될 리 없었다. 장건은 빠져나가기로 결심했다. 홀로 탈출하는 거야 손바닥 뒤집듯 쉬운 일이었지만 수겸에게 붙잡힌 중미미가 마음에 걸렸다.

'놔두고 탈출하면 설마 죽이지야 않겠지. 일단 소진이만 데리고 빠져나가야겠다.'

그때 그의 옆으로 한 사람이 다가왔다. 사령풍을 뚫고 분지 내부로 들어선 요인 중에 가장 어린 사람이고, 또 여자였다.

그녀가 장건에게로 가자 종남 장문인 조청문은 새하얗게 질려서 버럭 소리를 쳤다.

"비연아! 너 지금 뭐 하는 게냐! 당장 이리 안 와?"

조비연은 배시시 웃으며 고개를 저었다.

"전 이 사람에게 목숨 빚이 있어서… 그리고 제 말은 아무도 안 믿겠지만 이 사람은 좋은 사람이에요. 도둑이지만 협객이라고요. 거짓말을 하는 것은 저놈들이에요."

"헛소리 말고 어서 이리와!"

조청문이 소리를 지르며 손짓했지만 조비연은 들은 체도 하지 않았다.

장건은 피식 웃으며 그녀에게 말했다.

"기특하군. 세상이 뭐라 하건 낭군을 따르겠다, 이건가? 드디어 철이 들었나 보군."

조비연은 그를 째려보며 말했다.

"지금 이 상황에서 농담이 나와? 난 그저 장 공자가 나랑 승부하기 전에 죽어버리면 곤란하니까 도와주는 거라고."

장건은 한번 크게 웃고는 전면을 주시했다. 무림련의 오대문파와 오대세가를 대표하는 최고수들이 그를 둘러싼 채 다가오고 있었다. 싸움을 피치 못할 순간이었다.

그가 막 행동을 개시하려는 순간, 또 한 번의 반전이 일어났다.

"모두 기다리시오! 여러분은 지금 속고 있소!"

한 사람이 무너진 내리막 쪽에서 뛰어올라 오며 외쳤다. 나타난 자는 한 팔이 없는 듯 옷소매가 덜렁거리고 있었다.

성검회의 검객들이 크게 놀란 얼굴로 외쳤다.

"반삼좌!"

"살아 있었군!"

명송자가 물었다.

"당신은 누구요?"

외팔이가 대답했다.

"성검회의 삼좌, 반설우라 하오. 절정일검이라 하면 다들 아실 게요."

반설우는 성검회 십대검객 중 가장 이름이 널리 알려진 인물이었다.

명송자는 고개를 끄덕이며 물었다.

"반 대협이었구려. 한데 우리가 누구에게 속고 있단 말이오?"

"저기 저자, 성검회의 대좌이자 전검문주인 송천운에게 속고 있소."

"······!"

군웅의 시선이 일제히 성검회 쪽으로 향했다.

송천운을 부축하고 있던 현재의 삼좌 번교령이 튀어나왔다.

"네 이놈 반설우! 무슨 개소리를 하고 있는 거냐? 오오, 네놈도 저 풍파투도와 함께 본 회를 전복할 역모를 꾸민 거냐?"

반설우는 피식 웃으며 말했다.

"내가 전복할 사람은 너와 네가 모시고 있는 대좌뿐이다. 들으시오, 여러분! 이곳에서 멀지 않은 중경에서 출발했다면서도 수십 일이 넘도록 도착하지 않고 있는 전검문이 지금 어디 있는지 아십니까?"

사천에서 집마부에게 쫓겨 와 무림련에 합류하기로 한 전검문 등 사천 문파가 아직까지도 나타나지 않고 있는 것은 수수께끼였다. 사람들의 이목이 순간적으로 반설우의 입에 집중되었다.

"그들은 지금 무당산의 입구에서 산으로 진입해 들어오고 있소. 사실 그들은 닷새 전 이미 이곳 균현에 도착하여 잠복해 있다가 이제야 모습을 드러낸 것입니다."

"그들이 왜 지금에야 나타났다는 것이오?"

"당연히 그들 문주의 명을 받았기 때문이오. 송천운의 명령에 따라 혼란에 빠진 무림련을 치려고 행동을 개시한 것이오. 여러분, 애초부터 이 전쟁은 전검문과 군룡회의 음모에 따라 진행되었소. 집마부의 행보가 가장 빨랐던 것은 사천과 호남이었소. 군룡회가 있던 호남은 무사통과, 사천에서는 전투가 있었다고는 하지만 전검문이 패한 시늉만 하고 중경으로 발을 뺀 것뿐이었소. 그런 연후 짜여진 각본에 따라 무림련과 집마부를 이곳 무당산에 몰아넣고 몰살시키려는 음모를 꾸민 것이오!"

"말도 안 되는 헛소리! 저자는 성검회의 반역자요! 저자 또한 풍파투도 패거리와 결탁한 역도일 뿐이오!"

번교령이 외쳤다.

반설우는 호탕하게 웃고는 말했다.

"내가 아닌 다른 사람한테도 그런 말을 할 수 있나 보자고. 마침 도착하셨군. 이리 오시오, 명현 도장! 진 대협!"

그의 손짓이 있은 후 무너진 내리막 쪽에서 두 명이 모습을 드러냈다.

나타난 것은 무당의 명현자와 천의문의 진원외였다.

"명현 사제!"

명송자가 크게 놀라 외쳤다.

명현자는 명송자에게 소리쳤다.

"사형! 반 대협의 말은 모두 사실입니다! 지금 매양현에서 도착한 별동대가 산 입구에서 전검문과 교전을 벌이고 있습니다!"

명현자가 그렇게 말한 이상 모든 것은 확실해졌다. 반설우의 말이 사실이었던 것이다.

청진 대사와 명송자는 황급히 성검회 측으로 몸을 돌렸다.

"송천운을 잡아라!"

그 순간, 성검회가 있던 자리에서 은빛의 휘황한 광채가 모습을 드러냈다. 광채는 성검회의 인물들을 훑고 지나간 후 철무림 쪽으로 향했다. 광채가 지나간 자리에는 혈풍이 휘몰아쳤다. 광채를 맞은 성검회의 검객들이 바닥을 나뒹굴었고, 쓰러진 자들의 갈라진 사지에서는 피가 분수처럼 솟구쳤다.

"저것은……!"

장건은 반사적으로 광채를 향해 달려나가려 했다. 그 순간 그의 바로 뒤에 있던 범생이 그의 등에 대고 일장을 내려쳤다.

"커헉!"

장건은 피를 토하며 고꾸라졌다. 전혀 방비하지 않고 있던 상황에서, 그것도 연혼갑도 없는 상태에서 맞은 일격인지라 치명적이었다. 쓰러진 채 피를 토하는 그의 입에서 내장 조각들이 꾸역꾸역 흘러나왔다.

"장 공자!"

조비연이 비명을 질렀다. 그녀는 반사적으로 범생에게 검을 내려쳤지만 범생은 쓰러진 장건의 목덜미를 낚아채고는 그녀의 공세를 피해 빠르게 도망쳤다.

한편 철무림 측으로 향한 광채는 관천호에게로 향했다. 좌산을 비롯한 철무림의 다섯 고수가 죽기를 각오하고 몸을 던졌다. 그러나 광채가 번쩍이자 성검회 측과 같은 결과가 일어났다. 광채에 휩쓸린 네 고수는 순식간에 한줌의 핏물로 화했고, 최고수인 좌산이 안간힘을 쓰며 장력을 날렸지만 그 역시 광채에 쓸리며 마지막 남은 한 팔을 마저 떨구고는 차디찬 땅바닥에 몸을 뉘어야만 했다.

관천호는 다가드는 광채를 향해 억지로 만도를 들어올렸지만 이미 그에게는 저항할 힘이 남아 있지 않았다. 만도가 허망하게 그의 손에서 날아갔고, 그는 광채 속에서 뻗어 나온 억센 손이 자신의 목을 움켜쥐는 것을 멍하니 보고만 있어야 했다.

광채가 서서히 가셨다. 관천호는 목을 움켜쥔 자의 얼굴을 비로소 볼 수 있었다.

그의 악다문 입에서 신음 섞인 목소리가 흘러나왔다.

"송… 천… 운… 네놈이……."

송천운은 차가운 미소를 지으며 그의 품을 뒤졌다. 그리고는 천우신단이 든 목갑을 꺼내어 열어 보고는 더 이상 필요가 없어진 그를 바닥에 내동댕이 쳤다.

"드디어……!"

목갑 속의 내용물을 확인한 송천운의 눈에 감출 수 없는 희열의 빛이 흘렀다.

"네, 이놈, 송천운!"

청진 대사와 명송자가 동시에 달려들었다.

청진 대사와 명송자는 천하십대고수의 반열에 꼽히는 초절정고수였다. 그러나 송천운이 장난스럽게 내지른 검에서 발산된 은빛 광채에 휩싸이자 몇 수 버티지를 못하고 피를 토하며 쓰러지고 말았다.

"사형!"

명송자가 쓰러지는 것을 보고 달려가려는 명현자를 진원외가 다급히 붙잡았다.

"멈춰! 지금 자네가 나서봐야 소용도 없어! 송천운의 검홍(劍虹)을 보고도 모르겠나? 지금 이 자리에서 저자를 당해낼 자는 아무도 없어!"

"그깟 검홍에 쓰러질 사형이 아니야! 이거 놓게!"

그러나 진원외는 그를 놓지 않았다. 옆에 있던 반설우가 탄식을 하며 말했다.

"저건 일반적인 의미의 검홍과는 차원이 다른 수준이오. 검기를 무지개처럼 흩뿌리는 검홍은 공격의 범위는 넓어지되 위력은 다소 감소하기 마련인데, 놈의 검홍이 만들어내는 수십 가닥의 검기가 제각각 검강과도 같은 위력을 발하고 있소. 놈은 이미 석년의 검진만리 영호 대협의 경지를 넘어선 것 같소."

그의 말은 눈앞에서 현실로 입증되고 있었다. 청진 대사와 명송자를 구하기 위해 뛰어든 소림과 무당의 요인들이 송천운이 장난처럼 휘두르는 검홍에 휩쓸려 피를 토하고 쓰러지는 참상이 이어지고 있었다.

최후로 나선 것은 성검회였다. 송천운의 최초 일격에 세 명이 죽고 두 명이 크게 다쳤지만 번교령을 제외한 나머지 다섯 명은 결의를 다지며 송천운에게 덤벼들었다.

다시 검홍이 빛을 발하며 그들을 덮쳤다.

성검회 검객들은 검진을 형성하여 송천운에 맞섰다. 견고한 수비를 자랑하는 금성완형진(金城完形陣)이 발휘되었다. 거칠 것이 없던 송천운의 검홍도 진법의 묘용에 부닥쳐 위력이 봉쇄되는 듯 보였다.

그러나 그것도 잠시였다. 송천운은 성검회의 대좌였다. 그는 누구보다 성검회 진형의 허실을 잘 알고 있었고, 그의 검홍은 화려한 광채를 발하며 금성완형진의 요소요소 약점을 파고들어 마침내 와해시키고 말았다.

성검회마저 무너지자 이제 더 이상 송천운에게 반항하는 무모함을 선택할 자는 장내에 남아 있지 않았다. 그의 공전절후한 무공을 뼈저리게 체험한 모두는 더 이상 저항할 힘도, 용기도 남아 있지 않았다.

몇몇 세가의 가주들은 공터 밖으로 도망치려 했다. 그러나 퇴로는 어느새 낯선 무사들에 의해 차단된 상태였다. 이십 명 남짓한 무사들은 한결같이 심상치 않은 기도의 소유자들이었고, 모두 남색 무복에 어깨에 검은 띠를 두르고 있었다.

"전검문의 흑선대……!"

명선자가 절망적인 어투로 뇌까렸다. 흑선대는 송천운의 호위대로 전검문의 최고수들의 집합체였다. 그들이 퇴로를 막고 있는 이상 탈출은 불가능했다.

장내에는 죽음보다 무거운 침묵이 흘렀다. 송천운은 냉소를 띤 채 주변을 오시하듯 바라보고 있었다. 그 누구도 그의 앞으로 나서는 자는 없었다.

수겸이 쪼르르 달려와 간사한 웃음을 흘리며 말했다.

"주군, 대업의 성취를 경하드립니다."

수겸에 이어 범생도 그의 곁으로 다가와 축하 인사를 했다.

"축하합니다, 송 문주. 대업을 이루고 원하던 신단 또한 얻으셨군요."

송천운은 껄껄 웃으며 말했다.

"조휴, 자네도 찾았나?"

범생—삼절서생 조휴—은 음충스럽게 웃으며 손에 들고 있던 환약을 보여주었다.

"예, 풍파투도에게서 얻었습니다. 이제 합환의 비술을 완성할 수 있겠습니다."

송천운은 낮은 웃음을 터뜨렸다.

"후후후. 그래, 이제야 지긋지긋한 부작용의 공포에서 벗어날 수 있겠군."

그때 그의 앞에 널브러져 있던 관천호가 몸을 억지로 몸을 일으켰다.

그는 눈을 부릅뜬 채 송천운이 들고 있는 검을 가리켰다.

"너… 송가… 그 검은 설마……."

송천운이 지금 들고 있는 검은 분명히 아까 장건과 결투할 때 사용했던 검이 아니었다. 밋밋하고 장식이 없어 일반적인 청강검으로 보이는 검. 그러나 관천호는 그 검의 정체가 무엇인지 한눈에 알 수 있었다.

송천운은 껄껄 웃으며 말했다.

"관천호, 네 짐작이 맞다."

관천호의 눈이 찢어져라 커졌다.

"저… 정녕 이검이란 말이냐? 그렇다고 해도 십오 년 전에는 저 정도의 위력이 아니었는데……. 네놈… 설마 합환의 비술을 완성한 것이냐?"

송천운은 고개를 저었다.

"아니, 애석하게도 비술은 구경도 하지 못했다. 지금 나의 능력은 전적으로 이검의 위력 때문이다."

"거짓말! 네가 살환마를 죽일 때만 해도 이검의 공능은 만도보다 조금 나은 정도였다."

"그래, 그땐 그랬지. 그러나 이 이검에 들어간 운철은 네 만도의 그것과는 종류가 전혀 다른 것이다. 이검은 소유자의 내공에 길이 들여졌을 때 비로소 최고의 위력을 발휘한다. 이것을 길들이기 위해 지난 십 년간 검을 등에서 떼어놓질 않고 살았다. 그 결과가 바로 지금의 위력이다."

침음하던 관천호는 납득하기 어려운 투로 말했다.

"그러나 그 검은 분명 나와 네가 보는 앞에서 화산 속으로 들어가지 않았느냐?"

"후후후, 관천호, 네놈은 속은 것이다. 그때 영호세웅이 분화구에 처넣은 것은 나와의 공조 하에 바꿔치기 한 가짜 검이었다. 성주 딴에는 머리를 써서 우리 셋을 함께 보냈지만 일단 둘이 공모를 하게 되면 한 명쯤 속이는 것은 손쉬운 일이었지."

"그런… 그럼 네놈이 영호세웅을 죽이고 그 검을 빼앗은 건가?"

"그렇다. 그런데 당시 내가 놈을 죽이러 가는 길에 마침 영호관웅이 보낸 자객이 보이기에 그 녀석을 슬쩍 도와 영호세웅을 죽이게 만들었다. 그런 연후 시체에서 이검만 빼돌린 거지."

관천호는 이해할 수 없다는 표정을 지었다.

"그건 거짓말이다. 네놈이 영호세웅이 죽은 직후 이검을 가지고 있었다면 너는 곧바로 성을 차지했을 것이다. 네놈은 무슨 속사정이 있었는지 몰라도 끝까지 야욕을 자제하지 않았느냐? 나야 성주에게 당한 상처 때문에 어쩔 수 없이 성을 떠난 거지만 당시 누구보다도 성의 권력에 근접해 있던 네놈이 어째서 끝내 잠잠했던 것인지는 늘 궁금했었다. 미루어 짐작하기로는 네놈이 다른 사람 몰래 성주와 싸워 나처럼 부상이라도 입은 게 아닐까 생각했다. 아무튼 네게 이검까지 있었다면 넌 결코 성의 권력 쟁탈전을 보고만 있을 놈이 아니었어."

송천운은 탄성을 흘리며 말했다.

"호오, 관천호 자네도 나이가 먹더니 머리가 많이 좋아졌군. 그래, 당시 나역시 피치 못할 사정이 있어 나서기를 자제한 것이다. 이검을 제대로 얻지 못한 것 또한 맞다. 막상 되찾고 보니 교활한 영호세웅 놈이 서문세가에 공물로 간 구(舊) 이검과 바꿔치기를 해 놓았더군. 아마도 내가 그것을 노리고 자신에게 찾아올 것을 염두에 두고 꾸민 짓이었겠지. 그래서 진짜 이검을 되찾기까지는 시간이 좀 걸렸다. 거기에는 복잡한 사연이 결부되어 있지만 이 자리에서 네놈과 어중이떠중이들에게 일일이 밝힐 필요는 없겠지.”

관천호는 거칠게 숨을 헐떡이며 송천운을 노려보다가 다시 입을 열었다.

“한 가지만 더 묻자. 아까 어째서 그 애송이에게 당하는 연극을 꾸몄나? 이검까지 지닌 네가 본 실력을 발휘하지 않고 약한 척할 이유가 있었나?”

“엄밀히 말하자면 연극은 수겸이 등장할 때부터 시작되었지. 수겸과 내가 이 모든 연극을 꾸민 이유는 두 가지다. 하나는 네놈의 허점을 노려 천우신단을 탈취하기 위함이었다.”

“뭣이?”

“관천호 너는 성주에게 당한 상처를 치유하기 위해 삼 년의 시간을 보낸 것으로 알고 있다. 하나 나는 아까 얘기한 복잡한 사연 때문에 너보다 훨씬 긴 오 년의 시간을 허비해야 했다. 그러고 나서 삼절서생에게 합환의 비술 부작용 얘기를 듣게 되었고, 그때부터 삼대살수를 시켜 사대신약을 모으게 했지만 정작 가장 중요한 천우신단은 몇 개 있지도 않을 뿐더러 소재가 불분명하여 쉬이 구할 수가 없었다. 유일하게 소재가 확실한 철무림의 천우신단은 보관 장소가 워낙 철옹성인지라 함부로 뚫을 수가 없었다. 그래서 내부 첩자로 심어놓은 쌍검난측 고태붕을 이용해 빼돌리려 했지만 그마저도 발각이 되어 실패하고 말았지.”

“고태붕도 결국 네놈의 수하였군.”

“당연하지. 군룡전은 나와 수겸이 계속 운영해 왔으니까. 아무튼 여러 가지 수를 써 봐도 천우신단을 얻지 못하자 나는 초조해졌다. 직접 철무림에 쳐들어가 너를 도륙 내고 천우신단을 빼앗을까도 생각해 보았지만 성미가 불같은 네놈이 내가 천우신단을 노린다는 낌새를 채면 신단을 없애 버리고 말 것이라는 것을 알기에 섣부른 행동을 할 수 없었다."

"그래서… 이 연극을 꾸민 건가? 나를 꾀내어 천우신단을 얻기 위해?"

송천운은 냉소를 흘리며 고개를 끄덕였다.

"반쯤은 맞았다. 너를 꾀기보다는 천우신단을 얻기 위함이라고 해야 맞을 것이다. 내가 이 전쟁을 계획한 까닭은 중원의 무림련과 새외의 집마부를 양 패구상하게 만들어 그들의 힘을 약화시킨 후 천하를 내 손안에 두겠다는 의도였다. 그러나 그 못지않게 중요한 목적이 하나 더 있었는데, 그것은 구대문파 중 어느 곳에 보관되어 있을 천우신단을 집마부와의 협상을 빌미로 끄집어내는 것이었다. 거기에 뜻하지 않게 네놈까지 나서는 바람에, 그리고 하필 네놈이 천우신단을 협상 수단으로 삼아 선수 쳐 가져가는 바람에 이곳에서의 연극을 꾸미게 된 것이지."

"고작 환약 하나를 얻기 위해 그런 짓을……."

"고작이라고? 네놈이 철무림의 개들을 풀어 지난 십여 년간 백방으로 광신의의 제자들을 수소문하고 있다는 것을 모르는 줄 아느냐? 그리고 네놈 또한 천우신단의 중요성을 알기에 그토록 애지중지 품어왔고, 무림련에 있는 또 한 개의 신단마저 요구한 것이 아니더냐?"

관천호는 아무 대꾸도 하지 못했다. 송천운의 지적이 정확했기 때문이었다. 그 역시 비술의 부작용으로 무공이 사라지게 될 것이라는 말을 들은 후 밤잠을 설치며 두려움에 떨었고, 수하들을 풀어 전국 방방곡곡을 다니며 광신의의 제자들을 찾게 했다. 무림련에 천우신단을 달라고 요구한 것 또한 장건에게 신단을 빼앗긴 후 그것을 보충하기 위함이었다.

"그러니까 네놈은 저 애송이에게 나보다 먼저 쓰러지는 척하여 날 안심시키고는, 내가 애송이를 꺾고 나면 뒤에서 치려는 속셈이었군. 그래야 완벽히 나를 제압하고 천우신단을 안전하게 빼돌릴 수 있을 테니까."

"엄밀히 말하면 쓰러진 척한 것은 아니었다."

송천운은 구멍이 뻥 뚫린 왼손 바닥을 내밀어 보이며 말했다.

"일부러 약한 척하여 네놈을 방심시키려는 의도가 있긴 했지만 놈의 무공이 생각보다 훨씬 강했다. 이 검을 쓰지 않고 상대하려니 솔직히 벅찰 정도였다. 마지막 한 수는 정말 위험했다. 손바닥을 파고든 붉은 바늘이 하마터면 심장까지 갈 뻔했으니까. 그것을 내공으로 빼내느라고 시간을 한참 지체하고 말았지. 덕택에 파리 떼가 여기까지 기어들어 오게 되었지만, 뭐 보다시피 결과는 달라진 것이 없다. 천우신단은 내 손안에 들어왔고, 집마부는 무너졌으며, 무림련은 내 발밑에 무릎을 꿇게 되었으니까."

그의 얘기를 듣고 있던 관천호는 분기를 참지 못한 듯 다시 피를 토하며 무릎을 꿇고 주저앉았다.

송천운은 그런 그를 보더니 돌연 앙천광소를 터뜨렸다.

"하하하! 관천호 자네가 내 앞에서 무릎을 꿇으니 이제야 천하가 손에 들어온 실감이 나는군. 으하하하핫!"

광오하기 짝이 없는 말이었지만 장내에는 그에게 반기를 들 수 있는 사람이 아무도 없었다. 모두 경천동지할 송천운의 신위에 압도되어 자신감을 상실한 지 오래였다.

수겸은 청진 대사에게 다가가 항복을 종용하기 시작했다. 당장 산 밑에 전갈을 보내 별동대에게 항복을 선언하고 전검문의 길을 터주라는 명령을 내리라고 청진 대사를 압박했다. 청진 대사는 눈을 감고 아무 말도 하지 않고 있었다.

그러는 사이 범생이 송천운을 조용히 한쪽으로 불러 말을 걸었다.

"송 대협, 궁금한 게 한 가지 있습니다."

"말해보게."

"아까 수겸이 말하길 합환의 비술이 적힌 쪽지를 고태붕이 내 사부에게 취하여 그에게 건넸다고 하는데, 그건 사실이 아닐 겁니다. 그렇지 않습니까?"

"어째서 그렇게 생각하나?"

"사부는 그런 중요한 내용을 적은 쪽지를 타인이 금방 찾아낼 정도로 허술하게 보관하는 사람이 아닙니다. 제 생각으로는 사부에게서 완성된 비술을 캐낸 것은 사부와 가장 절친했던 송 대협일 것 같은데, 어떻습니까?"

송천운은 날카로운 눈빛을 발하며 범생을 응시했다.

"조휴, 너무 많은 것을 알려 하지 말게. 몸이 다치는 수가 있어. 왜 쓸데없는 호기심으로 우리의 좋은 관계를 무너뜨리려 하는 겐가?"

입을 다물라는 의미였다. 그러나 범생은 자신의 질문을 거두려 하지 않았다.

"제 사부는 사망 당일 새벽까지 연구실에서 합환의 비술을 완성하기 위한 실험을 벌였습니다. 평상시에는 제가 보조를 했습니다만 비술의 완성이 다가오자 기밀을 유지하기 위해 저까지 내쫓고 홀로 실험에 매진했지요. 그리고 새벽녘에 마침내 비술이 완성되었고, 저는 사부에게 불려가 사부의 내공이 회복되었을 뿐더러 엄청나게 증진되었다는 사실을 확인했습니다. 그 직후 사부는 성주에게 이 사실을 보고하겠다고 연구실을 나섰고, 그 후 소식이 끊긴 채로 성주가 죽었다는 소식이 들려왔습니다. 그리고 사부는 저녁 무렵 싸늘한 시체로 돌아왔지요. 한데 사부는 성주를 만나러 갈 때 항상 친분이 두터운 송 대협을 대동하지 않았습니까? 제 생각으로는 그날 사부는 성주에게 보고하기 앞서 가장 절친한 송 대협에게 먼저 그 기쁜 소식을 알리지 않았을까 싶군요. 그런 연후 두 분께서 성주를 찾지 않았을까 싶은데, 어떻습니까?"

송천운은 미묘한 눈빛을 발하며 대꾸했다.

"그럴듯하군. 계속해 보게."

"성주님은 자신의 제자들의 내공을 가늠할 때 마주 서서 장력을 교환하는 방법을 즐겨 사용하셨지요. 모르긴 몰라도 그날 성주는 완성된 합환의 비술로 증폭된 사부의 내공이 어느 정도인가 궁금했을 겁니다. 그래서 평상시 제자들과 하던 대로 서로 마주 보고 장력을 교환했을 거 같습니다. 어떻습니까? 실제 그랬습니까?"

"글쎄? 가만 생각해 보니 그런 것도 같군. 아마도 장력 교환을 했을 걸세."

대답하는 송천운의 눈에서는 점차 싸늘한 기운이 발산되고 있었다.

범생은 그럴 줄 알았다는 듯 고개를 끄덕이며 말했다.

"전 그날 저녁 사부의 사망 원인을 알기 위해 시체를 부검했습니다. 놀랍게도 내장이 납작하게 짜부라져 있었지요. 고수의 내가중수법에 당했다는 것을 직감했습니다만, 그렇게 결론은 내리기엔 이해가 가지 않는 점이 많았습니다. 첫째로 합환의 비술을 완성하여 경이적인 내공을 얻은 사부를 도대체 누가 저 지경으로 만들 수 있을 것인가. 그리고 또 하나는 내가중수법에 당했다면 내장이 터져서 사방으로 흩어지는 것이 정상인데 쟁반처럼 짜부라진다는 것이 있을 수 있는 일인가 하는 것이었습니다. 고민을 거듭하던 저는 결국 해답을 발견하지 못했습니다. 그런데 그로부터 아주 긴 시일이 지난 작년 어느 날, 저희 아이가 노는 것을 보고는 한 가지 생각이 떠오르더군요. 당시 아이는 아내가 준 감을 먹지 않고 가지고 놀다가 두 손바닥으로 꽉 눌러 버렸습니다. 물렁한 감은 당연히 짜부라져 먹을 수 없게 되었고, 귀한 먹을 것을 가지고 장난친 아이에게 아내가 노발대발하더군요. 한데 전 그 납작해진 감을 보다가 문득 사부의 시체가 떠올랐습니다. 아이가 한 손으로 감을 쳤으면 과즙이 사방으로 터져 나갔을 텐데, 두 손으로 동시에 꽉 누르니 납작해지기만 하고 과즙이 그다지 많이 흘러나오지 않았습니다. 혹시 사부의 시체도 그와 같은 일을 당하지 않았을까 하는 생각이 퍼뜩 들더군요."

"무슨 말을 하고 싶은 건가?"

"만약에 사부에 버금가는, 혹은 그 이상의 고수가 둘이 있어 사부의 앞뒤에서 비슷한 힘으로 내가중수법을 쓴 거라면? 그런 일이 벌어졌다면 양쪽에서 동일한 압력을 받은 사부의 내장이 그렇게 되는 것도 전혀 무리가 아니었을 겁니다. 사부와 성주가 내공을 가늠하기 위해 장력 교환을 하고 있었다면, 아마도 송 대협은 사부의 뒤쪽에 서 있었겠지요. 당시 송 대협은 성주를 죽이려는 의도를 가진 군룡전에 속해 있을 때이니 당연히 기회가 있으면 성주를 죽이고 싶었겠지요. 한데 대협의 눈앞에 뜻하지 않게 성주에 버금가는 내공을 취한 저의 사부가 나타났습니다. 그리고 사부는 고강한 내공을 발휘하며 성주와 장력 대결을 펼치고 있습니다. 일 대 일로 벌이는 내력 대결은 사실 무척 위험한 결투이지요. 자칫 제삼자가 끼어들어 공격을 할 시에는 대결 자둘은 커다란 내상을 입을 위험성이 있는 것이 아닙니까? 자, 대협의 눈앞에 비록 장난삼아 하고 있긴 하되 내력 대결을 벌이고 있는 두 고수가 있습니다. 그중에 한 명은 대협이 죽이고 싶어하는 자라면 망설일 이유가 뭐가 있을까요? 그야말로 절호의 기회, 대협은 즉시 손을 썼을 겁니다. 웅혼한 장력을 사부의 등 뒤에다 퍼부었겠지요. 사부의 내공에 대협 자신의 내력까지 더한다면 제아무리 성주라 해도 치명적인 내상을 입을 거라 판단을 했겠지요. 어떻습니까? 충분히 있을 수 있는 얘기 아닙니까?"

송천운은 후후 웃으며 고개를 끄덕였다.

"아주 그럴듯하이! 그래서 결과는 어찌 되었을 거라 보나?"

"모르긴 몰라도 성주는 살아남았겠지요. 그 후 관천호 등 일곱 명의 암살조와 싸움을 벌였으니까요. 사부는 당연히 그 자리에서 즉사했을 거고, 송 대협은 내상을 입고 도망치지 않았을까요?"

"그럼 결국 성주의 내공이 나와 광신의를 합친 것보다 강했다는 결론인가?"

"어쩌면 사부는 등에 당신의 장력이 꽂히는 순간 당신의 흉계를 간파하고 성주에게 향하던 자신의 내공을 거두었을지도 모르지요. 그 결과 사부는 죽음을 피할 수 없었고, 성주보다 당신의 피해가 더 컸을 겁니다."

"후후후, 정말 재미있군. 한데 내가 궁금한 것은 자네가 이제 와서 그 얘기를 끄집어내는 이유가 뭔가 하는 것이지. 진실을 파헤친 뒤에 받아들여야 할 것은 죽음뿐인데."

"사부의 죽음을 규명하는 것은 제자 된 자의 기본 도리이지요. 게다가 당신은 어차피 처음부터 나를 살려둘 생각이 없지 않았습니까?"

"하하하! 맞았네! 자네의 효용가치는 풍파투도 놈을 처리하는 순간 끝이었네. 사실 내가 오늘의 거사를 계획하면서 가장 의식한 것이 풍파투도란 변수였네. 놈은 도대체 정체를 종잡을 수 없고, 능력 또한 알 수가 없었거든. 그런데 마침 자네가 목숨을 부지하기 위해 천우신단이 필요하다며 협조를 요청해 오니 더없이 반가울 따름이었네. 하지만 풍파투도를 이제 처리했으니 자네는 애석하게도 더 이상 필요가 없군. 어차피 완성된 합환의 비술조합은 내가 이미 알고 있는 사항인지라 자네의 신묘한 의술은 별 쓸모가 없고, 그 반면 자네가 가지고 있는 천우신단은 매우 큰 쓸모가 있는 물건이니 내가 둘 중에 과연 무얼 선택해야겠나?"

"욕심도 많군요. 당신은 이미 관천호에게서 빼앗은 신단을 가지고 있지 않소."

"원래 사람의 욕심이란 끝이 없는 법이라네. 하나가 있으면 또 하나가 갖고 싶은 법이지. 어쨌거나 죽을 각오까지 하고 있다니 그날의 사건을 속 시원히 말해줌세. 자네의 추리는 훌륭하나 정확히 반만 맞았네. 자네 사부는 마지막 순간 결코 자신의 내공을 거두지 않았거든. 왜냐하면 그는 자네가 상상하는 훌륭한 스승과는 거리가 먼 욕심쟁이였으니까. 내공을 거두는 순간 자신은 끝장이란 것을 간파한 그는 성주를 죽이는 것만이 살 수 있는 길이라 믿고 낼 수 있는 온 힘을 끌어 모아 장력의 힘을 배가시켰네. 성주는 방심하던 차에 나와 광신의 힘을 합친 어마어마한 장력을 맞이해야만 했지. 그러나… 성주는 역시 괴물이었어. 그는 재빨리 전신의 내력을 운용해 즉시 반격해 왔네. 내공은 강하나 장력의 조절이 미숙한 광신의는 중간에 낀 채 피떡이

되어 즉사했고, 나 역시 내상을 입고 말았지. 물론 성주 역시 상당한 내상을 입은 채 피를 토하며 쓰러지더군. 아무리 그라 해도 우리 둘을 한꺼번에 감당할 수는 없었던 거야."

범생은 안타까운 눈빛을 발했다. 사부가 좋은 사람이길 바랐던 마지막 소망조차 무너져 버렸기 때문이었다. 결국 그의 사부는 몹시 이기적인 인간이었다.

"어쨌거나 셋 중에 가장 피해가 적었던 사람은 나였네. 나는 성주가 피를 토하며 쓰러지는 것을 보고는 기회다 싶어 검을 빼 들고 그에게로 돌진했네. 그리고 유성도천하를 펼쳤지."

"유성도천하, 당신은 이미 그 당시 그 초식을 홀로 쓸 수 있었나 보구려?"

"그랬네. 당시 어렵사리 완성시킨 직후여서 내심 쓸 기회를 벼르고 있었거든. 그러던 중 부상당한 성주가 눈앞에 나뒹굴고 있는 최적의 기회가 나타난 것이지. 내가 생각해도 완벽하다 싶을 정도의 유성도천하가 발현되었네. 한데 성주 그 미친 작자는 그 심한 내상을 입은 와중에도 검을 들어 반격을 하더군. 그것도 유성도천하를 완벽히 파훼하면서. 그는 이미 스스로가 유성도천하를 깨뜨릴 방법을 알고 있었던 거야."

"그럼 결국 성주에게 당신이 진 거요?"

"결과는 양패구상이었네. 성주는 내 초식을 깨뜨리기 일보 직전까지 갔지만 결국 앞서 입은 내상을 견디지 못하고 쓰러져 버렸고, 나 역시 성주의 검에 큰 상처를 입고 그 못지않은 상처를 입은 채 바닥을 나뒹굴었네. 둘 다 전투 불능 상태가 되어 숨을 헐떡이며 서로를 마주 보고만 있었는데, 그가 돌연 품속을 부스럭거리더니 작은 환약을 꺼내어 입에 털어 넣더군. 나는 그게 천우신단이라는 걸 알아차렸지. 그걸 보며 나에게도 천우신단이 있음을 깨닫고 황급히 그걸 꺼내어 복용했네."

"성주와 당신이 모두 천우신단을 가지고 있었단 말이오?"

"성주는 아마 공물로 보낼 것을 가지고 있었던 거겠지. 내 경우는 광신의가 준 것이었네. 광신의는 신단 두 개를 가지고 한 마지막 실험에서 첫 번째 것으로 비술을 완성했거든. 그는 사실 완성된 비술을 가장 절친한 친구인 나에게 선물하려 했지. 그래서 비술의 조합을 알려주고 하나 남은 천우신단까지 건네준 걸세. 그와 나는 성주와의 알현을 끝마치자마자 연구실로 돌아와 완성된 비술을 나에게 사용할 예정이었지."

"한데 그걸 당신 스스로가 팽개친 셈이 되었구려. 성주를 죽이려다 엉뚱하게 사부를 죽이고 말았으니."

"결과적으로는 그런 셈이지만 정황상으로만 보면 현명한 선택이었네. 나는 이미 비술의 조합법을 알고 있었으니 광신의가 더 이상 필요 없었고, 게다가 성주는 합환의 비술을 탐탁지 않게 생각하고 있었기 때문에 광신의가 나에게 그걸 쓰겠다는 말을 했다면 아마 천우신단을 압수했었을지도 몰라. 그런 위험성까지 고려하여 행동을 한 것이었지. 아무튼 성주가 천우신단을 복용하는 것을 보고 있자니 나도 어떻게든 몸을 회복해야 한다는 걸 깨닫고 어쩔 수 없이 천우신단을 꺼내 복용한 걸세. 아깝긴 했지만 몸만 나아지면 나중에라도 신단은 다시 구할 수가 있으니까. 각각 자신의 신단을 복용한 우리는 좌정을 하고 속히 몸이 낫기를 기다렸지. 천우신단의 효과는 놀라 와서 일각이 지나니 몸을 움직일 수 있더군. 나는 성주가 여전히 좌정하고 있는 것을 의식하고는 슬슬 움직여 그 자리를 빠져나갔지. 잠시 후 관천호가 이끄는 암살조가 들이닥칠 것을 알고 있었기 때문이야."

"그럼 성주는 그렇게 심한 내상을 입은 상태로 관천호들과 싸운 거겠구려?"

"천우신단 덕택에 어느 정도 회복된 몸으로 관천호들과 맞선 걸세. 나는 전투가 벌어진 직후 그 자리를 떴지. 설마 성주가 이기리라고는 상상도 하지 못했는데, 나중에 알고 보니 그 괴물 같은 작자가 결국 이겼더군."

범생은 고개를 끄덕이며 말했다.

"이제 모든 상황이 설명되는구려. 한데 당신이 그 후 오 년 동안 두문불출했다는 사연이라는 게 바로 그것이었소? 성주에게 당한 상처를 치유하기 위해서?"

"그건 아닐세. 시일이 좀 걸리긴 했지만 천우신단 덕택에 결국 몸은 나아졌고, 천우신단과 이전에 복용한 다른 신단들이 중첩되면서 오히려 내공이 한층 상승하더군. 그런데 낫고 보니 아쉽게도 관천호를 비롯해 벌써 많은 분파들이 성을 빠져나간 상태였어. 성의 힘이 크게 약화된 상태였지만 어쨌거나 성주 자리를 차지하기 위해 행동을 개시했지. 그런데 영호세웅을 죽이고 이검을 빼앗고 보니 이게 가짜였던 거야. 그래서 진짜를 찾기 위해 서문세가로 향했네. 한데 가는 도중에 성주가 언급했던 공공자라는 인물이 떠오르더군. 당시 수검이 성주의 심복 한 사람을 고문하는 도중에 그의 거처를 우연히 알아내 나한테 가르쳐 준 일이 있었다네. 그런데 그 거처가 마침 가는 길 중간에 들를 수 있는 곳이더군. 성주의 친구이며 맞수라고 칭해지는 그가 병들어 죽어가고 있다는 것까지 알고 있었기에 혹시 모를 우환을 제거하자는 판단 하에 가벼운 마음으로 그의 거처를 찾았지. 한데 그는 다 죽어가는 늙은이라기엔 지나치게 강했고, 결국 죽이긴 했지만 성주에게 당한 것 이상의 큰 상처를 입고 말았네. 그때는 수중에 천우신단도 없었으니 회복할 길이 없었지. 결국 서문세가로 가려던 행보를 접고 사천으로 귀환했고, 그 후 오 년을 두문불출하며 지냈던 걸세."

말을 마친 송천운은 기묘한 웃음기를 머금은 채 범생에게 손을 내밀었다.

"자, 이제 호기심을 다 풀었겠지? 소원을 들어주었으니 이제 천우신단을 내놓게. 자네가 그것을 없애는 식의 어리석은 행동은 하지 않으리라 믿네. 이미 한 개가 내 수중에 있어 비술을 배합하는 데에는 아무 문제가 없질 않

나. 순순히 내놓는다면 자네를 죽이지 않고 혀와 두 눈을 뽑는 선에서 끝을 내주지."

"그거 참으로 고마운 일이구려."

범생이 말했다.

"그러나 애석하게도 지금 나는 천우신단을 당신에게 줄 수는 없소."

송천운은 혀를 찼다.

"한심한 친구로군. 진정 의미없는 죽음을 택하겠단 건가."

"물론 죽고 싶지 않소. 다만 내 수중에 천우신단이 없으니 못 주겠다는 말이오."

"무슨 헛소린가? 자네는 아까 저 풍파투도에게서……."

말을 하며 시선을 돌리던 송천운은 돌연 말을 멈추었다. 그의 시선이 멎은 그곳의 땅바닥에 죽은 듯 널브러져 있어야 할 장건의 모습이 보이지 않았기 때문이었다.

"나를 찾고 있나?"

장건의 목소리가 들려 온 곳은 엉뚱한 장소였다. 그는 수겸과 증미미가 있던 자리에 서 있었다. 수겸은 어느새 그의 손에 제압되어 의식을 잃은 듯 스르르 땅바닥에 쓰러지고 있었다.

수겸을 제압한 장건은 송천운에게로 다가왔다. 그리고는 멍해져 있는 그의 얼굴을 보며 냉소를 흘렸다.

"선생님이 내게서 가져간 것은 그저 붉은 칠을 한 고약일 뿐이다. 게다가 송천운, 네가 가지고 있는 것조차 진짜 천우신단이 아니다."

"뭐, 뭐라는……. 무슨 헛소리냐?"

송천운은 뜻밖의 상황에 크게 당황하여 말까지 더듬었다.

"말해주마. 나는 어제 무당파의 조사전에 잠입했다. 내가 도둑이라는 사실은 너도 익히 알고 있을 것이다. 나는 그 안에서 이걸 발견했지."

장건은 품에서 환단 하나를 꺼내어 보여주었다. 그것은 붉은 광채를 발하고 있었다.

"그게 천우신단이라고? 그 말을 내가 믿을 거라 생각하는 거냐? 네놈이 무당파의 조사전을 왜 턴단 말이냐?"

"무당파에게는 빚이 있었거든. 일전에 애꿎은 장이회를 괴롭히고 풍파투도의 종적을 쫓은 전례가 있기에 골탕을 먹이려고 장문영부나 훔칠까 해서 잠입했었다. 그런데 장문영패를 슬쩍하고 보니 비밀 금고가 눈에 들어오더군. 물론 그걸 따보았고, 그 안에서 천우신단을 발견했다. 내심 잘 되었다 싶어 가짜를 넣어놓고 진짜는 훔쳐 온 것이다."

"헛소리를 잘도 지어내는 군. 그럼 네놈이 훔쳤다는 장문영부를 한번 보여주지 그러느냐."

장건은 씩 웃더니 품속에서 옥패를 하나 꺼내었다.

이미 그가 일어선 순간부터 장내의 시선은 그와 송천운에게 집중된 상태였다.

장건은 들고 있던 옥패를 모두가 볼 수 있도록 번쩍 쳐들었다. 옥패가 동이 트는 새벽 햇살이 반사되어 신비스러운 일곱 색의 빛을 발하기 시작했다.

명송자를 비롯한 무당파의 도사들이 입을 모아 소리쳤다.

"장문영패!"

제13장
장건, 음모를 파악하다

장건, 음모를 파악하다

"이… 이이……."

송천운은 경악에 찬 신음을 흘렸다. 장건과 무당파의 도사들이 동시에 자신을 속일 리는 없는 상황이었다. 놈이 정말 장문영패를 훔쳤다면, 그리고 그곳에서 천우신단까지 손을 댄 거라면 당연히 관천호에게서 빼앗은 자신의 신단은 가짜였다. 관천호와 무림련의 거래가 성립된 것은 어제 오후였으니 결국 그 거래에 사용된 천우신단은 이미 장건이 빼돌린 가짜인 것이다.

고로 지금 현존하는 천우신단 두 개는 전부 장건의 손에 있다는 의미였다(한 개는 이미 위독한 조비연에게 사용된 지 오래였지만 그는 그 사실을 몰랐다).

송천운은 간신히 정신을 가다듬고 말했다.

"삼절서생은 애초부터 내 뒤통수를 칠 작정을 하고 너와 공모를 한 것이로군?"

"맞았다. 선생님은 너에게 서신을 보낸 직후 나와 만났고, 우리는 선생님의 사부이신 광신의와 영호 대협, 그리고 공공자의 죽음을 완벽히 알고자 그러한 연극을 꾸민 것이었다. 내가 토한 피는 물론 가짜였지."

"그럼 네놈은 내 존재를 감지하고 있었단 말이냐?"

"물론이다. 수겸의 배후에 더욱 강력한 인물이 숨어 있음을 처음부터 예측하고 있었고, 가장 강력한 후보자는 당신과 관천호였다. 하나 관천호나 당신이나 성이 무너질 당시 지나치게 얌전했다는 것이 걸림돌이었다. 성의 권력을 탐하는 자가 보여주는 행동이라기에는 납득하기 어려운 점이 많았으니까. 한데 조사가 계속되면서 관천호보다는 당신에게 점점 심중이 가더군. 특히 관신의와 영호 대협, 군룡전의 중간에 낀 당신의 특수한 위치를 알게 되자, 농간을 부릴 수 있는 최적임자라는 것을 간파하게 되었지. 또한 당신이 이검을 가지고 있지 않을까 하는 의심도 하게 되었고."

"호오, 거기까지 알았단 말이냐?"

"담청기 장인에게 이검을 길들이는 방법에 대한 얘기를 들었지. 그러자 서문세가의 전대 가주를 죽인 범인의 형상이 떠오르더군. 쓰는 검 외에 등에 또 하나의 검을 차고 있던 자, 그게 바로 당신이지?"

송천운은 기가 찬 듯 헛웃음을 터뜨렸다.

"허허허, 제대로 맞췄다. 십 년 전 서문세가에 가서 진짜 이검을 얻은 후 가지고 있던 가짜와 다시 바꿔치기 했지. 진짜 이검을 다시 획득하자마자 길을 들이려고 등에 붙이고 있는데 영감이 방으로 들어오기에 가볍게 처리했었다."

그는 등에 차고 있던 이검을 다시 끄집어냈다. 검신이 불타오르며 검광을 발하기 시작했다.

"이검에 대해 그토록 잘 파악하고 있었다면 이것이 얼마나 무서운 무기인지도 알겠지?"

"물론이다."

송천운은 이검을 수평으로 내밀어 전방을 가리키며 말을 이었다.

"그래, 그렇다면 네가 무슨 수를 쓴다 해도 내가 여기 있는 자들을 다 죽여 버릴 수 있다는 것 또한 알고 있을 것이다. 네가 방금 구한 계집도, 아까 너에게 붙어 달린 계집도, 여기 있는 조휴도 모두 죽일 수 있다. 이들이 죽는 꼴을 보고 싶은가?"

"아니."

"그렇다면 가지고 있는 천우신단을 내놓아라. 네놈을 살려준단 허언은 못 하겠다만 순순히 신단을 내어준다면 적어도 이들은 죽이지 않겠다. 이것만은 이름을 걸고 보장해 주지."

장건은 피식 웃었다.

"썩 마음에 드는 제안이군. 그러나 안타깝게도 전제가 틀렸다. 왜 내가 당신을 절대 못 막을 것이라 확신하는 거지?"

송천운은 크게 웃었다.

"크하하하! 빈손의 네놈이 이검을 든 나를 꺾을 수 있다는 말이냐, 지금?"

그의 말마따나 장건의 무기는 다 떨어진 상태였다. 번천제룡환과 제석천은 관천호에 의해 모두 소진되었고, 연혼갑은 송천운의 공격에 분해된 상태였다. 남아 있는 이검과 암기마저 수겸의 협박 때문에 바닥에 떨궈놓은 지 오래였다.

"당신 말대로 내 무기는 다 없어졌다. 그래서 좀 전에 한 가지를 새로이 취득했지."

장건은 뒤 춤에서 검으로 보이는 무기를 뽑아 전면으로 내밀었다.

송천운의 눈이 이채를 발했다.

"만도?"

장건이 든 것은 검의 형태이며 도의 성질을 띤 신병, 관천호의 만도였다.

송천운은 조소를 흘리며 말했다.

"고작 그걸 주워들고서 우쭐한 것이냐? 공공자에게 배운 얄팍한 재주로 암기나 던지고 독이나 뿌리던 네가 생전 써보지도 않은 낯선 기병으로 감히 이 이검에 맞서려는 것인가?"

장건은 천천히 고개를 저었다.

"아니, 이 만도야말로 가장 나에게 적합한 병기이다. 당신 말대로 나는 공 공자의 유지를 이어받았지만 그 외에도 또 한 사람의 무공의 총화를 익혔다."

"아직 보여줄 잔재주가 남아 있나?"

"그렇다. 이 만도로 펼칠 것은 영호진의 검진비결이다."

잠시 어리둥절하던 송천운은 이내 박장대소를 했다.

"검진비결? 영호세가에서도 쓰레기 취급하던 그 비급 말이냐? 아하하! 꼬 마야, 검진비결의 주력 검식인 유룡검법과 현음검법을 천하에 나만큼 완벽히 터득하고 있는 자는 없다. 네놈이 그 검법들을 어설프게 육합검법 따위와 조 화하는 순간 네놈의 목은 이검에 잘려 나갈 것이다."

"당신 말이 맞는지 한 번 시험을 해보지. 당신이 나를 쓰러뜨린다면 내 품 속의 천우신단을 직접 가져가라. 난 이것을 부수지도, 없애지도 않을 테니까."

송천운의 눈에 득의에 찬 빛이 흘렀다.

"정말이냐?"

"난 허언을 하지 않는다. 마지막으로 말할 것은, 내가 구사하는 검진비결 에는 한 가지 도법이 섞여 있다."

"도법? 검법에 도법까지 섞겠다고? 이제 보니 실성한 놈이로구나."

장건은 송천운을 보지 않고 멀찍이서 자신을 지켜보고 있는 당소에게 외 쳤다.

"당소! 잘 보아라! 당신이 불태워 버린 비천 십삼도의 위력을!"

말을 마친 장건은 송천운에게로 뛰어들었다.

송천운도 그를 향해 움직였다. 번쩍 들린 이검이 주인의 심정을 아는 듯 살기 어린 검광을 발하기 시작했다.

제14장
장건, 음모를 분쇄하다

장건, 음모를 분쇄하다

혼돈지서 제이절

도검의 장

이검.

고금을 통틀어 최고의 무기라고 영호진이 평가한 무기.

아직 직접 보지 못한 관계로 명확한 평가는 유보한다.

다만 영호진의 언급에 의하면, **만도**가 보여주는 공력 증폭의 효과를 몇 배 뛰어넘는 괴병이라고 한다.

영호진은 심지어 이검이 소유자의 버공과 완벽히 조화되면 능히 검공의 경지를 한 단계 뛰어넘을 수 있을 거라는 믿기 어려운 견해까지 내놓았다.

검기를 쓸 수 있는 자는 검홍을, 검홍을 쓸 수 있는 자는 검강을, 검강을 쓸 수 있는 자는 전설상으로만 전해지는 검환(劍環)까지도 시전이 가능하다는 평가였다.

이 말은 아무래도 믿기가 어려우나 영호진이 워낙 확고하게 주장하여 이 책에 기록한다. 연자는 부디 이검을 가진 상대와 마주한다면 이러한 점을 참고하여 각별히 주의를 하기 바란다. 만일 영호진의 말이 진실이라면 차라리 싸우지 말고 피하라. 그것이 가장 현명한 대처법이다.

*　　　　*　　　　*

검홍이 온 공간을 뒤덮고 있었다. 수십 수백 가닥으로 갈라진 검홍은 내리쬐는 새벽 햇살에 반사되어 영롱한 빛을 흩뿌리며 천지 사방으로 꿈틀거렸다. 그 무수한 가닥가닥의 개개에 서린 웅혼한 기세는 온 천하를 찢어발길 듯 포효하며 목표를 향해 거칠게 들이닥쳤다.

콰콰콰콰콰콰쾅!

돌이 튀고 먼지가 흩날렸다. 평평하던 분지의 모습은 이미 온데간데없었다. 마치 천신이 노하여 수천 개의 벼락을 동시에 내리꽂은 듯 온 바닥이 패이고 갈라져 있었다.

그 가운데에서 두 사내가 움직이고 있었다, 검홍을 뿌리는 자와 그것을 막는 자가.

송천운의 눈동자에는 피곤함이 감돌고 있었다. 그의 손에 들린 이검에서는 여전히 검강지기의 위력을 지닌 검홍의 줄기들이 끊임없이 재생산되며 튀어나가고 있었지만 저 멀리서 기쾌무비하게 움직이는 괴물은 그 모든 줄기들을 튕겨내며 자신과의 거리를 조금씩 거리를 좁히고 있었다.

놈은 끊임없이 움직였다. 그리고 끊임없이 검홍 줄기의 흐름을 파고들어 그 맥을 끊었다. 때로는 현음검으로, 때로는 유룡검으로, 때로는 어처구니없게도 태령, 삼재, 육합검법으로…… 송천운은 자신의 절고한 검법에 의해 움직이는 검홍들이 저따위 수준 낮은 검법들에 의해 맥이 끊긴다는 것을 도저히 납득할 수 없었다.

'아니, 이 이상 놈을 깔봐선 안 된다. 놈이 휘두르는 검법이 중요한 게 아니야. 도저히 인정할 수 없는 사실이지만 놈은 검로를 터득하고 있는 것 같다.'

천하 모든 검법은 제각각의 검로를 가지고 있다. 그러나 그 검로가 어떠한 상황에서 어떻게 이어지느냐에 따라 결과는 천차만별이 된다. 상대에게 공격을 성공시켜 단숨에 숨통을 끊어버릴 수도 있고, 치명상을 입힐 수도 있으며, 경상을 입히지도 못하고 되레 반격을 당할 수도 있다. 결국 여하한 상황에서 얼마나 최적의 검로를 찾아낼 수 있느냐가 검객의 실력을 가늠하는 것인데, 놈은 놀랍게도 천지 사방에서 들이닥치는 검홍들이 구현하는 자신의 검로를 완벽히 파악하여 그 맥을 하나하나 끊어 놓고 있었다. 맥이 끊기니 계속 검홍의 줄기를 발출해야 하고 그로 인해 공력의 소모가 많아지고 있었다.

제아무리 그가 강호에서 으뜸으로 꼽히는 내공의 소유자이고 이검이 그 공력을 증폭시킨다 해도 각각의 줄기가 검강에 맞먹는 위력을 가진 검홍을 끊임없이 뽑아낼 수는 없었다.

조금씩 지칠수록 장건은 조금씩 접근해 왔다. 첫 격돌 직후 검홍에 밀려 이십 장 밖까지 날아갔던 놈이 어느새 오 장 거리까지 접근해 있었다.

송천운은 서서히 두려운 마음이 일기 시작했다. 완벽히 길들인 이검을 들고 있는 이상 천하의 그 누구도, 심지어 죽은 영호진과 공공자가 무덤에서 부활하여 동시에 덤벼든다 해도 가볍게 제압하리라 믿고 있던 확신이 흔들리고 있었다.

놈이 두려웠다. 점점 다가오고 있는 놈이 두려웠다. 자신의 검로를 철저하게 꿰뚫고 있는 놈이 두려웠다. 만일 이검이 아니었다면 저놈의 저 검, 아니, 만도를 몇 초 받아낼 수나 있을까? 놈이 구현하는 검진비결을 과연 제대로 상대나 할 수 있을까? 놈이 정말 성주의 절학을 물려받은 유일한 자라면, 성주의 진전을 이어받은 전인이라면, 성주, 성주……! 빌어먹을! 성주를 자신이 어떻게 이긴단 말인가!

성주에까지 생각이 이르자 아주 자그마했던 마음속의 두려움은 점점 자라기 시작했다. 그가 다른 자들과 공모하여 성주를 죽인 것은 합환의 비술 때문도 아니고 권력이 그토록 욕심났던 것도 아니었다. 약으로 증폭된 진신 내공과는 상관없이 검법의 실력만으로는 도저히 성주를 이길 수 없었기 때문이다.

죽을 때까지 결코 그의 천재성을 넘지 못할 거라는 그 자괴감 때문에 끊임없이 그를 질투했고, 두려워했다. 성주에게 이검을 빼앗긴 후 두려움과 질시는 더욱 커졌고, 괴물이 되어 그의 이성을 집어삼켰다. 그리하여 돌이킬 수 없는 선택을 하게 되었던 것이다.

당진량을 찾아간 것도 그 때문이었다. 성주가 인정한 맞수라는 말이 또다시 그의 두려움을 건드렸고, 다 죽어가는 노인이라는 말을 듣고도 밤잠을 이루지 못했다. 결국 그를 찾아가서 죽이는 데 성공했지만, 그에게 당한 상처는 중요한 시기에 스스로의 발을 묶고 말았다.

'집어치워라. 놈을 죽이면 모든 것이 끝이 난다. 오냐, 놈의 검술이 나보다 뛰어나면 또 어쨌단 말이냐. 이검으로, 나의 내공의 힘으로 끝장을 내주마!'

송천운은 승리를 위해 자존심을 집어던지기로 마음을 먹었다. 그는 우뚝 선 채 한 발짝도 움직이지 않던 자세에서 벗어나 급격히 뒤로 후퇴했다.

장건의 눈은 이채를 발하며 그를 쫓았다. 그러나 급작스레 후퇴하여 빠르게 거리를 벌린 송천운은 홍소를 흘리며 이검을 전면으로 내밀었다.

천지 사방을 휘몰아치던 검홍이 급격히 사라졌다. 그리고 이검에서 단 한 줄기의 얇은 검강지기만이 삐죽이 솟아 앞으로 나아갔다. 검강지기는 계속 나아가더니 이검에서 삼 장쯤 떨어진 거리에서 점차 뭉쳐지며 조그마한 구슬로 응축되었다.

"거… 검환?"

멀리서 초조하게 지켜보던 군웅들이 입을 쩍 벌렸다. 검환은 검강을 훌쩍 넘어서는 궁극의 경지였다. 그저 옛 영웅들의 허황된 무용담에나 인용되던 것이 눈앞에 현실로 나타난 것이다.

송천운은 악독한 살기를 뿜어내며 이검을 장건에게로 향했다.

이검을 따라 검환이 움직였다, 보이지도 않는 빠르기로.

콰앙!

장건이 서 있던 자리가 폭발했다. 마치 운석이라도 떨어진 듯 직경 오 장이 넘는 커다란 구덩이가 패였다. 스치기만 해도 버텨낼 수가 없는 위용이었다.

장건은 간신히 몸을 피한 상태였다. 그러나 숨을 채 돌리기도 전에 다시 검환이 나타나 그를 덮쳤다.

콰앙!

폭발이 일고, 먼지가 치솟았다.

콰앙! 콰앙! 콰앙!

세 번의 폭발이 연이어 일어났다. 장건은 승천탈영보를 한계까지 발휘하여 간신히 몸을 빼냈지만 이미 그의 옷은 폭발에 휩쓸려 너덜너덜해져 있었고, 몸의 곳곳에서 피가 배어 나오고 있었다. 이대로는 버티기가 어려운 실정이었다. 장건은 모 아니면 도라는 심정으로 송천운을 향해 직선으로 움직였다.

콰앙!

달려가는 그의 바로 앞에서 검환이 폭발했다. 장건은 몸이 붕 뜨는 것을 느꼈다. 중심을 잃고 공중에 떴던 신형이 땅에 떨어질 즈음, 육박해 오는 송천운의 모습이 눈에 들어왔다.

'저것은……!'

장건의 두 눈이 경악으로 물들었다.

송천운의 휘두르는 검세가 낯설지 않았다. 눈에 익은 검식, 복건성 무이산 정상에서 성검회의 두 검객과 함께 펼쳤던 그 수법, 영호진이 창안한 불멸의 검식, 유성도천하였다.

당시 혼자서는 능력이 부족해 초식을 쓸 수 없다고 했던 송천운이었지만 그가 휘두르는 이검에서 펼쳐지는 유성도천하는 무이산 정상에서 세 명이 펼쳤던 그것과는 비교가 안 되는 기세가 느껴졌다.

공중에서 내리 꽂히는 수백 발의 유성우는 하나같이 검강지기의 위력을 담고 있었고, 그중에 몇 개는 검환으로 화하여 그를 향해 내리 꽂혔다. 전후 좌우 피할 곳은 없을 것 같았다.

절체절명의 순간, 장건의 눈이 한 곳을 향해 번득였다.

'조화가 깨어졌다!'

검환의 가세는 초식의 위력을 한층 더했지만 저항하는 모든 검로를 완벽히 차단하는 유성우의 균일한 조화를 깨뜨리고 있었다. 그로 인해 기의 흐름에 균열이 느껴졌다. 장건은 그 미세한 균열의 틈을 놓치지 않고 만도를 밀어넣었다. 만도와 그의 몸이 일체화되어 균열을 뚫고, 그와 송천운 사이의 모든 공간마저 꿰뚫었다.

비천 십삼도의 최후 초식, 의기관우주(意氣貫宇宙)였다.

종장
장건, 짐을 내려놓다

장건, 짐을 내려놓다

"어이! 장 소협!"

객잔으로 들어선 장건은 일층 창가 옆 탁자에서 손을 흔들고 있는 석초진과 나할라리를 발견하고는 고소를 지으며 그들의 탁자에 합석했다.

"재주들도 좋소. 무림련과 성검회마저 따돌리고 나온 참인데 나를 발견하다니."

"오오, 그랬나? 우리가 그들보다 추종술이 한 수 위인가 본데?"

석초진의 말에 쓴웃음을 짓던 나할라리가 정색을 하며 말했다.

"범 선생한테 얘기 다 들었네. 검환까지 날리는 송천운을 두 동강 냈다며? 관천호도 쓰러뜨리고. 벌써 성검회주가 되었다는 얘기도 들었네만."

장건은 어깨를 으쓱하며 말했다.

"유성도천하를 꺾긴 했지만 그것은 송천운이 지나치게 이검에 의지한 탓에 검식에 허점이 생긴 결과였소. 제대로 초식을 무너뜨렸다 할 수 없고, 게다가 검이 아닌 도법으로 이긴 셈이니 성검회 회주가 될 자격이 없소."

"그 친구 참 은근히 고지식하긴. 그런데 대체 어딜 가는 겐가? 우린 자네가 무림련주가 되면 떡고물이라도 떨어질까 싶어 무당산에서 나오는 길가에 있는 이 객잔에 자리잡고 대기 중이었다네. 혹시라도 자네가 지나가면 아는 체라도 하려고 말일세."

"도둑한테 그런 자릴 내줄 리가 있소? 벌써부터 저 괴물을 어떻게 처리해야 득이 될까 연구하는 빛들이 역력하더이다."

석초진이 키득거리며 말했다.

"하긴 정파의 속물들은 그러고도 남을 위인들이지. 원래 지나치게 강한 자는 두려움의 대상이 될 수밖에 없는 운명이지. 내가 소싯적 잘 나갈 때 그랬거든."

그 말에 나할라리는 배를 잡고 웃었고, 장건도 희미하게 웃음을 지었다.

"그래, 이제 어디로 갈 참인가?"

"글쎄요……."

장건은 창 밖 먼 곳으로 눈을 둔 채 말했다.

"책임져야 할 일은 다한 것 같소. 두 스승 죽음의 원한도 풀었고, 소진이도 선생님이 돌봐주고 계시고, 이제 다시 본연의 직업으로 돌아가야 하지 않겠소?"

"본연이라면……."

"도둑질을 말하는 건가?"

두 사람의 말에 장건은 희미하게 웃으며 고개를 끄덕였다.

"내겐 천직이 그것인가 보오."

그는 허리춤에 차여진 이검과 만도를 슬쩍 내보이며 말했다.

"이 두 개를 얻은 것이 스승들의 복수를 한 것만큼 기분이 좋으니 말이오. 기병을 얻는 즐거움만큼 내 인생에서 재미있는 게 없는 것 같소."

사실 영호진과 당진량은 무공의 스승들이긴 했지만 얼굴 한번 본 적이 없

는 사람들이었다. 그들을 위한 복수는 증오심이나 정의감 같은 감성적 측면
보다는 다분히 의무감에 의해 이루어진 것이기에 그에게는 몹시 괴롭고 힘든
여정이었던 것이다.

"자네 같은 괴짜는 정말 처음 보는 군. 그럼 할 일 없는 우리도 짝패로 넣
어주지 그러나. 자네랑 다니면 항상 소득이 짭짤하니 말일세."

"한 번 일한 사람들과는 다시 동업하지 않는 게 평상시 신조지만… 두 사
람과는 인연이 각별하니 한번 고려해 보리다."

"고려해 보긴, 예끼 이 사람! 우리 같은 인재가 동업해 준다면 감사하다고
인사는 못할망정."

석초진의 넉살에 나할라리와 장건은 다시 웃음을 터뜨렸다.

"뭐가 그리들 즐겁나? 같이 좀 웃세."

세 사람은 소리 난 쪽을 돌아보았다. 언제 왔는지 범생이 뒷짐을 진 채 객
잔 문간에 서 있었다.

"범 선생!"

"언제 오셨소?"

"자네들이 뭐 하나 궁금하여 와봤네만 뜻밖에 장 공자도 있었군."

장건은 범생에게 허리를 굽히며 말했다.

"죄송합니다, 선생님. 인사도 없이 떠난 것을 용서하십시오."

"괜찮네. 그런 것은 신경도 쓰지 않았다네. 그건 그렇고 자네, 책임질 일
끝났다고 훌쩍 떠나려는 겐가?"

갑자기 범생이 짐짓 엄한 투로 말하자 장건은 어리둥절해하며 대답했다.

"예? 예에……. 할 것도 다한 것 같고 해서……."

"허허, 이 사람이! 생각보다 무책임한 사내로군. 여인들의 방심을 흔들어
놓았으면 응당 책임을 져야 하지 않나?"

"예?"

그때 객잔 이층에서 소리가 들려왔다.

"대체 누가 누구의 방심을 흔들었다는 거예요? 노친네가 노망이 들었나."

식식거리며 내려오는 것은 조비연이었다. 그 뒤로 쭈뼛쭈뼛 영호선과 진연이 따라 내려왔다.

장건은 난해한 표정을 지으며 석초진들에게 물었다.

"대체 어떻게 된 거요?"

대답은 범생이 했다.

"자네가 탈출할 줄 알고 미리 소저들한테 여기서 길목을 잘 감시하라고 했지. 한데 내 예지가 정확히 맞았군."

조비연은 내려오자마자 장건에게 으름장을 놓듯 말했다.

"이봐 장 공자! 설마 나와의 비무를 잊은 채 도망가려 한 것은 아니겠지?"

영호선과 진연은 머뭇거리며 말했다.

"전 그냥 연매가 가자고 해서 할 수 없이……."

"전 아빠를 구해준 인사나 드리려고……."

장건이 난감하기 이를 데 없는 표정을 짓는 가운데, 석초진이 너털웃음을 터뜨리며 말했다.

"자네 이제부터 훔치는 주 종목을 바꿔도 되겠군. 여심 절도 전문 도적으로 나서는 게 어떤가?"

장건은 계면쩍은 표정으로 대꾸했다.

"그건 너무 손쉬운 종목이라……."

세 여인이 발끈하며 외쳤다.

"기가 막혀!"

"어떻게 그런 말을……."

"실망이네요!"

장건의 대답과 발끈한 여인들의 반응을 보며 범생과 석초진, 나할라리는 동시에 너털웃음을 터뜨렸다.

　장건도 따라 웃으며 다시 창밖 너머의 푸른 하늘을 바라보았다. 어깨를 내리누르고 있던 무거운 짐이 모두 사라진 지금, 앞으로의 인생은 좀 더 즐거워질 것 같다는 생각이 들었다.

〈終〉

작가 후기

짧지 않은 이야기를 끝까지 읽어주신 독자님들께 먼저 큰 감사의 인사를 올립니다.

그와 함께 사죄의 말씀 또한 드려야겠습니다.

1, 2권에서 많은 오류가 있었습니다. 십 년 전에 일어났다는 일이 몇 페이지 뒤에는 오 년 전에 일어났다고 나오고, 심지어 죽었다고 한 사람이 나중에는 살아나기도 하는 등, 다수의 오류가 수정되지 않은 채로 책으로 인쇄되었습니다.

이러한 문제가 발생한 까닭은 설정이 집필 중간에 두어 차례 바뀌는 통에 연도나 등장인물이 그에 맞추어 수정이 되었는데, 그것을 세세히 검토하지 못하고 서둘러 출간을 하는 바람에 퇴고가 몹시 미흡했습니다. 나름대로(?) 추리 무협을 표방하는 글에서 이러한 오류들은 독자들의 눈살을 찌푸리게 했을 것입니다. 송구한 마음 금할 길이 없습니다.

거듭 사과드리며, 추후 이런 일이 없도록 노력하겠습니다.

겁도 없이 무협계에 뛰어들어 두 질의 책을 끝마치고 보니, 아직 멀었다 싶은 마음만 머릿속에 가득합니다. '영웅탄생'에 비해서는 조금 나아진 듯도 합니다만 정말 재미있는 책을 쓰자는 단순한 모토를 달성하기란 아직 난망한 듯합니다.

좀 더 정진하여 하반기에는 한결 나아진 글로서 찾아뵙겠습니다.

추리무협에 먼치킨물(그렇습니다. 별로 인정하는 독자가 안 계실 듯하지만 이 책은 나름대로 먼치킨물이었던 것입니다!)까지 도전을 해보았으니 다시 영웅탄생 같

은 유쾌한 풍의 무협을 써볼까 구상 중입니다.(뭐 딱히 창천일성이 우울하지도 않았지만서도~)

아무튼 기대해 주시길 바라며…….

끝으로 항상 큰 배움을 얻고 있는 고무림 판타지(www.gomurim.com)의 금강 문주님 이하 선후배 작가님들과 수시로 마감 어기는 불량 작가를 너그러이 챙겨주는 청어람 출판사 편집부 여러분께 감사 인사를 드립니다.

2006년 4월

이동휘 올림

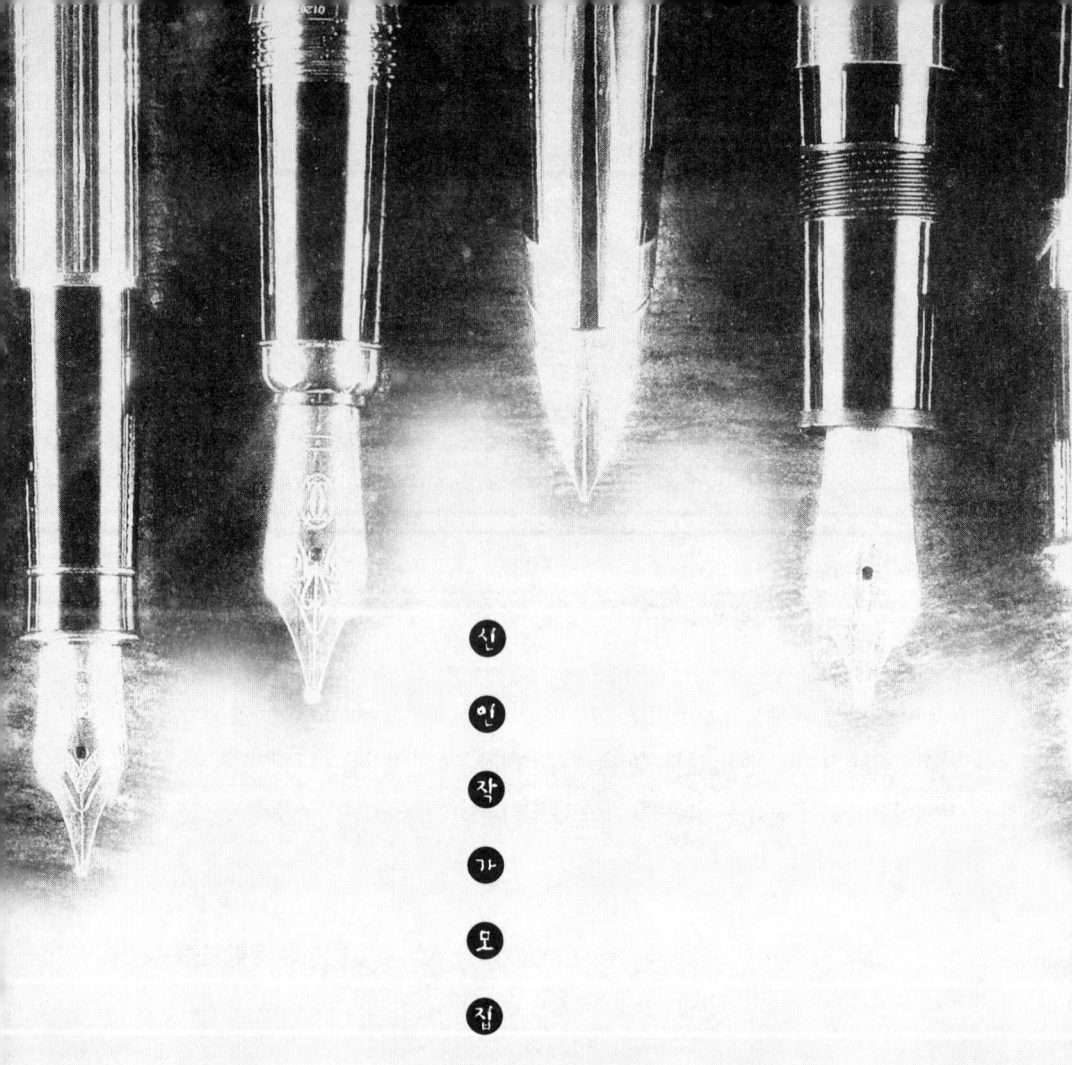

신

인

작

가

모

집

시작이 반이라고 했습니다.
작가의 길에 대한 보이지 않는 벽을 과감히 깨뜨리십시오!
청어람은 작가 지망생 여러분들의
멋진 방향타가 되어드리겠습니다.

저희 도서출판 청어람에서는
소설 신인 작가분들을 모집합니다.
판타지와 무협을 사랑하시는 분들의 많은 참여를 바랍니다.
소정의 원고(A4용지 150매)를 메일이나 우편으로 보내주시면
검토 후 출판 여부를 알려드리겠습니다.

주소:경기도 부천시 원미구 심곡1동 350-1 남성B/D 3F 우편번호420-011
TEL:032-656-4452 · **FAX**:032-656-4453
http://www.chungeoram.com
e-mail:chungeoram@chungeoram.com